Bildgestaltung und Bildrechte: Rebecca Wild

Korrektorat: Stefan Stern

Impressum: R.O.M Autorenclub, R.O.M. logicware, Pettenkoferstr. 16-18, 10247 Berlin, annabelle.benn@outlook.de

The course of true love never did run smooth.

Die Pfade der Liebe sind gewunden

William Shakespeare,

Ein Mittsommernachtstraum

Inhaltsverzeichnis

Richtigkeit der Ortsangaben

In dem bezaubernden Stadtteil Notting Hill gibt es viele traumhafte Orte, aber kein *Offline and other Lovestories* und auch keine Straße, die Butterfly Gardens heißt. Auch ist mir in ganz London kein sechseckiges Restaurant bekannt. Ebenfalls meiner Fantasie entspringt der Eisladen mit den Tierfiguren in Cardiff.

Ebenfalls vollkommen frei erfunden sind alle Charaktere sowie das sagenhafte Buch "Tränen auf Rosenblüten".

Groll, der

heimliche, eingewurzelte Feindschaft oder verborgener Hass, zurückgestauter Unwille, der durch innere oder äußere Widerstände daran gehindert ist, sich nach außen zu entladen, und Verbitterung hervorruft. (www.duden.de)

~ Eins ~

Der Tag, an dem Helen Ames in einem langärmeligen und dunkelblauen Kleid von der Portobello Road in die Westbourne Grove, beide im angesagten Londoner Stadtteil Notting Hill gelegen, einbog, war bei Weitem der wärmste und sonnigste in diesem verregneten April. Ein böiger frischer Wind blies um die schicken Hausecken und so war sie froh, dass sie zu dem ebenfalls dunkelblauen Mantel noch ein hellblaues Tuch angelegt hatte. Alle Kleidungsstücke, die Helen besaß, waren einfarbig, denn Helen hasste Farben und bunte Muster. Nur an sich; an anderen bewunderte sie diese nach wie vor, denn dass sie eintönig lebte, war nicht immer so gewesen. Bis zu dem *schlechten Tag*, der zwar schon mehr als drei Jahre her war, sich aber zeitweise wie gestern anfühlte, hatte sie gestrahlt und geleuchtet. Jetzt jedoch war sie froh, wenn sie übersehen wurde.

Ihre Hände schwitzten und ihre Gedanken rasten, als sie an den liebevoll gestalteten Läden und Cafés entlangeilte, um schließlich links in die Straße mit dem zauberhaften Namen *Butterfly Lane* einzubiegen. Wie schön London doch sein konnte! Leicht hob sie den Blick und sah sich um. Wie schön und wie wohlhabend, oder sogar: unvorstellbar reich.

Vor den Häuschen parkten Porsches, BMW und Range Rovers; in den Vorgärten blühten die ersten Magnolien und ab und an kam ihr ein Kindermädchen mit einem Kinderwagen entgegen, der in etwa so viel wie eine Monatsmiete für ihr Kellerappartement, das immerhin in einer sehr schönen Gegend lag, kostete. Die meist zweistöckigen Häuser, die sich nahtlos aneinanderreihten, waren zwar ebenso unifarben, aber doch wesentlich farbenfroher als Helens Kleidung.

Auch hier lockte ein Laden neben dem nächsten zum Zeitvertreiben, Geld ausgeben und Träumen. Die Lage wäre ideal, um ihren eigenen Traum zu verwirklichen! Den Traum, den sie seit Jahren hegte; zunächst allein, doch bald schon zusammen mit ihren besten, und treusten, Freundinnen Mina Sharma und Claire Lewis. Wäre der *schlechte Tag* nicht schlecht geworden, sondern ein ganz normaler geblieben, wäre sie zwar um diese Uhrzeit wahrscheinlich nicht hier, aber falls doch, so würde sie zu den glücklichen Frauen gehören, die sich hier selbst gemachten Schmuck, von Londoner Designern entworfene Einzelstücke, aufwändig verziertes Geschirr, duftende und pflegende Seifen und dergleichen Dinge mehr anfassen, beschnuppern und schließlich erwerben würde. Aber da es nun einmal einen anfangs normalen Tag in Helens Leben gab, der schlagartig zu einem schlechten wurde, zu einem grauenhaft schrecklichen sogar, so hoffte sie nun, zumindest auf der anderen Seite der Ladentheke zu stehen; nämlich als Verkäuferin.

Auch in dem Laden, den sie sich ausmalten, würde es ganz betörend riechen. Denn Helen liebte Düfte. Den von Blumen, von heißem pechschwarzem Kaffee, von frisch gebackenem Kuchen und ja – ganz besonders den von Büchern. Und all das würde ihr Laden vereinen. Sie mussten nur noch die geeigneten Räume dafür finden.

Seit beinahe drei Jahren arbeitete sie Tag und Nacht für diesen Traum und sparte jeden Penny. Sie tat alles für den Traum; so viel, dass der Traum mit der Zeit so groß und mächtig wurde, dass sie Angst bekam, er könne beim Wahrwerden kaputtgehen. So, wie all die anderen Träume in ihrem Leben. Da Helen nur zu gut wusste, dass das Zerplatzen von Träumen einem selbst zwar ohnehin schon genug wehtat, aber überdies auch noch den Hohn und die Schadenfreude anderer nach sich zog, hatte sie nur Mina, Claire, deren Verlobten Sebastian und dem Immobilienmakler davon erzählt. Dass Mina und Claire ihren Eltern davon erzählt hatten, ging sie nichts an. Sie selbst sprach mit ihrer Familie seit Jahren nur das Nötigste, und der Traum von dem Blumen-Buch-Café gehörte bestimmt nicht dazu. Der Traum war ein Gefühl. Ein Gefühl von Freiheit, von Sinn, von Dazugehören, von Haftung. Er war das Einzige, warum und wofür sie überhaupt noch weiterlebte. Ohne ihren Traum wäre sie schon längst bei Georgie, ihrem Sohn, der niemals das Licht der Welt erblickt hatte.

Doch heute wollte Helen weder an ihn noch an die *schwarzen Jahre* denken. Heute wollte sie nach vorne schauen, und so ging sie mit ungewöhnlich federnden Schritten an mehreren strahlend gelb blühenden Goldfliedern vorbei, die leider nach nichts rochen, so tief sie auch einatmete und schnupperte. Das leuchtende Gelb symbolisierte für sie Freude und Aufbruch; etwas, von dem sie selbst träumte. Oh, wie sehr sie hoffte, endlich aus ihrem alten Leben auszubrechen und neu anzufangen. Ganz neu. Ganz von vorne. Ob sie jemals wieder eine Partnerschaft wollte, bezweifelte sie sehr stark, doch das war nun gänzlich unwichtig. Vielleicht würde der Laden auch helfen, ihre inneren, unsichtbaren Wunden zu heilen. Von außen sah man keine Narben, aber dafür die Härte, die Verbitterung und Schwermut, die sich seit *dem schlechten Tag* immer tiefer in ihr fein geschnittenes Gesicht gegraben hatten. Dabei hatte sie früher gut ausgesehen. Nicht wirklich schön, aber hübsch und anziehend, teilweise sogar richtig begehrenswert. Doch so betrachtete sie sich schon lange nicht mehr.

Auf ihrem Weg ging sie an einer hohen Mauer vorbei, auf der lilafarbene, weiße und leuchtend gelbe Hyazinthen blühten. Oh, wie herrlich die Blumen rochen! Tief atmete sie ein und sog die Lungen voll mit dem herrlichen Duft. Sie schloss die Augen und redete sich selbst immer wieder *Alles wird gut* zu. *Alles wird gut.*

Als sie ihre dunkelgrünen Augen wieder öffnete und sich ihr langes braunes Haar im Nacken schüttelte, sah sie die vertraute Dreier-Gruppe vor einer hellgelb getünchten

Fassade mit einer großen Fensterfront stehen. Schon winkten Mina und Claire, die zusammen mit einem großen schlaksigen Mann, Mr Simmonds von der Grosvenor's Estate Agency, auf sie warteten. Jetzt ärgerte sie sich, dass sie getrödelt hatte, denn es war ihr peinlich, die Letzte zu sein, auch wenn sie genau eine Minute vor dem verabredeten Zeitpunkt eintraf. Mr Simmonds war immer überpünktlich, das hatte sie in all den Wochen, in denen sie sich regelmäßig, und ebenso regelmäßig erfolglos, mit ihm trafen, herausgefunden. Dabei legte der Mann mit dem schütteren Haar eine Engelsgeduld an den Tag und zeigte ihnen ein Geschäft nach dem anderen. Doch an jedem Einzelnen hatte bislang immer mindestens eine von ihnen etwas auszusetzen gehabt. Mal war es der Preis, mal die Lage; mal war es zu dunkel, mal zu hell – es gab immer einen Grund, warum sie bis heute keinen Mietvertrag unterschrieben hatten. Was ihnen anfangs wie ein Kinderspiel vorkam, hatte sich im Lauf der Zeit als Herkulesaufgabe entpuppt. Die drei sehnten sich nach nicht weniger als einem paradiesischen Raum, einem betörend duftenden, farbenprächtigen Blumenmeer, in dem die fesselndsten und gefühlvollsten Bücher wie geheime Juwelen funkelten und darauf warteten, von kundigen Leserinnen entdeckt zu werden. Um den Damen den Aufenthalt weiter zu versüßen, würde Claire ihr sowohl für das Auge als auch für den Gaumen unwiderstehliches Gebäck zusammen mit erlesenen Kaffeespezialitäten anbieten.

Da riefen Mina, eine bildhübsche und gertenschlanke Inderin mit weichen, fließenden Bewegungen und Augen wie schwarze Glut, und Claire wie aus einem Munde „Guten Morgen!“ Claire war, rein äußerlich, das komplette Gegenteil von Helen. Sie war zwar in etwa gleich groß, allerdings etwas fülliger. Ihre Haut war cremeweiß, ihre Augen sommerhimmelblau und ihre glänzenden Locken honigblond. „Einen wunderschönen guten Morgen!“, rief Helen gut gelaunt und voller Zuversicht in die Runde und reichte dem Makler die Hand.

Mina und Claire grinsten breit, ja, sie strahlten vor Lebensfreude und traten nervös von einem Fuß auf den anderen. Als Helen durch die noch verschlossene Tür in das dunkle Innere spähte, überkam sie ein eigenartiges Gefühl. Eines, wie wenn man bei einer Dampferfahrt über den Atlantik nach Wochen zum ersten Mal Land erblickt. Nicht, dass sie das jemals getan hätte, aber so in etwa musste es sich anfühlen. Mit angehaltenem Atem und weit aufgerissenen Augen wandte sie den Kopf zu ihren Freundinnen, die eifrig nickten. Helens Herz schlug so laut, dass Mr Simmonds es bestimmt hören konnte.

Aufgeregt folgten erst Mina, dann Claire und schließlich sie dem Makler durch die Tür mit naturbraunem Rahmen, in deren oberen Hälfte eine Fensterscheibe eingesetzt war. Während sie noch auf dem Gehsteig stand, hörte sie schon Minas und dann Claires unterdrücktes Kreischen. Der große, hohe Raum mit Stuck an der Decke war: *Es!* Das, wonach sie immer gesucht hatten. Das, wo ihre Träume wahr werden würden! Er war breit, durch die breite Glasfront hell, hatte einen dunkelbraunen Holzboden und vor allem: Er lag mitten in Notting Hill!

„Okay, okay, immer mit der Ruhe, Mädels", raunte Claire und drückte mehrmals die flache Hand Richtung Boden, um ihre Worte zu bekräftigten. Nicht umsonst war sie die Tochter eines erfolgreichen Geschäftsmannes, der ihr so einiges, aber längst nicht alles, beigebracht hatte.

„Es – Mr Simmonds, auf den ersten Blick sieht es fantastisch aus. Keine Frage. Aber zeigen Sie uns doch bitte erst mal alles in Ruhe und dann sprechen wir gegebenenfalls über den Preis und die Konditionen."

Kaum hatte sie „in Ruhe" fertig ausgesprochen, quiekte Mina wie ihr Meerschweinchen, das vor Kurzem das Zeitliche gesegnet hatte. Sofort warf Claire ihr einen finster funkelnden Blick zu, woraufhin sich Mina die perfekt manikürte Hand vor den Mund schlug. Mehr als einmal hatte Claire eindringlich erklärt, dass man, um einen möglichst guten Preis zu erzielen, zunächst Desinteresse zeigen sollte. Dafür sollte es zwar schon zu spät sein, aber man sollte nie die Flinte zu schnell ins Korn werfen!

„Ja, die Räume sind sehr hoch. Viel höher, als man von außen vermutet. Das ist einerseits schön, andererseits ist es aber bestimmt sehr teuer zu beheizen, nicht wahr? Wie hoch waren denn die Heizkosten des letzten Mieters?“, erkundigte Claire sich fachkundig und stellte sich mit ernstem Gesichtsausdruck neben Mr Simmonds, der daraufhin in seinen Unterlagen nach der Antwort suchte.

Währenddessen warfen Helen und Mina sich verstohlene Blicke zu. Wenn es nach ihnen gegangen wäre, hätten sie sofort unterschrieben, allein aus Angst, dass ihnen jemand, der nicht so viel auf geheucheltes Desinteresse hielt, dieses Prachtstück in letzter Minute vor der Nase wegschnappen könnte. Und das würden sie Claire niemals verzeihen!

Schweigend und mit sehnsuchtsvoll glänzenden Augen schauten sie sich um. Der Fußboden war Liebe auf den ersten Schritt. Nicht nur, dass er aus mattem, dunklem Holz bestand. Nein, er knarzte auch noch leicht, was Helen in, nur Claire zuliebe, stummes Entzücken versetzte. Mit einem verträumten Lächeln verlagerte sie immer wieder langsam ihr Gewicht, machte ein paar Schritte hierhin und dorthin, nur um das Geräusch zu hören, und wartete darauf, dass Claire genug mit dem geduldigen Makler verhandelt hätte.

„Die Toilette hat der letzte Kunde vor etwas mehr als einem Jahr erst neu installiert. Sie ist so gut wie neu. Hier, sehen Sie selbst“, erläuterte er nun, führte sie in besagten Raum und erntete zustimmendes Nicken. „Sehr schön. Schlichtes weiß und doch ansprechend“, kommentierte Claire und folgte ihm in die kleine Küche. „Die ist für mein Vorhaben viel zu klein. Die werden wir erneuern müssen“, urteilte sie umgehend in kaltem Geschäftston. Als der Makler und Claire daraufhin in ein ausuferndes Gespräch über Anschlüsse, Dunstabzug und dergleichen mehr versanken, schlichen

Mina und Helen zurück in den breiten, lichtdurchfluteten Verkaufsraum.

„Ich sehe es schon vor mir!“, wisperte Mina aufgeregt und zupfte Helen am Ärmel. „Da rechts kommt Claires Cafétheke hin. In die Mitte stellen wir einen Brunnen, oder ein Zimmerbäumchen, oder irgendetwas, das die Blumen in den Mittelpunkt rückt, schließlich kommt man von der Eingangstür genau darauf zu.“ Mit leuchtenden Augen zeigte sie den Weg. „Und dort links, an den Wänden und überall dazwischen verteilt, sind dann deine Liebesromane.“ Verzaubert seufzte sie, faltete die Hände und ließ ihren Blick schweifen.

Helen hätte sich gerne genau so verhalten wie Mina, doch etwas störte ihr Glücksgefühl empfindlich. „Moment mal. Liebesromane? Wieso denn Liebesromane?“

„Was? Wie?“, entgegnete Mina ebenso entgeistert, schüttelte den Kopf und sah sie an, als spräche sie Suaheli mit chinesischem Akzent. „Aber was denn sonst?“

„Nun – Also. Ich meine, ich kann doch nur empfehlen, was ich selbst gelesen habe!“, rief Helen, streckte das Kinn vor und machte ein Gesicht, als hätte sie ein Gespenst mit einem Plakat "Finde den Fehler" gesehen.

„Aber. Helen“, stieß Mina ungläubig hervor. „Das ist doch nicht dein Ernst!“ Einige Augenblicke schauten die zwei sich schweigend und fassungslos an. Dann begann Minas indisches Temperament in ihren Adern zu brodeln. Sie ruderte mit den Armen und begann wie ein Rohrspatz am Wasserfall zu zetern: „Mach doch nur die Augen auf und sieh dich um. Ich meine“, verbesserte sie sich hastig, „stell dir das alles mal vor. Rein bildlich. Rosen. Tulpen. Veilchen. Fein verzierte Cupcakes. Duftendes Bananenbrot. Kaffee mit echter Vanille. Zimt. Ein kleiner Springbrunnen! Überall rosa, hellblau, lindgrün, eierschalengelb. *Ein Frauentraum!* Und dazwischen blutrünstige Thriller? Helen, das ist doch nicht dein Ernst! Davon hast du doch nicht all die Jahre geträumt!“ Aufgebracht schüttelte sie sich, während Helen wie versteinert vor ihr stand. Doch als Inderin war sie noch lange nicht am Ende. „Im Ernst. Helen. Keine Frau träumt von Leichen! Zumindest keine normale. Keine, die hier reinkommt! Bücher mit einer blutüberströmten Axt vorne drauf? Oder hoch anspruchsvolle, kaltblaue Titelbilder, durch die ein einsamer weißer Strich von links unten nach rechts oben geht? Nichts weiter als ein einziger Strich? Weil sich das Paar am Ende doch mal wieder nicht kriegt? Und dazwischen nichts zu sagen hat? Ich bitte dich. Helen! Das ist jetzt nicht dein Ernst. Sag, dass das *nicht* dein Ernst ist!“, flehte sie nun theatralisch mit den Händen fuchtelnd, verzog ihr hübsches Gesicht zu einer grässlichen Grimasse, ging leicht in die Knie und gab schlimmste Klagelaute von sich.

Helen wusste nicht, ob sie selbst ähnlich Laute von sich geben oder lachen sollte. Das Entsetzliche an der ganzen Litanei war ja, dass Mina recht hatte. Aber genauso sehr hatte sie recht, denn sie konnte niemandem einen Liebesroman empfehlen, weil sie schlichtweg keinen einzigen kannte. Und sie wollte sie nicht kennen, weil sie nichts von Verliebtsein wissen wollte und nie mehr daran glauben würde. Liebe war Leid. Liebe war Lug und Betrug. Und Liebe war ein längst verwester Traum, den sie nicht mehr träumen konnte, weil das Paar am Ende in echt eben *nicht* glücklich wurde!

„So, dann wäre das also geklärt“, vernahm sie da Mr Simmonds’ Stimme und seine Schritte auf dem knarzenden Parkett. Schnell riss Helen sich aus ihrer Starre und Mina richtete sich auf. Gespannt schauten sie von Claire zu Mr Simmonds und zurück zu Claire, doch aus keinem Gesichtsausdruck wurden sie schlau. Bescheuertes Desinteresse!

Oder hatte Claire etwa mit ihrer Coolness den netten Makler vergrault? Hatte sie wieder zu hart verhandelt? Waren sie am Geld gescheitert, oder gab es noch etwas zu retten?

Helens Puls begann zu rasen. Das hier musste klappen! Sie wollte diesen Laden, sie wollte diesen Traum, mit allem, was dazugehörte, und seien es erlogene und erstunkene Schnulzen! Sie wollte raus aus dem unerträglichen Büro mit seinen endlosen Zahlenkolonnen, weg von den hinterhältigen Kollegen und dem niederträchtigen, sadistischen Chef, raus und weg! Ausbrechen und neu anfangen. Sie wollte endlich ihre Tage mit ihren Freundinnen verbringen, Blumenduft atmen, heißen und pechschwarzen Kaffee trinken und ihre Finger dabei über Buchrücken streichen lassen. Das war es, was sie wollte, weit mehr als alles andere. Es war sogar das Einzige, was sie überhaupt noch wollte. Für den Traum würde sie ihren letzten Penny geben und sogar, möglicherweise ... vielleicht ... Lügen mit Happy End verkaufen. Ein kleines Opfer musste man ja wohl bereit sein, zu bringen.

Sie musste verhindern, dass Claire mit ihrer Taktik alles zunichtemachte!

„Wie viel?“, platzte es da schon aus ihr heraus und machte damit ihrerseits alles, was Claires Taktik mühevoll aufgebaut hatte, zunichte.

„Wenn wir sofort unterschreiben?“, fügte Mina zu allem Überfluss noch blitzschnell hinzu, was Claire endgültig in tiefste Verzweiflung und beinahe in eine ähnliche Pose wie zuvor Mina stürzte.

Der Preis, den der Makler nannte, löste bis auf die Straße hörbares Schlucken und Nach-Luft-schnappen aus, sowie die krächzend hinzugefügte Bitte um Bedenkzeit. Und die Blicke, die Claire den, wenn man sie in diesem Moment überhaupt noch als solche bezeichnen konnte, *Freundinnen* zuwarf, waren wie frisch gewetzte Säbel.

Dann jedoch entsann Claire sich, richtete sich auf, straffte die Schultern, zückte ihr Smartphone, drückte „Filmen“ und schritt mit wichtigen, großen Schritten erneut durch die Räume. Sie filmte sichtbare und weniger sichtbare Mängel, und auch solche, die es gar nicht gab, kommentierte, kritisierte und erläuterte und schickte die Aufnahme schließlich an ihren Vater, der schon anrief, bevor er das Video überhaupt zu Ende gesehen haben konnte. Claire presste das Handy ans Ohr, hob den Zeigefinger und ging, konzentriert mit dem Kopf nickend, nach draußen.

Nach einer unendlich erscheinenden Weile, in der sich die drei Zurückgebliebenen ausgiebig mit ihren Fingernägeln beziehungsweise Handys beschäftigten, ohne sich um Small Talk zu bemühen, kehrte Claire zurück. Keinen Widerspruch duldend, aber dennoch freundlich lächelnd, schaute sie Mr Simmonds an und sagte: „Sieben Komma drei Prozent weniger, und wir unterschreiben noch heute Nachmittag."

Mr Simmonds Mundwinkel zuckten, bevor sie sich hoben und er Claire seine Hand entgegenstreckte. „Sieben. Abgemacht. Dann bis heute, siebzehn Uhr dreißig in meinem Büro."

Damit schloss er die Tür ab, verabschiedete sich von den dreien, von denen zwei wie belämmert grinsten, und war vermutlich noch nicht außer Hörweite, als sie in ohrenbetäubenden Jubel ausbrachen.

~Zwei~

Die Unterschrift war jedoch erst der Anfang: Vom Glück, aber auch von einem weitaus steinigeren Weg, als Helen gedacht hatte.

In ihrem grenzenlosen Optimismus, und wohl auch in dem Wissen, weich zu fallen, hatte Claire bereits vor Weihnachten von sich aus ihre Arbeitsstelle gekündigt, während ein paar Wochen später Minas Vorgesetzte diesen Schritt für sie übernahmen. Nun musste nur noch Helen sich jeden Morgen in die Räume des Grauens, wie sie die Steuerkanzlei heimlich nannte, quälen. An den meisten Abenden sowie am Sonntag verkaufte sie in einem Multiplex-Cinema zudem Karten, um Geld für die Einrichtung des Ladens in der romantischen *Butterfly Gardens* Straße zu sparen.

Glücklicherweise belief sich zumindest ihre Kündigungsfrist aufgrund eines Fehlers im Vertrag auf lediglich zwei Wochen zum Monatsende, was im Klartext bedeutete, dass sie dank des nicht genommenen Urlaubs keinen Tag mehr in dem verhassten, ständig unterkühlten Glaskasten am Themse-Ufer verbringen musste! Als ihr dies das erste Mal bewusst wurde, seufzte sie, faltete die Hände und atmete tief ein. Da ihr dies jedoch zu wenig war, sprang sie anschließend mit einem Freudenschrei in die Luft, wobei sie dummerweise an die Kante eines Tisches stieß, was ihr eine zerbrochene Tasse sowie einen gewaltigen blauen Fleck einbrachte, ihre Freude aber trotz allem nicht trüben konnte. Doch was war das schon im Vergleich zu dem großen Glück, das sich nun verheißungsvoll vor ihnen erstreckte!

Oh! Und der Triumph, der ihr Gesicht wie tausend Feuer leuchten und ihre Schritte federn ließ! Der Triumph, mit dem sie am nächsten Tag, pünktlich zu Dienstbeginn, ihrem zunächst ungläubig, dann erschrocken und schließlich entsetzt dreinblickenden Chef ihre Kündigung überreichte und versicherte, dass dies ihr voller Ernst war. Endlich! Endlich hatte sie es ihm gezeigt! Endlich hatte sie sich zumindest ein klein bisschen gerächt. Und wie sehr sie es genoss, die wenigen persönlichen Sachen in einen blauen Leinenbeutel zu stecken und sich anschließend kurz und erhobenen Hauptes von den Kollegen, die nie Freunde geworden waren, verabschiedete.

Dann schwang sie den Beutel über die Schulter und lief zum ersten und letzten Mal die Treppen hinab und hinaus. Nie wieder! Nie wieder Sklave sein! Das war *ihr* Leben! Jawohl!

Eins, auf das sie anscheinend aufpassen musste, denn schon bei den ersten Schritten wäre sie mit einem Fahrradkurier zusammengestoßen, der ihr gerade noch im letzten Sekundenbruchteil ausweichen konnte. Mit vor Schreck pochendem Herzen ging sie die wenigen Schritte zum Themse-Ufer. Große und kleine Schiffe schipperten über den alten Fluss, ein paar Möwen segelten scheinbar schwerelos durch die Luft, in einem Pub unter ihr, direkt am Wasser, saßen plaudernd oder mit ihren Handys beschäftigt Einheimische und Touristen. Herrlich. Traumhaft, und doch wahr. Sie war frei! So frei wie der Papagei, der auf einem Werbeplakat abgebildet war. Kurz vor dem Abheben. Er breitete gerade seine farbenprächtigen blauen und gelben Flügel aus und war kurz davor, den Kontakt mit der Erde zu verlassen. Gleich würde er sich hochschwingen und fliegen. Freiheit, das war die Freiheit, von der sie träumte! Doch, Moment – was war das? Eine Werbung für ein Buch! *Auf den Schwingen der Einsamkeit*. Das passte ja gar nicht. Aber egal, es war ein schönes Bild, und es passte so hervorragend zu ihrem Gefühl, dass sie spontan ein Foto davon knipste.

Beschwingt von so viel lange begrabener Lebensfreude machte sie sich in einem der roten Doppeldeckerbusse auf den Weg zu dem künftigen Ort ihres Wirkens, dem Ort ihrer Selbstverwirklichung; und wenn es sich nicht vermeiden ließ, dann mit Liebesgeschichten.

„Herein, herein!“, rief Mina freudig, als sie eine gute halbe Stunde später überwältigt und zitternd vor Glück durch die halb offene Tür in *ihren* Laden spazierte. Mina und Claire saßen auf kornblumenblauen und klatschmohnroten Kissen und einer dottergelben Decke und standen in ihren kräftig grünen Kleidern auf, um sie strahlend an sich zudrücken. „Ach, was ist das schön“, seufzten sie ein ums andere Mal, wobei sie sich drückten, umschauten und jede ihrer eigenen Vorstellung von dem fertig eingerichteten Blumen-Buch-Café nachhing.

Dabei war der Raum noch kahl. Lediglich eine große runde Vase mit verschiedenfarbigen Tulpen, drei bunt zusammengewürfelte Tassen, Kuchenteller und Gläser, eine alte Kaffeemaschine, eine Platte mit Muffins sowie Milch und Wasserflaschen standen außer der Decke und den Kissen noch herum. Die drei setzten sich wie zu einem Picknick, Claire bot Muffins an und schenkte Kaffee ein (schwarz und siedend heiß, so wie Helen ihn mochte) und dann machten sie sich an die Arbeit. Mina balancierte ihren pastellrosaroten Laptop auf ihrem pastellgrünen Kleid, während Claire mit gespitztem Bleistift und dem neuesten Notizbuch von *Paperchase* dasaß. Helen fiel auf, dass darauf ganz ähnliche Papageien wie auf dem Werbeplakat waren. Mit dem Kinn zeigte sie auf das Büchlein und sagte: „Bei den Vögeln muss ich immer an Freiheit und Neubeginn denken. Das passt ja prima!“

Nachdenklich schaute Mina von ihrem Bildschirm auf, nickte und sagte ernst. „Ja, das ist ein gutes Zeichen. Ein sehr gutes Zeichen.“

Genau das hatte Helen hören wollen, was sie aber nicht laut sagte, und so nickte sie einfach stumm.

„Also, wir überlegen gerade, wie wir alles einrichten könnten und welche Arbeiten noch zu tun sind.“

Mit einem schmerzvoll verzogenen Gesicht drehte Claire ihre fein säuberlich verfassten Notizen zu Helen und stöhnte: „Das hier ist die Liste mit den Renovierungsarbeiten."

„Oh ...", entwich es ihr und ihre Gesichtszüge entglitten. „So lange ist die?" Sie schluckte trocken und schaute bestürzt ihre Freundinnen an.

„Ja, leider. Es ist doch mehr zu tun, als wir dachten", gestand Claire kleinlaut, weil sie sich ja ein wenig als Fachfrau aufgespielt hatte, und begutachtete eingehend ihre zartrosa lackierten Fingernägel, die sie drehte und wendete.

„Ach ...", machte Helen nur und war froh, dass sie schon saß. Von wie viel Geld sprachen sie denn? Und wie lange würden die Arbeiten dauern? Das alles konnte ja ausufern, das wusste man doch! Vielleicht war das ein Fass ohne Boden und sie würden sich bis an ihr Lebensende verschulden. Rohrbruch, defekte Heizung, undichte Fenster ... Das alles *wusste* man doch! Wo war in der blinden Euphorie nur ihr sonst so zuverlässiger Verstand geblieben? Die bis eben noch so fröhliche Stimmung drohte zu kippen, als Mina gerade noch rechtzeitig betont gelassen rief: „Aber nichts, was unmöglich ist! Nichts, was unbezahlbar teuer ist!"

„Echt?", fragte Helen und schöpfte neue Hoffnung, was aber weniger an ihrem in den letzten drei Jahren argwöhnisch gewordenen Naturell, als vielmehr an dem Unwillen, den Traum aufzugeben, lag.

„Ja. Sicher. Wir können ganz viel selbst machen", stimmte Claire nickend zu.

„Ich hasse Heimwerkern. Und ich habe zwei linke Daumen", seufzte Helen und sah sich in Gedanken schon Tapeten abkratzen und Böden abschleifen. Wobei – das nicht! Die Böden mussten so bleiben, wie sie waren. Sie waren doch das Allerschönste an dem noch nackten Raum. Die Böden und die breiten Fenster. „Sind die Fenster wenigstens dicht?", fragte sie sorgenvoll.

„Ja, das sind sie. Ein Glück!“, gab Claire zu.

„Und mach dir keine Sorgen. Sebastian hilft uns ebenso wie meine Brüder. Und vielleicht auch Jim, wenn er Zeit hat“, beruhigte Mina.

Sebastian war Claires Langzeit-Verlobter, der in der Tat mal gerne seine Designer-Anzüge gegen lässige Arbeitskleidung eintauschte. Aber Jim ... Helens Magen zog sich zusammen.

„Oh ... Jim ... Im Ernst?“, fragte sie voller Unbehagen und schaute auf den schönen Boden. „Das ist aber nett von ihm“, fügte sie hastig hinzu, um dessen Cousine Claire nicht zu kränken.

„Das ist es in der Tat!“ Claires Stimme klang plötzlich scharf und ihr kalter Blick durchbohrte Helen. „Der Mann ist wirklich Gold wert. Total. Warum gibst du ihm nicht endlich eine Chance?“

„Und dir“, fügte Mina zaghaft hinzu.

„Jim – ach, lasst mich doch endlich mal mit ihm und dem ewigen leidigen Thema zufrieden!“, fauchte Helen böser, als sie sich selbst bewusst war. „Ich brauche keinen Mann. Nie mehr! Wann kapiert ihr das endlich mal?“

„Nie“, gab Claire entschieden zurück. „Jeder Mensch sehnt sich nach Liebe. Auch du. Du bist nur feige!“

„Bin ich nicht. Ich habe nur meine Lektion gelernt!“, keifte Helen. „Nur Dumme lernen nicht aus Fehlern!“

„Eben! Stuart war ein Fehler! Das heißt nicht, dass alle Männer einer sind!“

„Doch. In meinem Leben schon! Alle Männer waren einer! Alle!“, schrie sie, stand auf und stampfte mit dem Fuß auf das Parkett.

„Hört auf. Bitte“, stöhnte Mina und versuchte, den Frieden und die Harmonie wiederherzustellen. Mit ruhiger Stimme sprach sie weiter und wrang dabei die Hände. „Wir wollen doch nur dein Bestes, Helen, das weißt du doch. Wir akzeptieren auch, dass du deine eigenen Entscheidungen fällst. Aber wir sehen eben auch, dass du insgeheim leidest! Niemand mit einem gesunden Herzen würde so einen Traummann wie Jim verschmähen", versuchte sie einen schwachen Scherz. „... Hach! Wenn er sich nur für mich interessieren würde! Wir wären schneller verheiratet, als ihr bis Drei zählen könnt", rief sie schmachtend, legte die Hände über der Brust zusammen und schaute verträumt zur Decke.

Jemand mit einem gesunden Herzen. Das tat weh. Weh, weil es die Wahrheit war: Ihr Herz war krank. Und weh auch deshalb, weil ihre Freundinnen das sahen. Sie schwieg eine Weile, bevor sie ruhiger sagte: „Ich weiß! Danke, Mina. Ich verstehe übrigens auch nicht, warum er nicht auf dich steht, Mina. Echt nicht! Jeder andere Mann könnte sich die Finger nach dir ablecken."

„Vielleicht ist er Rassist", konterte Mina umgehend und schaute grimmig drein.

„Das ist er nicht!", verteidigte Claire sofort ihren Cousin. „Er steht nur einfach nicht auf dich."

„Das weiß ich doch", beschwichtigte Mina sie nun. „Im Ernst, das weiß ich. Ich bin ihm zu mädchenhaft. Egal."

„Und wenn er kommt, kommt er, um uns zu helfen. Dass er auf dich steht, wird er nicht abschalten können, aber er hat dich auch noch nie blöd angemacht, oder?", fragte sie nun herausfordernd an Helen gewandt.

„Nein, noch nie. Es ist mir nur unangenehm, weil ich weiß, dass er was von mir will."

„Was du ihm ja nicht geben musst. Also", beendete Claire das Thema und stand ebenfalls auf.
„Von mir kommen ja übrigens auch noch ein paar Cousins", fügte Mina hinzu und Helen staunte wieder einmal über die große und weit verzweigte Verwandtschaft der Sharmas.

„Also, weiter im Geschäft. Das hier ist die Liste mit den nötigen Arbeiten. Sobald wir alle Posten zusammen haben, erstellst du, Helen, einen Businessplan, mit dem wir zur Bank gehen, um einen Kredit zu beantragen“, fasste Claire zusammen und lächelte beinahe wieder.

„Wie bitte? Kredit?“ Helens Kehle war trocken wie die Sahara. Ihr vom Mund abgespartes Geld war alles, was sie hatte. Und ohne Sicherheiten gab es kein Geld von der Bank. „Kredit?“

„Ja, sicher! So 120 000 bis 150 000 Pfund werden es schon werden ...“, begann Claire mit todernster Miene und sah sich um.

„Was?“, kreischte Helen fassungslos, schlug die Hände vors Gesicht und schluchzte auf.

„Oh Helen!“, rief Mina, sprang auf und eilte zu ihr. Fürsorglich legte sie einen Arm um ihre Schultern und zog sie an sich. „Mensch Claire, du und deine blöden Witze!“, schimpfte sie.

„Sorry, Helen. War nicht böse gemeint. Aber du nimmst immer alles so ernst, da kann ich manchmal einfach nicht widerstehen ...“, entschuldigte sich Claire. „Streich eine Null, dann kommen wir der Sache näher.“ Sie tätschelte Helens Rücken und fuhr einfühlsam fort. „Aber im Ernst: Nimm doch nicht immer alles gleich so bitterernst. Lach doch mal wieder!“ Dabei schaute sie Helen aufmunternd in die Augen.

Claire hatte ja keine Ahnung, wie schwer und grau ein Leben sein konnte, dachte Helen, nickte aber tapfer.

„Keine Sorge, mein Vater bürgt für alles. Nur schreiben müssen wir den Plan selbst. Das heißt, du, Helen, du kannst das am besten.“

„Ach so!“ Erleichtert atmete Helen aus. „Dann ist es kein Problem.“

Die drei jungen Frauen teilten sich während des Colleges eine Studenten-WG. Während Claire Latein und Griechisch studierte (nichts, was man jemals gebrauchen könnte, aber alles, was für eine gebildete Ehefrau nötig war, und die sollte sie ja werden), studierte Mina Modedesign und Helen Literatur. Lange war das her ... Dabei hätte ihr damals schon klar sein müssen, dass sie niemals fürs Lesen bezahlt werden würde! Damals ... Da war sie noch voller Träume. Träume, die sie damals beinahe gelebt hätte, wenn sie nicht gezwungen gewesen wäre, von jetzt auf gleich für sich selbst zu sorgen. Denn von dem mageren Praktikantin-auf-Lebzeit-Gehalt bei einem anspruchsvollen Verlag konnte sie ohne Stuarts Einkommen nicht leben, und so schloss sie zähneknirschend den von Stuart nachdrücklich empfohlenen und im Voraus finanzierten Buchhaltungskurs ab. Das Zertifikat war das einzig Brauchbare, was er in ihrem Leben hinterlassen hatte, denn damit fand sie rasch eine verhältnismäßig gut bezahlte Stelle. Der Rest war nur Schutt, Asche und ätzende Säure und noch immer diese unermessliche Wut. Wut, die sie zwar gelernt hatte, im Zaum zu halten, die jedoch immer wieder auflodern konnte. Besonders dann, wenn sie an Stuart, seinen Betrug, seine Lügen, seine Bevormundung und Georgie denken musste. So wie jetzt. Aber sie wollte nicht an ihn denken, nie wieder, denn er hatte ihr Leben zerstört. Er hatte sie zerstört, zumindest fast, aber von so einem miesen Kerl ließ sie sich nicht zerstören. Sie nicht! Mit dem Laden würde ihr neues Leben beginnen, auf das sie so lange hingearbeitet hatte!

Glücklicherweise war der Kredit schon nach wenigen Tagen bewilligt und, unglücklicherweise, noch schneller auch schon wieder ausgegeben, das heißt, investiert, und zwar in Umbaumaßnahmen, Claires Küchengeräte und Mobiliar, wobei ihnen ein großer Zufall zur Hilfe kam.

„Mädels, so traurig es für die alte Dame ist, dass sie in Ruhestand gehen muss ...“, hatte Claire geheimnisvoll begonnen, „und so köstlich ihre Custard Schnecken auch waren, so fantastisch ist die Nachricht doch für uns: Das Alte-Oma-Kaffee in der *Muriel-Mews* wird aufgelöst! Und wisst ihr, was das Beste dabei ist?“, rief sie freudig, klatschte in die Hände und strahlte in zwei neugierige Gesichter. „Nein? Dann will ich es euch sagen! Der gesamte Inhalt, alle Möbel, das ganze Geschirr, einfach alles, wird verscherbelt!“

„Im Ernst?“, rief Helen, der hörbar ein Stein von der Seele plumpste. „Billig, ja? Und schön noch dazu?“

„Ja, Süße, beides auf einmal!“, antwortete Claire kichernd und stupste Helen. „Nur billig gibt's bei uns nicht! Es muss doch auch schön sein! Sagenhaft schön sogar!“

„Dann nichts wie hin, oder?“ Helen rieb sich mit glänzenden Augen die Hände und machte Schritte in Richtung Tür.

„Auf alle Fälle! Um 14:00 Uhr geht der Verkauf nämlich schon los. Wir müssen vorher noch zur Bank, denn die Devise lautet: Nur Bares ist Wahres!“

Da ist viel Wahres dran, dachte Helen und der Gedanke ließ sie nicht mehr los. Mit ungewohnt vielen Geldscheinen ausgestattet standen sie wenig später Füße scharrend vor dem Café und konnten kaum glauben, dass außer ihnen nur zwei ältere Frauen auf das Öffnen der Tür warteten.

Die Seniorinnen erstanden nur ein wenig Geschirr, was bedeutete, dass Helen, Mina und Claire an diesem Nachmittag mehr als die Hälfte des Ladens einrichten konnten. Da waren wunderschöne einfüßige Bistrotische, eine schmiedeeiserne Bank, geblümtes Geschirr, Kerzenständer, Bilderrahmen und vieles mehr, was sie so gut wie geschenkt bekamen.

„Ich glaub's einfach nicht“, juchzte Helen ein ums andere Mal und wenn sie, so wie Claire, gläubig gewesen wäre, hätte sie jetzt Gott dafür gedankt.

„Das ist ein gutes Omen, das sage ich euch! Ein gutes Omen“, wiederholte Mina sich pausenlos und knabberte vor

Freude ganz aufgeregt an ihren Nägeln, was Claire jedes Mal veranlasste, ihr einen Klaps auf die Hand zu verpassen.

„Das glaube ich inzwischen auch“, flüsterte Helen und schaute auf das Handteller große Gemälde eines Rotkehlchens, das auf einem Tannenzweig saß. Stellenweise war der Zweig mit Schnee bedeckt, allerdings hatte sich bereits ein Tropfen von Tauwasser gebildet. Das Bild würde nicht in den Laden wandern, sondern bei ihr bleiben, als kleines Zeichen der Hoffnung. Dann hob sie den Blick und schaute ihre Freundinnen an.

„Und ihr zwei werdet alles wunderschön arrangieren und einrichten“, sagte sie lauter und mit einem seligen Lächeln auf den Lippen. Mina und Claire waren zwei Wunderwesen, wenn es ums Gestalten ging. Die Kleider, die sie nähten, die Wohnungen, die sie dekorierten, die Blumengestecke, die sie arrangierten, die Cupcakes, die sie buken und aufwändig verzierten ... Das alles sah aus wie aus einem Katalog. Sie selbst war, was all das anging, eine echte Null. Eine absolute Versagerin. Vor hundert Jahren hätte sie keinen anständigen Mann gefunden, allein aus Mangel an weiblichen Talenten. War das mit ein Grund gewesen, weswegen Stuart damals ... Sie schluckte. *Nicht daran denken,* rief sie sich innerlich noch zu, doch da war sie wieder, diese innere Unruhe, die wie heiße Steine von innen an ihre Haut drückte und sie wünschen ließ, sie könne raus. Ausbrechen. Ihre Haut, ihr altes Ich abstreifen wie einen schmutzigen, löchrigen Mantel und in die Tonne treten. Oder liegen lassen, sich nie mehr danach umdrehen und auf und davon laufen. Nein, nicht laufen: tanzen! Leichtfüßig schweben. Befreit! Stuart sollte sie endlich mal *können*!

~Drei~

Es war Punkt achtzehn Uhr, als die drei ihre Pinsel und Farbroller sinken ließen. Erschöpft nahm Helen mit einem Seufzen den Hut aus Zeitungspapier, den Mina am Morgen für sie gefaltet hatte, ab und wischte sich mit dem Unterarm über das Gesicht. Tief ausatmend legte sie den Kopf in den Nacken und schüttelte ihr langes Haar. Nachdem sie sich wieder aufgerichtet hatte, seufzte sie zufrieden: „Na, das sieht doch schon mal nicht schlecht aus, hm? Aber für heute reicht es mir total. Ich bin echt mause-groggy."
„*Mause-groggyy*? Hört sich so an, als ob ich das auch wäre", antwortete Claire müde kichernd und ließ sich auf einen mit Plastikfolie abgedeckten Sessel fallen. „Feierabend."

„Abend ohne Feiern. Aber Essen. Dringend", japste Mina und sank aus dem Stand in den Schneidersitz. „Puh, da merkt man erst, wie schwach man doch ist", stellte sie mit kritischem Blick und prüfendem Griff auf ihre schlanken, aber muskulösen Arme fest.

„Das sagst ausgerechnet du!", seufzte Claire, denn Mina war die Einzige von ihnen, die ihren Körper regelmäßig und mit sichtlichem Erfolg beim Pilates stählte.

„Pizza?", fragte Mina ohne darauf einzugehen auch schon in der nächsten Sekunde, stemmte sich wieder hoch und rieb sich voller Vorfreude den Bauch.

„Pizza?", maulte Claire. „Im Ernst? Schon wieder?"

„Ja klar! Für dich und *il bello italiano* jeden Tag", flötete Helen und versetzte Claire einen kleinen Rempler mit dem Ellbogen.

Claire zog ihren Arm schützend vor sich und lachte gluckernd. „Du bist schuld, wenn wir dick und fett werden, Mina! Aber sollte es was mit dir und dem Schönling werden, gelten zwei Regeln!“, bekundete sie mit erhobenen Zeigefinger und Oberlehrerinnenblick.

„Und die wären?“, fragte Mina breit grinsend, und so, als sei sie zu allem bereit, wenn es nur endlich was mit dem rassigen Massimo werden würde.

„Du heulst dich nicht bei uns aus! Niemals! Keine Sekunde, verstanden?“, sagte sie in strengem Ton und mit ebenso strengem Blick.

„Ja! Ich meine, nein! Ach, ihr wisst schon, wie ich es meine“, fiepste Mina, zog den Kopf ein und die Mundwinkel nach unten, woraufhin alle drei laut loslachten.

"Und was ist die zweite Regel?", fragte Mina schließlich und wischte sich eine kleine Lachträne aus dem Augenwinkel.

"Hab ich vergessen. Oh – Moment! Doch! Dann bezahlst du uns das Fettabsaugen! Oder die neuen Klamotten. Oder ...", ereiferte Helen sich und suchte nach weiteren Sachen, die Mina ihnen schenken könnte. Da fiel ihr Claire mit einem vor Ekel verzogenen Gesicht und Grabesstimme ein: "Oder grünen Gemüsesäften ..."
"Igitt", fluchte Mina und schüttelte sich. "Dann ... sollte es besser mal schnell gehen mit dem *bel italiano*!"

"Und das in vielerlei Hinsicht", seufzte Helen übertrieben dramatisch, woraufhin sie sich einen freundschaftlichen Rempler von Mina einfing.

Rasch frischten sie ihr Make-up auf, frisierten sich, und machten sich, nach bestandenen Deo-Riechtests, auf den kurzen Weg zu dem heimeligsten aller Italiener von Notting Hill.

Als sie so neben einander hergingen, kam Helen kurz der Gedanke, wie andere sie wohl sahen.

Sie waren in etwa gleich groß; Mina aber war zierlich und bewegte sich mit der Eleganz einer Elfe. Auch Claires Bewegungen waren weiblich weich und fließend, aber ihre weiblichen Rundungen waren, nun ja, eben deutlich runder, was mit Sicherheit auch an ihrem überwältigenden Backtalent lag. Sebastian, ihren Verlobten, störte dies jedoch nicht im Geringsten, auch wenn er selbst ein fettfreier Tennis- und Golfspieler war. Er liebte jeden Millimeter und jedes Gramm seiner Claire, ja, er verehrte sie beinahe wie eine Göttin, die sich aus Versehen auf die Erde verirrt hatte und seines besonderen Schutzes bedurfte.

Wenn Helen an ihn dachte, oder, was selten vorkam, ihn sah, dann bröckelte ihre Einstellung, dass alle Männer furchtbare Menschen waren. Dann dachte sie, dass alle Männer zu ihr furchtbar waren, was aber keinen Unterschied für sie machte.

Helen selbst schlank, was zum einen an ihrem angeborenen fantastischen Stoffwechsel lag, zum anderen an ihrer gesunden Ernährungsweise und nicht zuletzt an den langen Fußmärschen, die sie, um das Fahrgeld zu sparen und das Gedränge in den öffentlichen Verkehrsmitteln zu vermeiden, oft zwischen Wohnung und Kanzlei zurückgelegt hatte. Ihr Gesicht war fein geschnitten und sie hatte alles, um hübsch zu sein. Doch der Groll und der Gram verdunkelten ihr ehemals sonnig strahlendes Gesicht. Seit dem schlechten Tag fehlte ihr die lebensfrohe Ausstrahlung, durch die Menschen erst anziehend wirken. Nur manchmal, ganz selten, blitzten ihr Esprit und ihre Lebensfreude durch die Mauer aus Unnahbarkeit, die sie selbst nicht mehr wahrnahm. So wie an diesem Abend, an dem sie Arm in Arm mit ihren Freundinnen durch die milde Dämmerung zum Essen schlenderte.

„Buona sera!“, begrüßte Massimo die drei mit einer tiefen Verbeugung und zeigte mit ausgestrecktem Arm auf ihren Lieblingstisch. „Buona sera“, antwortete Mina in etwas, das annähernd wie Italienisch klang.

Ausgelassen kichernd nahmen sie an einem runden Tisch mit rot-weiß karierter Tischdecke Platz. Die Speisekarte kannten sie längst auswendig, sodass sie gleich bestellen konnten.

„Eine Pizza Vesuvio“, bestellte Mina mit einem verführerischen Lächeln und einem Augenaufschlag, der selbst Schmetterlingen Ehrfurcht gelehrt hätte.

„Explosiv!“, flirtete Massimo zuverlässig mit rauer Stimme zurück. „Naturalmente, Bellissima!“

Menschen sind wie ihre Pizza, dachte sie schmunzelnd und bestellte sich eine Pizza Margarita, während Claire eine „Capricciosa mit allem, aber ohne Käse“ bestellte, wobei der Name der Pizza ja ohnehin schon *extravagant* bedeutete.

Daraufhin entfernte sich Massimo mit einer angedeuteten Verbeugung und einem Blick, der sogar Helen die Röte ins Gesicht trieb.

„Und, Helen, sag mal, wie kommst du denn mit den Romanen voran?“, erkundigte Mina sich, nachdem sie genüsslich von ihrem Rotwein gekostet hatte.

„Ich? Oh … Es geht so“, stammelte Helen überrascht. „Das Wochenende niste ich mich im *Waterstones* ein“, redete sie ausweichend weiter und hoffte, dass niemand nach ihren weiteren Plänen für das Wochenende fragen würde. Denn sie hatte keine. Wie immer.

Mina hob ihre makellos gezupften Augenbrauen und schaute sie skeptisch an. „Ja?“, fragte sie gedehnt und nahm noch einen Schluck von ihrem Montepulciano. Gerade als Massimo mit den großen Tellern voll köstlich duftender Pizzen zu ihnen geschwebt kam, leckte sie sich über die Lippen, was beinahe zu einem Absturz der Vulkanpizza auf das sonnengelbe Kleid des anderen Gastes führte. Verängstigt schwiegen sie, bis er fertig serviert hatte, und bedankten sich mit einem heißhungrigen Lächeln.

„Absolut! Das Wochenende steht ganz im Zeichen von *Liebe*", beteuerte Helen umgehend, wich aber auch Claires prüfendem Blick aus und nahm nun ihrerseits einen großen Schluck Wein.

„Aber bitte – um das nochmal klar zu stellen", schaltete sich nun Claire ein, legte zur Bekräftigung ihrer Worte das Besteck aus der Hand und die rechte Hand mit gespreizten Fingern flach auf den Tisch. „Keine Thriller. Keine Sachbücher und auch kein hyper-anspruchsvolles Zeug, das niemand versteht und niemand will!"

„Ja. Das hat Mina mir ja schon gesagt. Aber warum eigentlich nicht? Wisst ihr – ich habe da nochmal drüber nachgedacht!", begann sie voller Elan. Als sie jedoch in grimmige Gesichter blickte und Mina auch noch unheilvoll die Faust um die spitzzackige Gabel schloss, wurde sie immer langsamer und leiser. „Ich meine … vielleicht nur ein paar? Zur Abwechslung? Um das Angebot zu erweitern …?", fiepste sie mit hochgezogenen Schultern.

„Keine. Abwechslung!", donnerte Minas Stimme, begleitet von der Gabel, über den Tisch und – wer hätte das gedacht, gefolgt von einem Lächeln in eine bestimmte Richtung.

Helen schluckte, diesmal jedoch ohne Wein, und wagte einen letzten Vorstoß: „Okay, okay! Aber seid doch mal ehrlich! Kennt ihr jemanden, der allen Ernstes nur rosarote und himmelblaue Bücher liest, in denen die Liebe vom Himmel fällt und sich genau die zwei, von denen man von Anfang an wusste, dass sie sich kriegen, tatsächlich kriegen?", begehrte sie auf und merkte zu ihrem Entsetzen selbst, wie verbissen sie klang. Ihre Worte entzweiten sich von dem, was sie gern gesagt hätte, aber nicht sagen konnte, weil sie nicht wusste, dass sie es sagen wollte. Ach, es war ja alles so kompliziert. Mit der Liebe und mit sich selbst.

Und noch komplizierter, da unglaublicher, wurde es, als sie ein begeistertes „Wir" vernahm, bei dem sich die beiden

Rufenden auch noch kerzengerade aufrichteten und sie breit angrinsten.

„Ihr?“, staunte Helen und entschloss sich, zu lachen. „Ach kommt! Ihr doch nicht! Ihr wollt mich doch nur veräppeln!“

„Nein, tun wir nicht!“, beteuerte Mina und wedelte mit der Hand in der Luft herum.

„Wirklich nicht. Im Ernst, Liebes: Die Welt ist schon schrecklich genug, da muss man sich nicht auch noch freiwillig mehr Grausamkeiten beim Lesen antun!“, belehrte Claire sie halbernst.

„Ja, eben! Ganz genau! Beim Lesen soll man doch träumen können!“, pflichtete Mina ihr eifrig nickend bei.

„Aber – aber es kann doch niemand allen Ernstes glauben, dass mit dem nächsten Mann das große Glück kommt und alle Probleme für immer und ewig vorbei sind!“, rief Helen verzweifelt und zog ihr Gesicht in Falten.

„Das –“,begann Claire, während sie und Mina einen langen Blick wechselten. „Das behauptet ja auch keiner. Deswegen enden die Bücher ja auch an der Stelle. Trotzdem ist es schön. Es ist eine Auszeit. Pause vom Alltag, verstehst du das echt nicht?“

Helen zuckte mit den Schultern, dann wackelte sie mit dem Kopf, bis sie das Wackeln in ein Nicken übergehen ließ. Daran musste es wohl liegen.

„Und deswegen, meine Liebe“, fuhr Claire freundlich, aber wieder entschieden fort, „deswegen findest du am Wochenende die fünfzig romantischsten, witzigsten und originellsten Romane, die Großbritannien derzeit zu bieten hat!“ Triumphierend klatschte sie in die Hände und lehnte sich in ihrem Stuhl zurück. Gerade rechtzeitig, um einen feurigen Blick aus Massimos Augen zu erwidern.

„Wir werden das überprüfen und deine Liste korrigieren, sollten die herzerweichendsten Bücher darauf fehlen!“, drohte Mina gespielt und hob den Zeigefinger.

„Ich ... Okay, weil ihr es seid. Ja, mach ich!“, gab Helen schließlich klein bei, rollte die Schultern vor die Brust und ließ den Kopf hängen. Warum nur war sie so anders? Sie war doch früher nicht so ernst und bedrückt gewesen. Ja, früher ... vor *dem schlechten Tag*, da hätte es solche Gespräche nicht gegeben, denn da gehörte sie selbst zur Lesegruppe.

Ein wenig freute sie sich aber doch auf die Beschäftigung mit den Büchern. Einige sahen ja wirklich schön aus. Und sie schwiegen. Sie erwarteten nichts von einem. Das war befreiend. Zudem war das Buchprogramm eine gute Ausrede, um endlich mal wieder aus dem Haus zu gehen, denn das tat sie so gut wie nie. Das Leben spielte sich draußen ab, das wusste sie, aber die Couch drinnen war bequem und sicher und das Leben draußen war hart und bedrohlich. Sie gehörte nicht mehr zu der Welt mit all den schönen und glücklichen Menschen. Das sah man ihr doch auch schon an! Aber gut, um ihren Traum nicht an der Realität scheitern zu lassen, würde sie Romanzen lesen. Oder zumindest den Anfang und das Ende; den mittleren Teil hatte sie auch im Studium schon immer erfolgreich überflogen.

„Gut. Ich glaube, du verstehst, was wir meinen“, schloss Mina das Thema und schnitt ein großes Stück von ihrer Pizza. „Claire verkauft ja auch keinen Knoblauchkuchen und ich keine Disteln.“

Nun musste Helen widerwillig lachen, goss allen Rotwein nach, hob das Glas und rief: „Auf uns! Und auf eine fantastische Zukunft!“ Und in dem Moment, in dem sie die Worte aussprach, glaubte sie selbst daran.

~Vier~

Als Helen am Samstagmorgen mit einem etwas schweren Kopf erwachte, goss es wie aus Eimern. Von dem am Vortag noch unschuldig hellblau lockenden Himmel war nichts mehr übrig.

„Oh nein, bitte nicht!“, stöhnte sie, zog sich das große Kuschelkissen über den Kopf und drehte sich noch einmal um. Bei so einem Wetter schickte man keinen Hund vors Haus und schon gar nicht sich selbst. Folglich würde sie heute gewiss keinen Buchladen von innen sehen. Sie wollte in ihrer winzigen, dafür aber umso gemütlicheren Wohnung bleiben, wo es schön warm und trocken war. Am Montag würde ihr schon eine Ausrede einfallen, so wie immer. Wobei sie, das fiel ihr gerade auf, schon lange nicht mehr gefragt worden war. Weder was sie geplant, noch was sie getan hatte. Vielleicht, überlegte sie beschämt, vielleicht hatten Mina und Claire sie längst durchschaut und wollten ihr keine Notlügen mehr abnötigen, oder sie konnten ihr Herumgedruckse einfach nicht mehr ertragen, wieso, weshalb und warum sie *leider* schon wieder nicht mit ihnen ausgehen und feiern konnte. Vielleicht akzeptierten die beiden aber auch einfach endlich, dass Helen nicht mehr vollständig lebte. Vielleicht hatten sie endlich begriffen, dass an dem Tag, an dem Helen zuerst ihren Verlobten mit einer anderen Frau in ihrem eigenen Bett erwischte, dann beim fluchtartigen Verlassen der gemeinsamen Wohnung die Treppe hinunterstürzte, daraufhin mit plötzlich strömenden Blutungen ins Krankenhaus eingeliefert wurde, woraufhin der sechs Monate alte Fötus leblos aus ihrem Körper entfernt wurde. An dem Tag starb sie und lebte seitdem nur noch dem Anschein nach. Äußerlich. Denn innerlich war sie tot.

Aber es half alles nichts, denn auch das *äußerliche Leben* ließ einen beinahe automatisch Dinge tun, die man eigentlich nicht tun wollte. In Helens Fall bedeutete dies, dass sie aufstand und sich unter die Dusche stellte. Danach fühlte sie sich etwas besser und nach ihrem typischen Wochenend-Frühstück mit Milchkaffee, Joghurt, frischem Obst, warmem Toast mit ihrer über alles geliebten Orangenmarmelade, sogar gestärkt. Stark genug, um dem Wetter zu trotzen und für den Laden alles zu geben! Kurzerhand schnappte sie sich ihr Tablet, um sich online einen Überblick zu verschaffen. Kaum hatte sie den Suchbegriff „Liebesromane" eingegeben, wurde sie von einer Flut aus Himmelblau und Rosarot beziehungsweise nackter Haut erschlagen. Dabei flackerte auch ihr Bildschirm von so viel ungewohnter Farbe nervös auf. So viel *Amore*! Und Frauen. Tolle Frauen. Halbbekleidete Frauen. Allesamt mit seidig fließendem langen Haar. Darunter ein paar Männer. Entweder in schicken Anzügen oder mit pechschwarzen Tattoos auf nackter Haut, die sich über monatelang trainierte Oberkörper spannte. So so, jaja. Sah gut aus, das alles. Sexy. Nur nicht für sie. Sie stand mehr auf blaue Titelbilder mit weißen Streifen. Oder mit dem Papagei, aber das war etwas Neues und völlig anderes. Vögel gab es auf den Bildern keine, dafür aber unglaublich große Mengen an Pralinen und Cupcakes, und Sterne und Strände und Palmen und ... nun ja, – der Stoff eben, aus dem die Träume von Frauen waren. *Normale* Frauen. Nicht sie. Sie hatte keine Träume mehr, bis auf den Laden.

Was da wohl in den Büchern drin stand? Und wie es geschrieben war? Zu dumm, dass man die nun nicht in die Hand nehmen und anfassen konnte. Aber hier: Leseprobe. Tolle Erfindung! Nur wo beginnen? Es waren ja so viele Bücher! „Lieb mich lieber heiß als kalt" – das klang lustig und sah schön aus. Es begann ganz amüsant, ebenso wie „An keinem Tag wie diesem". Aber was war das hier? Das Buch auf Platz zwei, das sah richtig schön aus. Es war nicht nur rosa und rot, und Gold, sondern auch dunkelgrün, sehr geheimnisvoll. Auch der Titel gefiel ihr: „Tränen auf Rosenblüten". Das klang schön und traurig zugleich.

Schmerzhaft. So, wie sie sich gefühlt hatte. Bei Rosen dachte sie zudem an Dornen, die einem die Haut aufrissen und sich tief ins Fleisch bohrten. Deswegen waren Rosen ja auch die Blumen der Liebe; weil sie einen lockten und betörten, und sobald man einen Moment nicht achtgab, bluten ließen. Worum es wohl ging? Neugierig strich sie mit dem Finger über den Bildschirm und versuchte, mehr darüber herauszufinden.

756 Rezensionen. 756! Und fast nur 5 Sterne, oder zumindest in so großer Mehrheit, dass die wenigen anderen unter den Tisch fielen. Das war unglaublich!

Tränen auf Rosenblüten ... Was für ein Titel. Aber warum ließ sich der Klappentext nicht öffnen? Immer diese Probleme mit der Technik! Sie musste aber unbedingt jetzt wissen, wie das Buch begann und ob ihr der Schreibstil gefiel. Warum ging das denn nicht? Nichts zu machen. Also musste sie wohl oder übel doch raus. Aber bei dem Wetter? Egal. Es half nichts ... Das Buch und der Traum; beides trieb sie hinaus.

Tränen auf Rosenblüten ... Rosen ... hatte da, an dem Tag, der sich binnen Sekunden von einem normalen zu einem bitterbösen entwickelte, nicht auch ein großer Strauß Rosen in der hohen Bodenvase, die ein Geschenk von Stuarts Mutter war, im Flur gestanden? Helen war sich beinahe sicher, denn am Vortag hatten sie ihr zweijähriges Beisammensein gefeiert, aber sie konnte es nicht mehr mit Sicherheit sagen. Es war nur eine vage Vermutung, ein verblasstes Bild an eine ansonsten so lebendig quälende Erinnerung. Der Duft der Rosen war verflogen, von ihnen war, außer den Wunden der Dornen, nur noch der stechende Gestank der Verwesung geblieben, der seitdem in dicken Schleiern um Helens Herz waberte.

Doch nun sah sie wieder Stuart vor sich. Ihren Stuart, ihren früheren Stuart, den Mann, den sie über alles, auf alle Fälle mehr als sich selbst, geliebt hatte. Für den sie alles getan hätte, und beinahe alles tat. Sie sah seine glänzende Haut, die sie so gern an ihrer gespürt und gestreichelt hatte, die so warm war und so herb roch. Und dann ein neues Bild. Ein Bild wie ein Blitz: wieder seine nackte Haut, aber dazu die langen, schlanken Beine, die sich um sein Becken schlangen, und die nicht ihre waren. Die Nägel der fremden Frau, die sich in seinen Rücken pressten. Beide entrückt. Beide in Ekstase. Die Bilder, diese Laute und dieser Geruch. Das Aufeinanderklatschen der schwitzenden Haut. Das Ächzen des Bettes. Das hohe Stöhnen der Frau, das tiefe des Mannes, ihres Mannes – und ihr Schrei. Hoch. Spitz. Schrill. Der Schrei, der alles zerriss. Der Schrei, mit dem sie aus dem Zimmer, aus der Wohnung, aus ihrem bisherigen Leben und die Treppe hinabstürzte. Irgendjemand fand sie bewusstlos und blutend auf dem Treppenabsatz und rief die Ambulanz. Irgendjemand. Vielleicht Stuart, vielleicht auch nicht. Gehirnerschütterung, Prellungen und eine Fehlgeburt in der 29. Woche.

Und danach die Stille. Die Stille, die alles durchdrang und alles auslöschte.

Seitdem kein Laut mehr.

Nur ohrenbetäubende Stille in einem luftleeren Raum.

Erneut schrie Helen auf, schlug sich die Hand vor den Mund und erstickte nach der langen Übung umgehend den Schrei und den Schmerz. Keuchend presste sie die Augen zu.

Lass mich nichts mehr sehen, nichts mehr hören, nichts mehr fühlen, flehte sie stumm.

Niemals hielt sie ihren Sohn in den Armen, niemals sah sie sein Gesicht, niemals atmete sie den reinen Duft seiner weichen Babyhaut ein. Niemals.

Zu früh. Viel zu früh für den noch nicht allein lebensfähigen Fötus. Und viel zu früh, um in die gemeinsame Wohnung zu kommen. Fast zwei Stunden zu früh. Wäre sie wie verabredet nach Hause gekommen, hätte sie sich an die Abmachung gehalten, wäre sie jetzt nicht allein. Dann hätte sie jetzt eine

Familie, eine behagliche Wohnung und kein Loch in ihrem Herzen. Oder doch. Vielleicht doch, denn Stuarts entwürdigende, herablassende Art hätte sie vielleicht auch mit Kind mit der Zeit von innen ausgehöhlt und vernichtet. Aber vielleicht wäre die Liebe zu und von Georgie auch genug gewesen, um dieses Loch zu füllen.

Vielleicht säße sie dann jetzt, in diesem Moment, mit ihrem Sohn am Frühstückstisch. Drei Jahre wäre er jetzt alt. Sie würde ihm sein Toastbrot mit Nutella bestreichen und einen Apfel in kleine Stücke schneiden. Sie würde ihn auf ihren Schoß holen und ihm aus seinem Lieblingsbilderbuch vorlesen. Aber er lebte nicht. Er starb an dem Tag, an dem auch ihr Glaube an die Liebe starb. Und seitdem war sie tot. Lebendig begraben.

Aber nein! Sie hatte genug davon. Wild entschlossen, das Beste für ihren Traum zu tun, trat sie schwungvoll ins Freie. Sie wollte gerade den Regenschirm öffnen, als sie feststellte, dass es aufgehört hatte zu regnen. Ein leichtes Lächeln zog in ihr Gesicht. Helen schloss die Augen und schnupperte genüsslich. Die Luft war warm und roch satt nach den Blumen, die in den winzigen Streifen "Vorgarten" gepflanzt waren. So tief wie möglich atmete sie ein, so tief und oft, als könne sie die feuchte Luft trinken. Verheißungsvoll, wie das Leben ... Warm und sättigend ... Das war ein gutes Zeichen, dachte sie und grinste breit. Sie straffte die Schultern, hob den Blick und ließ ihn über den weiten Himmel gleiten.

Doch Moment! Zurück, zurück! Raus aus den langweiligen Klamotten! Sie sperrte die Tür auf, riss sich mit beiden Händen die einfarbig graue Bluse auf, schleuderte sie auf den Boden, zerrte sich die schwarze Hose vom Leib, riss sich die verwaschene Unterwäsche herunter und stand splitterfasernackt vor dem einen eineinhalb Meter hohen Spiegel. Zum Glück hatte sie sich erst vorgestern die Beine gewachst, sonst hätte sie vor Selbsthass den Spiegel eingeschlagen.

Durch das gekippte Fenster strömte die frische Luft herein und umschmeichelte ihre Haut. Direkt neben ihr stapelten sich die seit ihrem Auszug nicht mehr geöffneten Kartons. Wie eine endlose, windstille und farblose Wüste breiteten sich die ungelebten, vergeudeten Jahre vor ihr aus. Wie eine Wüste, auf die Wassertropfen fielen und aus deren trockenem Boden in atemberaubendem Tempo eine Blume nach der anderen hervorspross. Leben!

Mit ungeahnter Kraft riss sie den obersten Karton herunter, er fiel um, der Deckel löste sich und alles, was noch nicht auf dem Boden lag, schüttete sie auf den Boden. Kleider. Bunte Kleider. So viele Kleider! Größe 34. Immer noch ihre Größe. Bedruckt mit saftig roten Kirschen. Mit knallgelben Zitronen. Mit sanften Magnolien. Und die Stoffe, so weich. So schön gearbeitet. Makellos genäht. Ein Traum. Das alles gehörte ihr? Das alles hatte sie getragen? So hatte die Welt sie gesehen?

Und dann – das Kleid mit dem aufgefächerten Flügel eines Papageis. Das Kleid, das sie noch nie getragen hatte. Sie erinnerte sich.

Ungläubig sank sie auf den kalten Boden und nahm mit verträumten Augen ein Kleidungsstück nach dem anderen in die Hände. Wie schön und wie lebensfroh alles war. Und so lange schon vergessen. Sie fröstelte, schloss die Augen, presste ihre frühere Lieblingsbluse mit den zarten Kirschblüten an ihr Gesicht, unterdrückte die Tränen, stand auf, wühlte in den anderen Kisten nach feiner Unterwäsche, edlen Strümpfen, Ballerinas, einem passenden Rock, bügelte rasch alles, frisierte und schminkte sich und trat schließlich, mit einem Hauch Parfüm, aus der engen, dunklen Wohnung erneut hinaus auf die Straße, auf der die Sonne die letzten Spuren des Regens trocknete.

Mit kräftigen Schritten ging sie an den eleganten mehrstöckigen Wohnhäusern vorbei zur Bushaltestelle, von wo sie an den Piccadilly Circus fahren wollte. Dort befand sich die größte Waterstones Filiale der Stadt, und somit wahrscheinlich des Landes, und der Welt, und die war für ihr Vorhaben gerade gut genug, dachte sie vergnügt. Als sie an dem großen Schaufenster einer Boutique vorbeikam, sah sie ihr eigenes Spiegelbild. Ihr Haar wehte locker im Wind, ihr Gang war zielstrebig und doch leicht und ihre Haltung aufrecht. Das war sie? Ja, das war sie! Helen kehrte ins Leben zurück! Und ja, so sah eine Frau aus, die ihren Kundinnen bezaubernde Bücher für ein paar verträumte Stunden schenken konnte.

Voller Elan stieg sie aus dem Bus und betrat den renommierten Buchladen. Suchend sah sie sich um und nahm den Lift hinauf in den zweiten Stock, wo sich laut Information die Liebesromane befanden. Dort angekommen, sah sie sich sofort, und sehr lange, nach dem Buch mit dem schönen Titel und dem verheißungsvollen Titelbild um, fand ihn jedoch nirgends. War das Buch so beliebt, dass es ausverkauft war? Hier? In *Waterstones*? Das war doch fast unmöglich! Hilfesuchend wandte sie sich an eine Verkäuferin: „Guten Tag, entschuldigen Sie bitte. Wo finde ich denn *Tränen auf Rosenblüten?*“

„*Tränen auf Rosenblüten*?“, wiederholte die Frau stirnrunzelnd und schüttelte kaum merklich den Kopf.

„Ja. Kennen Sie das denn nicht?“, fragte Helen verunsichert. War das Buch am Ende der größte Schund aller Zeiten und sie hatte sich soeben geoutet?

„Nein. Nie gehort. Was soll das sein?“, entgegnete die Verkäuferin ernst.

„Ein Liebesroman. Er ist – auf Platz zwei und hat 756 mal 5 Sterne.“

„Auf Platz zwei? Wo denn bitte?“

Helen nannte den Namen des Online-Shops, woraufhin sich der Blick der Verkäuferin verdüsterte. „Ach so!“, sagte sie verächtlich. „Davon gibt’s wahrscheinlich nur E-Books, oder?“, stöhnte die Frau und drehte sich weg. „Wird so ein Selfpublisher sein.“

Nun war es Helen, die die Stirn runzelte. „Self-Publisher?“ Helen kam aus dem Staunen nicht mehr heraus und schämte sich abgrundtief dafür, dass sie, als angehende Buchhändlerin, so wenig Ahnung hatte. Aber zum Glück wusste die Fachangestellte ja nichts von ihren Ambitionen.

Über das, was sie eben erfahren hatte, würde sie später nachdenken, aber da sie schon einmal hier war, bat sie die Frau, ihr andere Liebesgeschichten, die *ans Herz gingen*, zu empfehlen, was diese freundlich lächelnd tat. Einige Zeit später nahm sie auf einem der mit hässlichem grauem Stoff bezogenen Stühle Platz, platzierte den hohen Stapel dicker Wälzer neben sich und begann zu schmökern. Heimlich machte sie sich Notizen, und fühlte sich grässlich dabei, dass sie den Buchladen in gewisser Weise missbrauchte. Schließlich kaufte sie schuldbewusst zwei Schnulzen, von denen eine in Italien, die andere in Irland spielte; beides Schauplätze, die sich bestimmt gut verkauften und die ihr selbst gefielen. Und beides Bücher, die sie Mina und Claire schenken konnte, denn dass sie diesen Quatsch selbst zu Ende lesen würde, das konnte sie sich nun beim besten Willen nicht vorstellen. Sie waren einfach zu rosarot. Trotz der Kirschblüten auf ihrer Bluse.

~Fünf~

„Mensch! Was ist denn mit dir los?“, entfuhr es Claire überwältigt. Sie ließ beinahe die Thermoskanne mit den violetten Schmetterlingen fallen, aus der sie sich pechschwarzen, dampfenden Kaffee in eine dazu passende Tasse goss. Beziehungsweise gießen wollte, denn ohne es zu bemerken, schüttete sie daneben, während sie mit offenem Mund Helen anstarrte. Ähnlich reagierte Mina, die ihren Stift fallen ließ und ergriffen staunte: „Helen? Bist das wirklich du? Oder träume ich?“

„Hey, was habt ihr denn?“, fragte Helen und kicherte verlegen.

„Du – du siehst so toll aus!“, hauchte Claire beinahe ehrfürchtig. „Fast wie früher!“

„Was ist denn mit dir passiert?“, stieß Mina noch immer verblüfft hervor.

Beide kamen zu ihr, zupften und zogen an Helens weißem Sommerkleid, auf dem das Bild einer Wiese voll kräftig leuchtender Klatschmohnblüten gedruckt war.

„Oh, Helen!“, riefen sie andächtig, schüttelten die Köpfe, gingen um sie herum und blieben schließlich strahlend vor ihr stehen. „Fantastisch. Wirklich, entzückend.“

„Ich – nun, ich dachte, es passt vielleicht besser hierher. In unseren Traumladen. Kleider machen Leute, ihr wisst ja. Und außerdem war mir mal nach ein bisschen Farbe“, gestand Helen und grinste dabei immer breiter und zuckte die Schultern.

„Oh Helen! Das ist ja großartig! Och Mensch! Ich freue mich so für dich!“, juchzte Claire, während Mina jubelte: „Es geht bergauf! Es geht bergauf!“ Glücklich fielen sie sich in die Arme und Mina flüsterte wiederholt: „Das ist ein Zeichen. Ein gutes Zeichen.“

Das Gefühl hatte Helen seit langer Zeit auch.

Nachdem sie sich wieder losgelassen hatten und Tassen mit duftendem Kaffee in den Händen hielten, erkundigte Mina sich mit einem vorsichtigen Zwinkern, ob Helen denn auch ihre Hausaufgaben gemacht hätte.

„Oh ja, das hab' ich!", antwortete diese grinsend und spürte die Erleichterung körperlich, dass sie endlich einmal die Wahrheit sagen konnte.

Claire stellte ihre Tasse erwartungsvoll ab. „Und?", fragte sie gedehnt und schaute Helen mit leicht geneigtem Kopf und ein wenig verengten Augen an. Ihre goldblonden Locken wippten gespannt auf und ab und ihre tiefblauen Augen leuchteten, wobei ein warmes Lächeln ihre zartrosa geschminkten Lippen umspielte.

Helen kicherte und zog die leicht zerknitterten Blätter aus ihrer Handtasche. „Also, ich habe hier eine Liste. Eine lange Liste. Und eine Frage", begann sie.

Claire riss ihr die Zettel aus der Hand und Mina rief gespannt: „Schieß los!". Aufgeregt kneteten die beiden Freundinnen die Hände.

„Also, im Internet habe ich ein Buch gefunden, von dem die Buchhändlerin allerdings noch nie etwas gehört hatte. Dabei ist es ganz vorne in den Charts und unglaublich gut bewertet. Es heißt *Tränen aus Rosenblüten. Auf* oder *aus*, das weiß ich jetzt nicht so genau. Aber egal. Indie, Selfpublisher, ich weiß ...", begann sie, unterbrach sich aber, als sie die merkwürdig verklärten Augen ihrer Freundinnen bemerkte. „Hey, was ist denn nun schon wieder los?", fragte sie verwirrt.

„Nichts ... Gar nichts ... Es ist nur ... Och Helen ... Das Buch ist soooo schön", seufzten beide ganz verliebt wie aus einem Mund und falteten auch noch die Hände vor der Brust. „Einfach soooo schön!"

Helen glaubte, zu träumen. „Wie bitte?“, fragte sie lachend und schüttelte den Kopf. „Ihr kennt es?“

„Ja, natürlich! Wir haben es verschlungen, sag ich dir! Es ist einfach unbeschreiblich berührend. Es geht so tief! Oh, ich habe geheult wie ein Schlosshund“, flüsterte Claire und gab einen gespielten Schluchzer von sich.

„Ich auch“, seufzte Mina und legte sich die Hand ans Herz. „Es ist so voller Gefühl und Liebe und ... ach, einfach alles. Alles! Ich glaube, es ist wirklich das schönste Buch, das ich jemals und überhaupt gelesen habe! Das musst du einfach lesen. Du *musst*, hörst du? Der Mann ist ... Ach, wenn es den wirklich gäbe, dann würde ich ihn nie mehr loslassen!“

„Oh ja, ich auch nicht!“, stimmte Claire mit ein. „Wenn ich Sebastian nicht hätte, natürlich.“

„So kitschig, ja?“, spottete Helen, die sich in so viel Gefühlsduselei, wie sie es nannte, doch nicht sonderlich wohlfühlte, und prustete peinlich los.

„Nein! Nicht kitschig! Einfach nur schön. So voller Gefühl und tiefer Emotionen. Und deswegen eben einfach doch nur *schön*“, schwärmte Mina.

„Wunderschön“, pflichtete Claire ernst bei, schaute auf die Kuchenbrösel und nickte.

„Unglaublich, unbeschreiblich wunderschön“, fuhr wieder Mina fort.

„So, so“, meinte Helen und wusste nicht, ob sie lachen oder verzweifelt stöhnen sollte. Mit ihren Freundinnen war ja gar nichts mehr anzufangen, seit sie das Buch erwähnt hatte. Sie selbst musste erst mal ans Buch kommen, was wohl gar nicht so einfach war, wenn man nicht im Internet kaufen wollte, und das wollte sie nicht, denn sie wollte die *echten* Läden am Leben erhalten.

„Das ist es wirklich! Du musst es unbedingt lesen! Wirklich ganz unbedingt!", ereiferte Claire sich und warf Mina einen bedeutungsvollen Blick zu.

„Das will ich ja sogar, auch wenn ihr mir das nicht glaubt ...", sagte Helen und fügte kaum hörbar „Zumindest dem Laden zuliebe" hinzu.

„Im Ernst? Ja?", rief Mina und rutschte auf ihrem Stuhl ein Stück weit nach vorne. „Aber?"

„Nun ja, die Frage ist eben: Woher bekomme ich das gute Ding? Ich meine, sowohl zum Lesen, als auch zum Verkaufen? Es hat noch nicht mal einen Verlag und ich kann es ja wohl nicht zum Normalpreis kaufen und weiterverkaufen!"

„Hm ... Also, Moment. Lesen kannst du es auf meinem Reader!", rief Claire und deutete auf ihre Tasche. „Den habe ich ja immer dabei. Und wegen des Weiterverkaufens ..."

„Schreib doch einfach der Autorin!", rief Mina und grinste breit über ihren Gedankenblitz. „Du hast ja allen Grund dazu! Und vielleicht kannst du sie dann auch gleich um ein Autogramm für uns beide bitten?"

„Ach was, wie ... Einem Autor einfach so schreiben? Die haben für so etwas doch keine Zeit!"

„Aber sicher haben sie das. Die freuen sich sogar bestimmt. Das ist Indie, nicht Verlag. Da ticken die Uhren ein bisschen anders. Geh einfach mal auf Facebook. Ach so, das hast du ja auch nicht. Also, warte mal, hier!" Claire überschlug sich beinahe und fischte aus ihrer monströsen puderfarbenen Chloè-Tasche ihr Lesegerät hervor und tippte so lange darauf herum, bis sie triumphierend rief: „Ha, hier! Wusst ich's doch! Im Impressum steht eine E-Mail-Adresse. Hier, bitte: jordan.travers.author AT booksandlovestories.com.

„Und der Frau soll ich einfach schreiben?", fragte Helen unsicher. Ihr war nicht wohl dabei. Was um Himmels willen sollte sie denn da bitte schreiben? Einer Erfolgsautorin! Noch nie war sie auf die Idee gekommen, einen Autor einfach eben mal zu kontaktieren, denn für sie waren Autoren Halbgötter und zumeist ohnehin sowie schon tot.

„Ja, klar, komm! Mach schon! Und grüß sie von uns. Sag ihr, dass wir ihr Buch geliebt haben. Hörst du, *geliiiebt* haben!“, rief Mina und Claire fügte ausgelassen hinzu: „Und immer noch lieben!“

„Ja, ja, schon gut! Okay, okay“, murmelte Helen leise vor sich hin und setzte sich an ihren Laptop. Was sein musste, musste wohl sein, und wahrscheinlich hatte sie in den letzten drei Jahren einfach wirklich viel verschlafen. *Dann will ich mal,* dachte sie tapfer, krümmte sich aber genauso innerlich, wie sie es äußerlich tat, als sie das E-Mail-Programm öffnete.

Liebe Jordan,

begann sie und hielt inne. Wie weiter?

Als großer Fan ...

Nein. Das konnte sie nicht schreiben. Sie konnte doch nicht lügen, oder? Schließlich hatte sie das Buch noch nicht gelesen, hatte es auch nur bedingt vor, und außerdem bezweifelte sie stark, dass ihr die Schnulze wirklich gefallen würde, auch wenn das Bild auf dem Buchumschlag in der Tat sehr vielversprechend aussah. Sie musste kein Fan sein, entschied sie, denn sie würde es als Buchhändlerin, nicht als romantische Frau lesen!

Liebe Jordan,

aufgrund der enormen Begeisterung, die „Tränen auf Rosenblüten“ ausgelöst hat ...

Klang das nicht steif? Doch. Also anders.

Liebe Jordan,

als Mit-Eigentümerin eines neuen Buch-Blumen-Cafés ...

Moment. Mist! Sie hatten ja immer noch keinen Namen!

„Minn! Claire!“, rief sie entsetzt, wobei sie Minas Namen abkürzte, und schaute ungläubig auf. „Wie heißen wir eigentlich?“

„Wie wir heißen?“, fragte Mina verblüfft zurück, stellte eine bauchige Vase ab, strich sich ihre seidigen schwarzen Haare aus der Stirn und kam mit zweifelndem Blick näher. „Geht's dir nicht gut? Helen, Claire und Mina natürlich!“

„Mann, Minn! Du nervst. Der Laden, meine ich doch!“
„Oh, der Laden ... Hm, also ... Ach so, der Laden. Na, das ist eine gute Frage ... eine sehr gute Frage sogar ...“ Verlegen kratzte sie sich im Nacken und zog eine Grimasse.

„Eine drängende Frage!“, stimmte Claire ernst und laut zu.

„*Blumen-Buch-Café?*“, schlug Helen mit gerunzelter Stirn vor und schüttelte gleich selbst den Kopf.

„Wie? Nein. So ein Quatsch. Das klingt ja nach Öko-Pur und Strickpulli!“

„Hm, mit Kommata? Also, *Blumen, Bücher und Café?*“

„Meinst du? Hm. Oder vielleicht: *Träume und Liebesgeschichten?*“

„*Liebesgeschichten* ist gut! Aber nicht *Träume*, nee, das nicht.“

Sie überlegten hin und her und einigten sich schließlich auf den provisorischen Namen: „Kaffee, Kuchen, Blumen und andere Liebesgeschichten“.

„Das ist aber viel zu lang“, wandte Helen ein. „Nur: *Und andere Liebesgeschichten?*“

„Ja, das könnte klappen." Mina und Claire nickten. Darüber wollten sie eine Nacht schlafen und dann weiterüberlegen.

„Also gut, dann schreibe ich mal das in meine E-Mail", meinte Helen, schaltete den Bildschirm wieder an und fügte giggelnd hinzu: „Es ist sozusagen unser Arbeitstitel."

Liebe Jordan,

zusammen mit zwei Freundinnen richte ich gerade einen wunderschönen Laden in Notting Hill, London ein. Wir eröffnen Mitte Mai und werden uns wahrscheinlich Und andere Liebesgeschichten *nennen, weil wir hier neben Blumen, Kaffee und Kuchen auch Bücher, vorrangig Liebesromane, anbieten werden. Unsere künftigen Kundinnen würden sicherlich ganz begeistert „Tränen auf Rosenblüten" lesen; sofern sie es noch nicht haben sollten, natürlich.*

Da ich gesehen habe, dass Sie das Buch selbst verlegen, möchte ich mich erkundigen, ob, und wenn ja, zu welchen Konditionen, ich fünfzig Exemplare direkt bei Ihnen ordern kann.

Ich würde mich sehr über eine positive Antwort freuen.

Herzliche Grüße

Helen Ames

War das so in Ordnung? Egal. Sie konnte nicht den ganzen Tag daran herumfeilen. Kurzerhand klickte sie *Senden.*

„Erledigt!", rief sie erleichtert, klappte den Laptop zu, strich sich mit den Handflächen über die Oberschenkel und stand auf. Vor ihrem geistigen Auge sah sie schon Horden von begeisterten Leserinnen restlos alle Ausgaben von den Rosenblüten an sich reißen. Vielleicht könnte Jordan ja auch ein paar signieren? Das wäre grandios! Hoffentlich stimmte sie dem Verkauf aber überhaupt zu! Sie wären der erste

Buchladen, der das Buch im Sortiment hätte, und allein damit würden sie sich von der Masse abheben. Och, wie aufregend das alles doch war!

„Ja? Hast du ihr geschrieben?“, fragte Mina und kam neugierig zu ihr an den Tisch.

Helen nickte. „Ja. Jetzt heißt es warten. Hoffentlich sagt sie nicht Nein!“

„Ach Quatsch! Bestimmt nicht! Schau mal: Die Bücher stellen wir genau hier hin. In die Mitte. Unter und zwischen die Vasen mit den Rosen. Hach ... Das wird so schön aussehen!“, seufzte Mina verzückt, faltete die Finger ineinander und hielt sie an ihr Kinn.

„Ja, das wird wunderschön aussehen. Ein richtiger Blickfang. Und du, liebe Mina, wirst es unwiderstehlich dekorieren. Mit Blumen, Oma-Geschirr etc. dazu, ja?"

"Oh ja! Mit dem größten Vergnügen!", seufzte Mina und verdrehte voll Vorfreude die Augen.

Nun lachten alle und Helen erkundigte sich voller Tatendrang, wie und wo sie nun mit anpacken könnte.

„Du? Uns helfen? Gar nicht“, antwortete Mina schelmisch und zwinkerte Claire zu.

„Hier, schau. Da hast du deine Anfänger-Liste zurück. Ein paar Mal hast du richtig ins Schwarze getroffen. Aber ein paar Titel haben wir gestrichen, weil die nur schön aussehen, aber nichts taugen. Dafür haben wir ein paar andere hinzugefügt. Darunter finden sich auch viele Titel von Indie-Autoren. Also, mach dich mal ans Kontakte-Knüpfen und Bestellen! Gutes Gelingen!“ Aufmunternd und keinen Widerspruch duldend grinsten sie sie an und kicherten wie zwei Teenager, als Helen völlig überrumpelt zurück an ihren Laptop schlich, ihn erneut aufklappte und einer Indie-Autorin (denn unter den Namen befand sich kein einziger Mann) nach der anderen eine E-Mail schrieb.

„Und nun?“, fragte sie gut eineinhalb Stunden später, lehnte sich im Stuhl zurück und streckte sich genüsslich.

„Nun? Nun ist Zeit für die Mittagspause!“, rief Mina, hakte sich bei Helen unter und zog sie an sich. „Na, Miss Lovestory? Wie geht' Ihnen an diesem bedeutungsschweren Tag? Zufrieden? Aufgeregt? Voller Vorfreude?“

„Hm ... wenn ich es mir recht überlege: Alles!", antwortete Helen kichernd. "Aber wieso?"

„Och, nur so ... So viel Rosarot muss doch ungewohnt für dich sein“, neckte Mina sie.

„Das stimmt, es erschlägt einen ja fast“, gab Helen nachdenklich zu und rieb sich die Nase. Doch dann musste sie lachen. „Aber es ist auch aufregend. Und irgendwie auch ...“

„Auch schön?“, fragte Claire hoffnungsfroh und zog die Augenbrauen in die Höhe.

„Na ja“, gestand Helen schmunzelnd. „Irgendwie schon, ja.“

„Och, ja, endlich! Du wirst wieder!“, seufzte Claire, kam auf sie zu und schloss sie in die Arme. „Vielleicht heilen deine Wunden ja so.“ Fest drückte sie sie an sich und Helen sog die Kraft, die von ihrer Freundin ausging, hungrig auf.

„Mhm“, murmelte sie und nickte, bevor sie sich wieder von ihr löste.

Auch Mina drückte ihren Arm und sah sie voll Wärme und Liebe an. „Na, dann wollen wir mal!“ Als sie sich von Helen abgewandt hatte, ballte sie die Faust und murmelte leise, kaum hörbar, vor sich hin: „Das ist ein Zeichen. Ein gutes Zeichen!“

Es war zwar erst Ende April, aber schon warm genug, um nur leichte Strickjacken über ihren Kleidern zu tragen. Alle drei hatten ähnliche Modelle mit feiner Lochhäkelei. Claire in Hellblau, Mina in Gelb und sie selbst in Lindgrün. *Wir sehen toll aus,* dachte Helen glücklich, als sie in bester Laune ihre Taschen nahmen, sich unterhakten und zu ihrem Lieblings-Deli schlenderten. Das war ein Sandwich-Laden, in dem sie leider keinen freien Tisch mehr ergatterten und deswegen weiter in den nahegelegenen Holland-Park gingen, in dem Tulpen ihre farbprächtigen Kelche in den Himmel reckten. Wie die Hühner setzten sie sich auf eine freie Bank, schlugen das rechte Bein über das linke, und bissen genüsslich in ihre Sandwiches. Dann verwarfen sie den Gedanken, über den Namen zu schlafen. Sie fanden, dass das Thema jetzt entschieden werden musste.

„Ich meine, wir sind schließlich in Notting Hill! *Kaffee und Kuchen, Blumen und Bücher* ... das schreiben wir irgendwo an die Fenster oben hin. Damit jeder weiß, worum es bei uns geht", überlegte Claire laut.

„Aber das sieht man doch!", warf Mina verständnislos ein.

„Aber es kann ja nichts schaden. Und als Geschäftsname nehmen wir *und andere Liebesgeschichten.*"

„Im Ernst? Klingt nicht schlecht. Aber was ist das, was vor dem ‚und' kommt?", stöhnte Helen, stützte das Gesicht in die Hände und schielte genervt zur Bank links von ihnen, auf der eine Frau saß und lautstark telefonierte. Rechts neben ihnen saßen zwei Männer, die in der linken Hand ihre Sandwiches hielten, in der rechten ihre Smartphones, auf denen sie hektisch herumtippten und gar nicht mehr versuchten, sich miteinander zu unterhalten.

„Offline ...", seufzte sie genervt. „Einfach mal das Internet ausschalten ... Kollektives *Offline* ...", murrte sie vor sich hin.

„Was sagst du da?", rief Claire hellhörig und sprang so unüberlegt auf, dass sich der Rest ihres Couscoussalates auf dem Gehweg verstreute, was sofort zahlreiche Tauben anlockte.

„*Offline*?" Zweifelnd schaute Helen auf.

„Ja! Ja, genau das ist es! *Offline*!" Claire war ganz aus dem Häuschen. „Es nervt uns doch alle. Mal ehrlich: Wollen wir, dass die Kundinnen nur halb da sind oder dass sie ganz in unsere Welt eintauchen und ihre Sorgen vergessen? Wollen wir das ständige Fiepen und Klacken der Tasten? Wollen wir Menschen, die gar nicht richtig mitkriegen, wo sie in ihren Bildschirm starren? Wollen wir eine richtig schöne Traumwelt bieten, in der es duftet, schmeckt, die man fühlen, greifen, spüren kann, oder wollen wir es nur ein bisschen? Wir geben doch nicht umsonst unser Bestes, oder?" Sie sprach immer schneller und lauter und fuchtelte immer wilder mit den Händen in der Luft herum.

„Nein! Natürlich nicht!", schrien Mina und Helen. „Natürlich nicht! Wir wollen, dass sie bei uns sind, und zwar richtig*!"*

„*Eben*!", kreischte Claire, klatschte in die Hände und fiel den beiden anderen in die Arme.
„*Offline and other lovestories*, das ist es! Das ist Name und Konzept zugleich!"

„Oh wow! Das ist es! Das ist *die* Idee!", jubelten alle außer sich vor Freude.

„In so einen Laden will doch wirklich jeder kommen, oder nicht?", fragte Helen begeistert und strahlte wie der Goldflieder am Wegesrand.

„Absolut! Und wer nicht kommen will, wäre ohnehin nicht richtig bei uns!", meinte Mina.

„Also ich – ich würde sogar einziehen wollen!", rief Claire verträumt und lachte. „Oh ja!"

„Selbstverständlich! Halt mir ein Bett frei!", juchzte Mina und lehnte sich auf der Bank zurück. „Hach, das ist wunderbar! Einfach wun-der-bar!"

„Es passt. Total. Wir erlauben keine Handys, keine Tablets, nichts. Das ist das Sahnehäubchen. Und es passt einfach soooo gut zu uns", seufzte Claire und schaute träumerisch in den Himmel.

„Oh ja. Das machen wir! Und ihr richtet ihn so toll ein, da kann niemand an uns vorbeigehen, das spüre ich! Die Leute werden Schlange stehen."

Die beiden Angesprochenen lächelten, schauten auf die Uhr und verkündeten wie aus einem Mund: „Danke. Apropos *machen*. Wir müssen los!" Wie auf ein Kommando sprangen sie auf.

„Oh ja!", rief Helen und rappelte sich ebenfalls hoch.

„Stopp! Du nicht! Du bleibst hier!", bestimmte Claire mit ausgestreckter Hand und drückte sie vehement auf die Bank zurück.

„Was? Wieso denn? Was soll das?", fragte Helen verwirrt und schüttelte den Kopf. „Wir müssen doch ..."

„*Wir* müssen, du nicht. *Du* liest jetzt das Buch!"

„Das Buch lesen? Jetzt?"

„Jawohl. Richtig gehört. Hier ist es. Bitte schön!", tönte Mina, zog ihr elektronisches Lesegerät aus der Tasche, klickte darauf herum und hielt es ihr unter die Nase. „Bis später und viel Vergnügen!", zwitscherte sie dann, öffnete und schloss die Hand mehrmals zum Gruß und wandte sich breit grinsend zum Gehen.

„Ha – Moment!", setzte Helen noch an, musste aber erkennen, dass jeglicher Widerstand zwecklos war, denn schon hakten sich die beiden Freundinnen unter und gingen kichernd davon.

„Na schön", dachte sie und spürte, wie die Freude über den freien Nachmittag auf einer Parkbank, mit Blick auf ein buntes Blumenbeet und der Sonne im Gesicht sich breitmachte. Lächelnd lehnte sie sich zurück und schlug die Beine übereinander und begann neugierig zu lesen. Noch ehe sie sich versah, tauchte sie ein zwischen die Zeilen, verlor sich darin und begann, sich treiben und tragen zu lassen. Sie begann zu träumen, zu bangen und zu hoffen. Sie spürte keinen Hunger und keinen Durst und sog jedes sorgfältig gewählte Wort begierig in sich auf. Sie spürte nicht den Schmetterling, der lange Zeit auf ihrer Hand saß, und nicht die Tränen, die in Strömen über ihre Wangen liefen.

Sie fühlte nur den alles zerreißenden Schmerz, der Linda und Tim überkam, als sie erfuhren, dass Linda unwissentlich jemanden getötet hatte und dafür ins Gefängnis musste. Sie spürte die grenzenlose Liebe, mit der ihr Mann Tim ihr beistand, sie aufrichtete, ihr Halt, Wärme und Licht gab. In jedem Winkel ihres lange Zeit vereisten Herzens spürte sie die Verzweiflung des Mannes, seine Hingabe, seine Ohnmacht und seine Liebe für die Frau, die ihm entrissen wurde. Und die sich aus Scham und Selbsthass, und auch um die Situation für Tim vermeintlich leichter zu machen, von ihm abwandte. Sie wollte ihn freigeben, vor noch mehr Schmerz bewahren und quälte ihn dabei nur zusätzlich. Sie verschloss sich vor ihm und vor sich selbst. Wollte nichts mehr fühlen. Wollte innerlich tot sein, bevor sie starb. Genau wie Tim. Genau wie Helen. Sie fühlte Tims Wut und die Dunkelheit wie ihre eigene, als Linda an wenige Wochen vor ihrem Tod diagnostiziertem Bauchspeicheldrüsenkrebs im Gefängnis starb, während Tim auch dann nicht zu ihr durfte. Das Kind, das sie sich immer gewünscht hatten, wurde nie geboren. Inwiefern Linda doch an dem Tod schuld trug, wurde nur angedeutet, doch für Helen stand fest, dass es an der Kälte ihres Herzens lag.

Helens Narben brachen auf. Der Schmerz war höllisch. Er drohte, ihr die Brust zu zerreißen, aber endlich strömten all die Tränen aus ihr, die sich in den letzten Jahren in ihr aufgestaut und ihr Herz vereist hatten.

Auch wenn die Geschichten unterschiedlich waren, so waren Tims und ihre Ohnmacht, die gestorbenen Chancen und die empfängerlos gewordene Liebe identisch.

Das, was Tim für Linda empfand, was er für sie tat, das war es, was sie sich von einem Mann wünschte. Sie sehnte sich nach einem Mann, der nicht nur coole Sprüche und ein mackiges Auftreten hatte, sondern mitten im Leben stand. Von einem Mann geliebt zu werden, das war ihr tiefster, innigster Wunsch. Bedingungslose Liebe. Hingabe. Vertrauen. Ein Mann, der sie liebte, mehr als sie sich selbst jemals lieben könnte.

Aber solche Männer gab es nicht, das wusste sie, aber ... Vielleicht doch? Und seit wann gestand sie sich diesen Wunsch ein? War das das Gift der Liebesromane? Oder die Heilung? Sie begann zu träumen. Und zu hoffen. Warum nicht? Gab es diese Männer wirklich nicht? Männer, die zu ihrer Frau, ihrem Wort und ihren Gefühlen standen? So wie Sebastian zu Claire? Männer, die zugeben konnten, dass sie litten? Dass sie überhaupt Gefühle hatten? Die keine glatte Fassade brauchten?
Wer wusste das schon.

Die Glocken einer naheliegenden Kirche schlugen gerade sechs Uhr, als sie das Buch sinken ließ, sich die letzten Tränen aus dem Gesicht wischte und benommen in die Wirklichkeit zurückkehrte. Mit zitternden Knien stand sie auf, sah sich um, packte ihre Sachen zusammen und fühlte sich trotz des Durstes und der zugleich drückenden Blase merkwürdig leicht. Als sie völlig verheult den Laden erreichte, brauchten Mina und Claire keine Worte. Sie fragten nicht, sondern breiteten stumm ihre Arme aus, in die Helen sich wortlos fallen ließ. Und dann weinte sie noch ein bisschen mehr.

~Sechs~

Ein paar Tage später trafen die ersten schweren Bücherlieferungen der Indie-Autoren ein. Meterhoch türmten sich bereits die zum Teil signierten Ausgaben und warteten nur darauf, dass Helen sie in den von Minas Cousins montierten Regalen ausstellte. Helen selbst war freudig überrascht, mit wie viel Hingabe und Liebe sie dieser Arbeit nachging. Gut, die Titel verhießen alle eine schöne Welt, aber was war daran eigentlich so schlimm? Ein paar schöne Stunden ... Träumen, sich fallen lassen ... Während Minas Cousinen und Cousins eifrig zur Hand gingen, sagte Jim seine Hilfe ab, da er überraschend zu einem längeren Auslandsaufenthalt berufen wurde. Eigentlich hätte Helen darüber erleichtert sein sollen, doch zu ihrer eigenen Überraschung war sie traurig, ihn nicht zu sehen. Denn Jim war nicht nur nett, hilfsbereit, intelligent und lustig, sondern auch gut aussehend und einfühlsam. Wie verrückt war das alles denn, dachte sie kopfschüttelnd. Noch vor wenigen Tagen war ihr das entweder nicht aufgefallen oder sie hatte es nicht wahrhaben wollen. Doch jetzt, nach der Lektüre von „Tränen auf Rosenblüten", war alles anders. In dem Buch hatte sie eine verwandte Seele getroffen. Die Autorin dieses tief gehenden Stoffes fühlte wie sie; wusste, was Schmerz, Verlust, Leid und ein Herz voll überflüssiger Liebe waren. Wie Jordan wohl in echt war? Ob sie sich dann auch verstehen würden? Ach, wenn es nur wirklich einen Mann gäbe, der so stark lieben könnte wie Tim, dann würde ihr Herz heilen können. Dachte sie.

Sie war gerade allein im Laden und verrückte gerade einen Stapel von „Rotweiß und mit dir", sodass das Cover gleich vom Eingang aus zu sehen war. Zwischen den Büchern stellte sie kleine rot-weiß karierte Tassen auf und betrachtete stolz ihr Werk, als eine weitere Lieferung eintraf. Schon beim Anblick des Absenders quiekte sie vor Aufregung wie ein fröhliches Ferkel. *Jordan Travers* stand da in Großbuchstaben. *Cardiff, Wales.*

Hektisch schnitt und riss sie den Karton auf und seufzte selig auf, als sie die Bücher sah. *Sind die schön,* dachte sie selig, nahm ein Buch heraus und drückte es an die Brust. Das erste würde nicht in den Verkauf, sondern direkt in ihre Tasche wandern, damit sie es in Ruhe noch einmal lesen konnte. Zärtlich drückte sie einen Kuss auf die Einschweißfolie. Wie sehr dieses Buch sie doch verändert hatte! Seitdem sie sich beim Lesen die Seele aus dem Leib geweint hatte, fühlte sie sich von Tag zu Tag befreiter. Sie atmete, ja, sie blühte richtiggehend auf. Eine zentnerschwere Last und meterdicke Kruste bröckelten noch immer von ihr ab. Wenn, ach ja, wenn doch nur ... Aber zuerst wollte sie Jordan danken.

Liebe Jordan,

begann sie nun schon wesentlich selbstsicherer.

Vielen herzlichen Dank für die Bücher! Die Lieferung ist gerade bei uns eingetroffen und morgen, wenn sie vor einem Strauß roter Rosen dekoriert sind, schicke ich dir ein Bild.

Ich wollte dir schon lange (gut, das war geschwindelt, aber so eng konnte man das nicht sehen*) sagen, wie sehr ich selbst dein einzigartiges, tiefgängiges und äußerst ergreifendes Buch genossen habe. Gut,* genossen *ist vielleicht das falsche Wort. Zunächst habe ich entsetzlich gelitten und geheult, aber nun spüre ich, dass sich etwas in mir verändert. Ich hatte davor, nach einem traumatischen Erlebnis, mehrere Jahre nicht mehr geweint und alles in mich hineingefressen. Die Wut, den Schmerz, die Ängste: Deckel drauf, gut weiter, das war meine Devise. Die Geschichte von Tim und Linda hat etwas in mir losgetreten, oder gelöst. Jedenfalls fühle ich mich seitdem freier und zuversichtlicher. Die Welt, mein Leben, sieht endlich wieder heller und wärmer aus.*

Deswegen möchte ich dir für diese wunderschöne Geschichte aus ganzem Herzen danken.

Herzlichst,

Deine Helen

Bevor sie noch lange überlegen konnte, ob *das* noch immer angemessen war, schickte sie die E-Mail ab. Vielleicht war das absolut lächerlich, und vielleicht bekam Jordan viele ähnliche Briefe, aber egal. Vielleicht freute sie sich aber auch über das Lob und die Anerkennung. Von Frau zu Frau konnte man so etwas doch zugeben, oder nicht? Und wollten Autoren nicht wissen, wie ihre Werke bei den Lesern ankamen? Vermutlich schon. Selbst wenn Jordan sie nun für eine alberne Kuh hielt, so war es doch egal, denn Jordan lebte weit weg.

Nach dem Absenden klappte sie mit einem breiten Grinsen den Laptop zu, stand auf und machte sich ans Auspacken der Bücher. Andächtig ließ sie ihre Fingerspitzen über das Titelbild streichen. Die Tränen und die Rosen waren erhaben, was ein wunderbares Gefühl war. Summend legte sie mehrere Ausgaben von dem wunderschönen Buch auf einen der runden einfüßigen Tische, die sie in dem Oma-Café ergattert hatten. Links und rechts neben dem Tisch standen schon zwei gemütliche Sessel, die mit dunkelrotem Stoff bezogen waren. Verspielt fächerte Helen die Bücher auf und lehnte ein bereits ausgepacktes Ansichtsexemplar an die goldene Vase, damit jedem das wunderschöne Cover sofort ins Auge sprang. In die große Vase würde Mina morgen, am Tag der Eröffnung, dunkelrote und kräftig pinkfarbene Rosen stellen. Schöner konnte man die berührendste Liebesgeschichte aller Zeiten doch gar nicht präsentieren, dachte Helen verzückt und lächelte glücklich.

Dann ließ sie ihren verträumten Blick durch den Laden schweifen. Wie wunderschön alles geworden war!

Auf dem breiten Gehsteig, den man durch die deckenhohe Fensterfront gut sehen konnte, standen Tische und Stühle, damit die Gäste auch im Freien ihren Kaffee und Kuchen genießen und dabei in den verheißungsvoll klingenden Romanen schmökern konnten. Drinnen wie draußen würde es himmlisch nach Blumen, Kaffee und warmen Kuchen riechen. Nur der Duft der Bücher verlor sich jetzt schon ein wenig und man musste die Nase ganz weit zwischen die Seiten stecken, um ihn wahrzunehmen.

Im rechten Teil, so wie es von Anfang an geplant war, befand sich das Zentrum von Claires Reich. Von hier konnte sie aus ihrer modernen, und von Minas Cousin Taj installierten, Küche all die verführerisch duftenden und unwiderstehlich aussehenden Cupcakes, Torten und weitere Gebäcksorten in den Verkaufsraum bringen und auf einer tiefen Theke aus beinahe schwarzem Holz präsentieren. Die Theke stammte aus einem anderen Abverkauf in Clapham und war Claires ganzer, oder zumindest ein Teil ihres ganzen, Stolzes. Die untere Hälfte der Front bestand nämlich aus weißem Marmor, die obere aus einer Vitrine, in der die Köstlichkeiten präsentiert wurden, ebenso wie in Etageren und auf silbernen Kuchenplatten. Hinter der Theke thronte schließlich die große, und unfassbar teure, italienische Kaffeemaschine. Um den besten Kaffee diesseits der Themse brauen zu können, war vor zwei Tagen extra ein unglaublich gutaussehender Halb-Italiener mit irischem Akzent zu ihnen gekommen, von dessen *Aura* Mina heute noch ganz wuschig war, und hatte sie in die tiefsten Geheimnisse des rauchenden und fauchenden Ungeheuers eingewiesen.

Und natürlich waren überall Bücher. Sie standen in matt-weiß gestrichenen und naturbraunen Regalen, lagen auf Tischen und Hockern, lehnten an Blumenvasen und lockten sogar noch zwischen unwiderstehlichen Bilderrahmen,

Kerzen und anderen verspielten Dingen, die das Herz aller Frauen höher schlagen ließen.

Während die Front, wie gesagt, aus Glas bestand, befanden sich die drei restlichen Seiten des Raums aus fensterlosen Wänden. Die linke davon, an der die Mehrzahl der unterschiedlich hohen Bücherregale stand, war in einem warmen Orange-Gelb gestrichen. Diese Farbe erstreckte sich bis ins erste Drittel der Rückwand, wo sie allmählich in weich geschwungenen Wellen in das sanfte Creme-Weiß überging, das die restliche Wand zierte.

„Ach", seufzte Helen glücklich, stemmte die Hände in die Hüften und reckte das Kinn in die Höhe. Da bemerkte sie, dass ihr vor lauter Glück und Rührung die Tränen in die Augen stiegen. Was war nur mit ihr los? Leise lachend schüttelte sie den Kopf und wischte sich die Tränen aus den Augenwinkeln. Sie war so vertieft gewesen, dass sie Minas und Claires Rückkehr nicht gehört hatte.

„Na?", fragte Mina leise, die unbemerkt hinter sie getreten war und legte ihr sanft die Hände auf die Schultern. Eine vertrauliche Geste, die sie Jahre lang unterlassen hatte. „Alles in Ordnung mit dir?"

„Oh ja. Und wie. Ich bin nur gerade ganz gerührt. Es ist so unbeschreiblich schön. So üppig, so voller Lebensfreude und einladend!", seufzte sie, fasste Minas Hand und drückte sie.

„Ja, nicht wahr? Es ist einfach wirklich wie ein Traum", stimmte Mina zu und lachte ihr hohes, perlendes Lachen.

„Hey, ihr zwei, was gibt's denn da bei euch zu lachen? Du strahlst ja richtig, meine Liebe!", rief Claire und sah Helen verzückt an.

„Es ist einfach noch viel schöner geworden, als ich es mir jemals hätte vorstellen können. Und wie wird es erst sein, wenn morgen die Blumen kommen! Oh, ich sag's euch, ich bin wirklich unendlich froh, dass ich euch habe, und dass wir das zusammen machen", flüsterte Helen und ballte vor

Glück die Faust. „Mein Gefühl sagt mir, dass es großartig wird. Die Leute werden es lieben! Ich spüre es! Ich weiß es!“

„Ich auch. Was soll man daran auch nicht mögen können“, stimmten die anderen beiden zu.

„Aber weißt du, was mich mindestens genauso glücklich macht wie der Laden?“, fragte Claire und legte Helen eine Hand auf die andere Schulter.

„Nein, was denn?“, fragte Helen mit belegter Stimme, denn sie genoss es sehr, so zwischen ihren beiden Freundinnen zu stehen und von ihnen berührt zu werden.

„Dass du wieder lachst und dein Trauergewand abgelegt hast“, antwortete Claire ruhig und zog sie an sich.

„Ja, das finde ich auch! Du bist wie ausgewechselt, seitdem du das Buch gelesen hast“, pflichtete Mina bei und nickte mit glänzenden Augen.

„Ja?“, erwiderte Helen gerührt. „Merkt man mir das so deutlich an?“

„Oh ja! Und wie! Es ist, als wäre eine Last von dir gefallen. Oder eine Mauer eingestürzt.“

„Du wirkst viel zuversichtlicher, hoffnungsvoller“, sagte Mina.

„Man darf nie aufhören zu hoffen und zu träumen. Das ist doch eine Sünde!“, rief Claire und lachte. „Nicht wahr? Und nun kannst du wieder träumen und dich verlieben und ... Wer weiß! Vielleicht findest du deine große Liebe genau hier, bei uns!“

„Ein Mann in unserem Reich? Na, das wäre aber ein Wunder!“, rief Helen, halb lustig, halb traurig. Sie senkte den Blick und hob beide Hände. „Nein, lasst nur. So weit bin ich noch lange nicht! Kein neuer Mann, okay?“

„Nein?“, fragte Mina enttäuscht und gedehnt. „Noch immer nicht?“

„Nein. Noch immer nicht“, versetzte Helen vehement und wandte sich abrupt ab.

„Okay, dann noch nicht. Vielleicht später, ja? Ich mach dann mal weiter“, löste Mina die angespannte Stimmung und ging zu ihrem Laptop zurück. „Claire, sag mir bitte noch mal die Titel deiner Backkurse für Mai und Juni.“

„Also“, antwortete diese und legte einen Finger an die Lippen. „Da wären ‚Erfrischendes mit Zitronen und Beeren‘, ‚Sizilianische Sünden‘ …“

„*Sizilianische Sünden?*“, schaltete Helen sich mit einem etwas gezwungenen Lachen ein, da sie die Harmonie wiederherstellen wollte. „Das klingt ja wie der Titel eines spannenden Liebesromans! Wovon redet ihr eigentlich?“

„Na, von unseren Events!“ Entgeistert sah Claire sie an.

„Events? … Oh …“ Dunkel erinnerte Helen sich, dass in grauer Vorzeit, das heißt, vor der Lektüre *des* Buches, tatsächlich von *Events* die Rede war. Waren die nicht vom Tisch? *Events, Events …* Aus Mangel an Kreativität und vor allem Geld hatte sie davon abgesehen und in dem Gefühlstumult, den das Buch ausgelöst hatte, schließlich ganz vergessen.

„Ich komme gleich zu deinen Plänen. Ich mache nur schnell die Liste mit Claire fertig“, beschloss Mina.

„Hast du denn deine schon eingetragen?“, fragte Helen jedoch umgehend, um Zeit zu gewinnen. Events. Welche Events bitte schön! Ihr Hirn ratterte fieberhaft auf der Suche nach *dem* Knaller, der die Damenwelt zwischen zwanzig und siebzig aus ganz London von ihrer Eingangstür bis zum Hyde Park Schlange stehen lassen sollte, was immerhin an die zwei Kilometer waren.

„Ich?“, rief Mina überrascht. „Was soll ich denn bitte schön anbieten? Etwa *Bind dir deinen Strauß doch selber?*“

„Haha“, prustete Helen los. „Ja, genau! Das ist es! Vielleicht könntest du es nur ein klein bisschen netter formulieren!“

Claire sah Minas verwirrtes und leicht entsetztes Gesicht und kicherte ebenfalls los. „Mensch, Süße, dass wir dich einmal fassungslos erleben, das hätte ich mir auch nicht träumen lassen, was?“, fragte sie Helen und gab ihr einen verschwörerischen Rempler mit dem Ellbogen.

„Haha. Wirklich sehr lustig. Überlegt lieber mal ernsthaft mit!“, verteidigte sie sich und eine steile Falte bildete sich auf ihrer Stirn. „Ach, das ist ja jetzt wirklich zu doof!“, schimpfte sie plötzlich ungehalten.

„Na, komm. Was ist denn mit dir los? Hast du Hunger? Unterzucker? Oder Hormon-Flaute? Ist es mal wieder Zeit für eine Pizza? Hm?“, fragte Helen einfühlsam.

„Gut möglich. Wobei – jetzt waren wir so oft dort und noch nie hat der Kerl mich nach meiner Nummer oder sonst was gefragt. Ich glaube, der kann sich seinen Strauß auch selber binden, wenn ihr wisst, was ich meine.“

„Nicht ganz, aber ungefähr“, antworteten Helen und Claire lachend. „Dann aber mal im Ernst: Wie wäre es mit ‚Blumengestecke für den Sommertisch‘, ‚Blumenarrangements für jeden Einrichtungstyp‘, etc.“

„Aber das will ich doch verkaufen!“, rief Mina und da war sie wieder, die steile Falte. „Die sollen das auch nicht selbst machen! Beknackte Do-it-yourself-Mentalität, echt wahr!“, fluchte sie und schlug den Laptop zu. "Dabei sieht das meiste, was die Leute, die sich für Halbgötter halten und meinen, selbst alles am besten zu können, dermaßen bescheuert aus, dass man ihnen nur Beileid zur Blindheit wünschen kann."

„Oh, oh. Definitiv Zeit für eine neue Pizzeria. Neuer Italiener, neues Glück“, befand Claire leise und setzte sich neben Mina.

„Mina, Liebes! Deine Kunden werden sich doch nicht den Blumenschmuck selbst machen. Dazu haben sie doch gar keine Zeit und nicht das Geschick. Und falls doch eine dabei sein sollte, dann verkaufst du ihr eben die Blumen, die sie dafür braucht. Das Ganze ist doch nur ein Event!“, sagte Helen einfühlsam. „Sie werden merken, dass es schwieriger ist als gedacht. *Du* wirst wie eine Göttin für sie sein. Sie machen den Kurs mit ihren Freundinnen, lernen neue Frauen kennen, du bist ihnen total sympathisch und sie bestellen anschließend doch alles bei dir, weil sie selber ja gar nicht die Zeit dafür haben.“

„Oh, ja … Mensch! Du sagst es! Du hast recht!“, rief Mina, sprang auf und klatschte in die Hände. „Das ist es! Oh ja! Das mache ich. Das wird schön!“

„Na prima“, lachte Helen und kratzte sich am Kopf. PMS, eindeutig. Mina litt schon immer daran; ihre Stimmungsschwankungen in den zwei Tagen waren gefürchtet. Heute ging es sogar noch.

Und dann fiel es ihr wie Schuppen von den Augen. Noch bevor sie den Gedanken zu Ende denken konnte, sagte sie auch schon: „Ich dachte an Lesungen und Autogrammstunden, habe aber noch keine Zusagen.“ Das war zumindest nicht wirklich gelogen, denn schließlich hatte sie noch gar nicht gefragt. „Ihr bekommt die genauen Daten, sobald ich sie habe“, versicherte Helen voll Vorfreude grinsend.

„Oh ja … Dass wir daran nicht früher gedacht haben! Mensch! Jordan Travers kommt bald zu uns! Juhu, juhu, juhu! Ich will sie so gerne kennenlernen!“, riefen Mina und Claire durcheinander. „Hier, da vorne, wird sie sitzen, zwischen all den Rosen und neben dem Ficus Benjaminii!“, träumte Mina, deren Laune sich binnen einer Sekunde um 180 Grad gedreht hatte, laut vor sich hin. Und Claire fügte ebenso entzückt hinzu: „Und hier werden Stuhlreihen stehen. Dicht besetzt. Das Haus wird ausverkauft sein, oh ja! Tage im Voraus! Wir werden die Lesungen ein ums andere

Mal wiederholen können. Ach ja, ach ja!“, trällerte sie und tippelte aufgeregt umher.

„Sie wird bestimmt die Stelle, wo Linda stirbt, vorlesen und wir werden uns alle in Tränen auflösen …“

„Ich werde mit Rosen bedruckte Taschentücher besorgen …“

So fantasierten sie eine Weile vor sich hin, bevor Helen sich schmunzelnd daran machte, Autoren einzuladen.

Drei neue Nachrichten, wurde ihr angezeigt, und als sie den Posteingang öffnete, fand sie zu ihrer Begeisterung eine Antwort von Jordan.

Liebe Helen,

vielen herzlichen Dank für Deine Worte, die mich tief berührt haben. So etwas hat mir noch niemand gesagt und ich freue mich außerordentlich, dass dich mein Buch so tief berühren konnte, dass sich dein Leben zum Besseren wendet. Ich wünsche Dir von Herzen, dass Dein Herz heilt. Auch ich weiß aus eigener Erfahrung, wie wichtig es ist, dass wir verzeihen können und nicht grollen. Damit vergiften wir uns und unser Umfeld.

Außerdem freue ich mich natürlich schon riesig auf das Foto von meinen Büchern zwischen den Rosen. Ich werde es in meinen sozialen Medienkanälen posten, wenn es okay ist?

Herzliche Grüße, und bis bald,

Jordan

Helens Herz schlug schneller. Was für eine Antwort! Jordan wusste das aus eigener Erfahrung … Oh ja, das war wirklich eine weise Frau. So ganz verstand sie das mit dem Groll und dem Vergiften zwar nicht, aber es klang gut und sie würde darüber nachdenken. Nur in der Sache mit dem Verzeihen …

Nun, das konnte sie nicht versprechen. Wie sollte sie Stuart jemals verzeihen können, was er ihr angetan hatte!

Liebe Jordan,

vielen herzlichen Dank für Deine Antwort.

Ich habe lange über Deine Worte nachgedacht. Du hast bestimmt recht, aber es ist sehr schwer, zu verzeihen, wenn nicht gar unmöglich. Mit einem Mann wie Tim an der Seite wäre dieser Prozess bestimmt viel leichter, aber ich spreche wohl kein Geheimnis aus, wenn ich schreibe, dass Romanfiguren eben Fiktion sind und dass es sie im echten Leben nicht gibt. Leider.

Da deine Figuren aber so lebensecht sind und du nicht zuletzt damit deine Leserinnen so sehr berührst, wollte ich dich fragen, ob du nicht zu einer Lesung oder einer Autogrammstunde in unseren Laden kommen möchtest?

Ich muss zugeben, dass ich mich mit den Honoraren noch nicht näher befasst habe. Falls Du überhaupt Interesse haben solltest, nenne mir doch bitte deine Konditionen und wir überprüfen unser Budget. Du könntest bestimmt bei meiner Kollegin Claire Lewis übernachten, denn sie liebt Dein Buch und hat ein wunderschönes Gästezimmer.

Sollte sie Claire nicht vorher fragen? Sie hatte ein sehr schönes und großcs Gästezimmer und gewiss nichts gegen einen Gast wie Jordan Travers. Wobei ... man kannte diese Autoren ja nicht! Man hörte nur immer, dass alle ein Rad ab hatten. Hm. Nein, besser noch nicht fragen. Denn sonst würden Mina und Claire sich tagelang nicht mehr beruhigen. Helens Taktik, Dinge so lange wie möglich geheim zu halten und dann, wenn es unvermeidlich wurde, alle mit den Tatsachen zu überrumpeln, hatte bislang gut funktioniert.

Und außerdem – wer in Chelsea ein Gästezimmer hatte, der sollte auch Leute darin schlafen lassen. Wenn sie selbst noch ein Gästezimmer hätte, würde sie Jordan Travers gerne darin schlafen lassen, dachte sie grimmig und spürte jene Bitterkeit in ihr aufsteigen, die sie hasste. Schnell schüttelte sie sich, presste die Handflächen aneinander und dachte an etwas Schönes, in diesem Fall ein riesiges Bett voll bunter Tulpen.

Mit laut schlagendem Herzen setzte sie ein

Herzliche Grüße

Helen

unter die E-Mail und schickte sie ab.

Sie zwang sich, nicht darüber nachzudenken, ob sie zu persönlich und zu vertraulich geworden war. Auch wenn sie Jordan noch nie getroffen hatte, so fühlte sie, dass sie in Ordnung war. Das war eigenartig, denn sie hatten erst wenige Zeilen miteinander kommuniziert, aber da war ja auch noch das Buch. Was genau diesen Eindruck auslöste, konnte sie nicht mit Bestimmtheit sagen. Es waren nur wenig Zeilen, einzelne Worte, und dennoch war ihr, als würde diese Frau sie ganz anders wahrnehmen und verstehen als die meisten anderen Menschen. Mina und Claire waren auch immer für sie da. Durch alle Höllentäler waren sie mit ihr gegangen und wie durch ein Wunder bei ihr geblieben. Dabei waren die letzten Jahre wohl nicht nur für sie grauenhaft gewesen. Was für ein Geschenk, dachte sie dankbar, und wollte gerade zu den beiden gehen, als eine weitere Nachricht eintraf. Irritiert stellte sie fest, dass sie nicht von Jordan war. Wie albern auch! Sie hatte ihre E-Mail doch erst vor wenigen Minuten abgeschickt!

Es sollten jedoch noch viele Minuten, gar Stunden, und ungezählte Checks nach neuem Posteingang vergehen, bis sie endlich die lang ersehnte Antwort erhielt.

Liebe Helen,

verzeih mir, wenn ich dir widerspreche, aber an Tim ist wenig erfunden. Es gibt die Liebe, die ich beschrieben habe, und auch den Mann, der dazu gehört. In meinem Fall ist die Frau erfunden.

Helens Herz setzte einen Schlag aus und ein dicker Kloß bildete sich in ihrem Hals. Den Mann gab es? So einen Mann hatte Jordan gehen lassen? *Oh, da hatte sie sicherlich schwer damit zu tun gehabt, sich das zu verzeihen,* dachte Helen und las weiter.

Aber das ist eine andere Geschichte.

Eine andere Geschichte? Sie wollte mehr davon wissen, alles! Auch wenn sie das nichts anging. Am brennendsten interessierte sie die Frage: Gab es den Mann noch? War er noch Single? Und wie alt war er jetzt?

Fiebrig las sie weiter:

Nun aber zu Deiner Einladung. Wie Du vielleicht weißt, meide ich die Öffentlichkeit. Aber ich weiß auch, dass ich mich nicht ewig verstecken kann.

Da ich den Kontakt zu Dir aber sehr schätze, Eure Geschäftsidee ganz bezaubernd finde und glaube, dass ich meinen Lesern eine Freude mit meinem Besuch machen könnte, sage ich gerne zu. Es trifft sich gut, dass ich in wenigen Tagen wieder in London sein werde. Zufällig wohne ich gar nicht weit weg von Euch. Wie würde Euch Donnerstag, der erste Juni passen?

Und was das Honorar angeht: Da habe ich ebenso wenig Erfahrung. Verbuchen wir es also als Starthilfe für Euch und als ersten Test für mich, einverstanden?

Liebe Grüße

Jordan

Liebe Jordan,

oh, Du solltest hören, in welch ohrenbetäubenden Jubel Deine Zusage unseren kleinen Laden gestürzt hat! Meine beiden Freundinnen Mina und Claire, und natürlich ich, sind außer uns vor Freude. Beinahe wäre dabei eine hübsche Vase zu Bruch gegangen, aber wir konnten sie gerade noch retten. Ziemlich kindisch, ich weiß, aber nun ja.

Wir freuen uns also riesig darüber, dass Du zu uns kommen willst. Wir werden alles wunderschön arrangieren. Claire überlegt schon, was sie backen kann und Mina, wie sie alles dekoriert und wie wir die Stühle anordnen. Wenn wir um 19:00 Uhr beginnen, könnten wir anschließend zusammen essen gehen. Wir würden Dich nämlich gerne einladen und noch ein Weilchen privat mit Dir plaudern, wenn Du willst.

Oh ja, und natürlich brauchen wir mehr Bücher! Bitte schicke welche voraus, mindestens hundert, würde ich sagen.

Aber genug vom Geschäftlichen! Du schreibst, es gibt Tim wirklich? Ist er noch Single? Und falls ja, könntest Du ihn mitbringen? Helen fügte einen zwinkernden Smiley ein und war sich sicher, dass Jordan sich nicht über ihre Hoffnung und Sehnsucht lustig machen würde. Nach einem

Herzliche Grüße

Helen

schickte sie die E-Mail ab.

Liebe Helen,

der Tim, den ich kenne, ist in der Tat Single. Er ist 36 Jahre alt. Allerdings bin ich mir sicher, dass es viele Tims auf der Welt gibt. Das Entscheidende ist oft nur, dass man sie erkennt, die Tims dieser Welt, die sich oft nicht in teuren Klamotten verstecken.

Zusammen essen gehen klingt fantastisch. Ich mag alles bis auf Tapas. Davon werde ich nämlich nie satt. Hier hatte sie einen zwinkernden Smiley eingefügt.

Nun bin ich doch tatsächlich aufgeregt und überlege, ob meine Zusage so eine gute Idee war ... Aber da werde ich wohl in den sauren Apfel beißen müssen. Wer A sagt, muss auch B sagen, oder was meinst du?

Herzliche Grüße

Jordan

Liebe Jordan,

das hast Du ganz richtig erkannt: Wer A sagt, muss auch B sagen! Bitte, bitte, bitte, überlege es Dir nicht anders. Wir freuen uns schon so unbeschreiblich auf Deinen Besuch bei uns!

Wir können uns dann ja weiter über die echten Tims unterhalten, wenn Du da bist. Ich kann es kaum erwarten!

Liebe Grüße

Helen

~Sieben~

„Es ist so weit, es ist so weit“, flüsterte Mina fiebrig, spielte nervös mit den Händen und tippelte auf ihren zarten Füßen, die in dunkelroten Lackschuhen steckten und perfekt zu ihrem lachsfarbenen Sommerkleid mit gleichfarbigem Gürtel passten, hin und her. Noch einmal rückte sie die frisch gelieferten orangen und weißen Lilien in den Vasen zurecht, strich mit den Fingern über die Stiele und atmete mit geschlossenen Augen den schweren, betörenden Duft ein.

„Lieber Gott, mach, dass viele Leute zu uns kommen und wir nicht alleine dastehen“, schickte Claire ein Stoßgebet zum Himmel. Sie trug ein ähnlich geschnittenes Kleid, jedoch in Himmelblau mit weißen Blüten.

Helen unterdessen stand vor Anspannung stocksteif und schweigend in ihrem Eck, schielte immer wieder zu dem enormen Strauß dunkelroter Baccara-Rosen, der hinter und neben Jordan Travers Buch lag. Immer wieder presste sie die Handflächen aneinander und die Augen zusammen. Ihr Atem war ganz flach und ihre Schläfen tobten. Wenn das nur gut ging! Der Laden musste ein Erfolg werden. Es durfte nicht schiefgehen. Sie wollte nicht wieder in einer fürchterlichen Kanzlei anfangen. Sie wollte nicht an der Verwirklichung ihres Traumes scheitern. Der Laden war so einzigartig schön, dass er einfach funktionieren musste! *Bitte, bitte, bitte! Leute kommt zu uns! Bitte!*, flehte sie wie besessen und presste die Augen und Fäuste noch fester zusammen.

„Neun Uhr! Wir öffnen!“, rief Claire da kurzatmig und etwas schrill. Schon ging sie mit entschlossenen Schritten zur Tür, machte mitten im Schritt kehrt, ging auf Helen zu und drückte ihr den Schlüssel in die Hand. „Mach du“, flüsterte sie mit erstickter Stimme. Helen war zu überrascht und angespannt, als dass sie etwas hätte sagen können und schritt nun ihrerseits, den Schlüssel wie eine Lanze vor sich hertragend, zu der blitzblank polierten Tür.

Wenn nur schon jemand da ist! Und auf den Einlass in das lang ersehnte Frauen-Paradies auf Erden wartet!, hoffte sie inständig, jedoch vergebens. Denn da war niemand, der bereits gierig danach lechzte, an diesem milden und sonnigen Tag Mitte Mai genau hier zwischen Büchern und Blumen, bei Kaffee und Kuchen, den Tag zu genießen.

Niemand.

Gar niemand.

Wie vor den Kopf geschlagen schaute Helen zuerst ungläubig links, dann rechts. Sie reckte den Kopf, blinzelte, machte ein paar Schritte auf den Gehsteig, wiederholte dort das Nach-links-und-nach-rechts-schauen, die Straße rauf, die Straße runter, über die Straße – aber auch dort war: niemand. Weit und breit keine Frau, die aussah, als wäre sie auf dem Weg zu ihnen. Oder überhaupt unterwegs.

Wie konnte das sein? Sie hatten die Eröffnung doch groß mit Handzetteln, Plakaten und einem A-Ständer angekündigt! Die Leute mussten doch nur so auf sie gewartet haben! Und nun das! Niemand, absolut niemand! Was, wenn alles umsonst war? Am liebsten wäre sie auf den Erdboden gesunken und hätte geweint. Niemand.

Das war schlimmer als schlimm. Fürchterlicher als jede Befürchtung. Absolut – katastrophal.

Doch das durfte sie sich auf keinen Fall anmerken lassen. Sie atmete tief ein, straffte die Schultern und kehrte ins Innere zurück, wo zwei ungläubige Gesichter sie empfingen.

Stumm schüttelte sie den Kopf und hob die Schultern.

„Die einen sind bestimmt gerade alle auf dem Weg zur Arbeit und die, die noch nicht arbeiten müssen, sind noch nicht so weit“, versuchte sie, sich selbst und den anderen Mut zu zureden. Zögerlich, aber dankbar, nickten Mina und Claire und meinten: „Ja, daran muss es wohl liegen. Die kommen bestimmt bald!“

„Ich male in der Zwischenzeit mal ein Plakat für unsere Lesung mit Jordan Travers!“, rief Helen möglichst unbekümmert und wich den Blicken der anderen aus, dabei wurde der Kloß in ihrem Magen immer größer und schwerer. „Es kann ja nichts schaden, gleich damit anzufangen.“

"Mann, natürlich! Dass wir nicht früher darauf gekommen sind! Los, fang an!", rief Claire, die darin sichtlich neue Hoffnung schöpfte und schon wieder verstohlen zur Tür schielte, durch die leider noch immer niemand trat.

„Du? Soll nicht lieber ich?“, fragte Mina zaghaft mit Blick auf Helen. Mina war für ihre ordentliche und weiblich geschwungene Schrift bekannt; Helen hingegen eher für ein schwer leserliches Gekrakel.

„Ja. Mach du, bitte“, stimmte Helen erleichternd lächelnd zu. Sie wusste selbst, dass sie grässlich schrieb, aber in ihrem unbedingten Willen, den Laden zum Erfolg zu führen, hatte sie sich angeboten. Außerdem, so fiel ihr jetzt auf, hatte sie die anderen getröstet und ihnen Mut zugesprochen! Dabei waren es doch sonst immer Mina und Claire, die sie aufheiterten.

Nachdenklich und aufgeregt begann sie, an ihrem Daumennagel zu knabbern, was ihr sofort einen entsetzten Klaps inklusive Kopfschütteln von Claire einbrachte.

„Also, sie kommt am ersten Juni, ist das fix?“, erkundigte Mina sich und zog die Kappe eines breiten Edding ab.

„Ja, das ist fest ausgemacht!“ Zumindest hoffte Helen, dass auf Jordans Wort Verlass war, denn einen Vertrag hatte sie nicht aufgesetzt. Ihr Blick verdüsterte sich, was Claire nicht entging.

„Kinders, jetzt lasst doch mal nicht gleich den Kopf hängen! Es ist doch erst kurz nach neun!“
„Tun wir doch gar nicht!“, verteidigte Mina sich und sagte zu

Helen gewandt: „Hier. Geh doch mal bitte zum Copyshop gegenüber und mach vier DIN A4 Farbkopien von dem Cover!“ Damit drückte sie ihr ein Buch in die Hand und schickte sie mit einem aufgesetzten breiten Grinsen auf den Weg.

Helen war froh, für kurze Zeit aus dem Laden zu kommen, denn somit bestand die Chance, dass die ersten Gäste eintrafen, bis sie zurückkam.

Doch als Helen gegen halb zehn zurückkam, waren sie selbst noch immer ihre besten Kunden. Claire bereitete gerade die erste Runde Café Cortado für sie alle zu und Mina hatte die Plakate sehr ansprechend in ihrer weiblich geschwungenen Schrift, in verschiedenen kräftigen Farben und mit ein wenig Glitzer angefertigt. Gerade malte sie noch Blumen, Herzen und Schmetterlinge dazu und klebte mit einem zufriedenen Lächeln die Farbkopien des Titelbildes dazu. Dann klebte sie, schon wieder leise vor sich hin summend, eins hinter die Theke, eins ins Schaufenster, und die zwei letzten steckte sie in den A-Ständer vor dem Laden. Mittlerweile hatte Claire die Kaffees mit einem Teller gemischter kleiner Köstlichkeiten auf die Terrasse getragen, wo sie und Helen Platz nahmen.

„Wow, die sehen echt toll aus! Super! Da *müssen* die Frauen ja in Scharen zu uns strömen!“, lobten die zwei und klopften mit den flachen Händen auf den leeren Stuhl zwischen ihnen.

Wortlos nickte die Künstlerin, setzte sich, drehte das Gesicht in die Sonne, griff genießerisch nach dem Kaffeeglas und schnaufte nach dem ersten Schluck zufrieden aus. „Leute, ich spüre es. Es wird gut. Ganz bestimmt. Habt nur Geduld! Noch ist nicht aller Tage Abend!“

„Nein, eh nicht“, stimmte Helen mit ein und zwang sich, ebenfalls zu entspannen. Deswegen lehnte auch sie sich zurück und schloss die Augen.

„Rutsch mal!“, raunte Claire und rempelte sie unsanft.

„Hm? Was denn?“, murrte sie unwillig, denn sie sagte gerade ihr Mantra „Die Leute sind von unserem Laden begeistert“ auf.

„Du sitzt vor *Jordan Tr.* Man kann nur *avers* sehen. Wer soll das sein? Rutsch mal bitte!“, erklärte Claire angespannt.

„Ach so, oh je“, rief sie erschrocken und rutschte sofort zur Seite. „So besser?“, fragte sie und schaute von der Bank zum Fenster.

„Ja“, antworteten Helen und Claire einsilbig und konzentrierten sich wieder darauf, die Augen geschlossen zu halten und sich die Sonne ins Gesicht scheinen zu lassen. Nur keine Panik. Immer mit der Ruhe! Wenn sie die Augen öffneten, sah die Welt bestimmt schon viel besser aus.

„Vielleicht ist neun Uhr auch einfach zu früh. Die Leute sind entweder schon in der Arbeit oder sie sind noch nicht unterwegs“, überlegte Mina laut, ohne die Augen zu öffnen. „Würdet ihr schon um neun Uhr bummeln gehen?“

„Keine Ahnung. Ich war noch nie so reich, als dass ich um die Zeit nicht hätte arbeiten müssen“, antwortete Helen und zuckte missmutig die Schultern.

„Oder es liegt an den Pappbechern, die wir nicht haben“, stöhnte Helen und stützte den Kopf in beide Hände. „Echt, ich finde die Idee ja auch super toll und den Umweltschutz irre wichtig, aber ich weiß nicht, ob es uns nicht das Geschäft ruiniert. Die Leute wollen ihren Kaffee eben beim Gehen trinken. Wir doch auch.“

„Und keine Kreditkarten“, fügte Mina hinzu.

„Mann! Wartet doch erst mal ab!“, begehrte Claire auf. „Das mit den Pappbechern weiß doch noch gar niemand! Und das mit dem *Cash Only* auch nicht. Also, daran kann’s nicht liegen. Und außerdem war das mit dem Bargeld doch ursprünglich deine Idee, Helen!“

„Die ihr super fandet! Ich wollte ja nur Gebühren verlangen oder einen Rabatt einführen!“, verteidigte sich Helen frustriert und zwang sich, weder auf die Uhr noch auf den Gehsteig zu schauen.

„Ich male mal ein Plakat, wo ich das mit den Bechern und den Karten erkläre“, rief Mina betont frohgemut und sprang auf.

Resigniert ließen die zwei Übrigen die Köpfe hängen, atmeten ein, setzten wieder ihr Lächeln auf und schlossen wieder die Augen. Helen leierte wieder stumm ihr Mantra herunter, tat dabei so, als könnten die Sonnenstrahlen ihre Sorgen vertreiben.

Doch dann war es nicht die Sonne, sondern ein spitzer Schrei, der direkt in ein lang gezogenes Gekreische überging.

„Jooooordan Travers?! *Die* Jordan Travers kommt hierher? Träume ich? Bestimmt. Oh, ja, ganz bestimmt sogar! Es geht gar nicht anders, denn diesen Laden hier gibt es ja ebenfalls nicht!“, rief eine Frau in einem rosefarbenen, und bestimmt sündhaft teuren Hängerchen, deren endlos langen Füße in hohen goldenen Pumps steckten und an deren Schulter ein überdimensionaler hellgrauer Chloé-Shopper baumelte. Dabei tippelte sie, weder rechts noch links schauend, klackernd über die Straße auf sie zu. Als sie vor dem Plakat angekommen war, schob sie sich die Designer-Sonnenbrille ins lange, wellige Haar zurück, beugte sich mit aneinander gepressten Knien nach vorne, kniff die Augen zusammen und nickte nach einer Weile nachdenklich. Dabei formten ihre kirschrot geschminkten Lippen ein großes O, sie gab unentwegt den dazu passenden Laut von sich und schoss gleich mehrere Fotos von Minas handgemaltem Plakat. Erst als sie das Handy aus ihrem Gesicht nahm, bemerkte sie Helen und Claire, die in ihren Stühlen ganz nach vorne gerutscht waren und sie ungläubig aus großen Augen anschauten.

Helen fing sich als Erste. Mit einer fließenden Bewegung stand sie auf, ihr Gesicht erhellte sich und freudig lachend versicherte sie: „Doch! Uns gibt's tatsächlich und Jordan Travers kommt auch wirklich in zwei Wochen zu uns!“ Selbstsicher und geschmeidig ging sie auf ihre erste Kundin zu. „Guten Morgen und herzlich willkommen in unserem wahrgewordenen Reich der Träume!“, grüßte sie und reichte der Dame die Hand, die diese entgeistert schüttelte. „Oh hi, and *good morning*“, sagte sie und schielte umgehend wieder auf das Plakat. „Wirklich? Also, das ist ja wirklich zu unglaublich. Jordan Travers. *Die* Jordan Travers! Wo sie doch noch nie auch nur ein Interview gegeben hat! Das glaube ich nicht. Ach, nein, das glaube ich einfach nicht! Das ist wirklich kein Scherz, nein? Ich blamiere mich sonst bis auf die Knochen vor meinen Freundinnen, wenn ich Ihnen jetzt das Foto schicke."

„Nein, das ist wirklich kein Scherz!“, versicherte nun auch Claire, die ebenfalls näher gekommen war.

„Aber, wie kommt es? Ich brauche sofort ein Ticket! Wie viel kostet eins? Ach, was sage ich, eins! Drei, bitte.“

Kurz sank Helens Hochstimmung auf den Nullpunkt. Doch Claire kam ihr zur Hilfe. „Fünf Pfund.“

„Fünf Pfund nur? Für Jordan Travers? Das kann nicht sein. Das ist ja viel zu billig! Also doch ein Scherz!“

„Nun ja“, redete Helen sich geschickt heraus. „Nur die ersten zehn Tickets sind so günstig. Der reguläre Preis liegt bei zwanzig.“ Als sie diese absurd hoch erscheinende Summe nannte, musste sie schlucken, setzte jedoch erfolgreich ihr Poker-Face auf.

„Ach ja. Wunderbar. Na, das ist ja fantastisch. Ganz fantastisch! Und ich gehöre zu den ersten zehn? Das ist ja ganz fantastisch. Geradezu unglaublich! Dann nehme ich gleich vier, bitte. Ach, meine Mädels werden kreischen, wenn sie davon hören. Das sage ich euch!“

Helen und Claire begleiteten sie ins Ladeninnere, wo die junge Frau erneut in Entzückensschreie ausbrach.

„Der Laden! Oh mein Gott. Oh. Mein. Gott. Das ist ja ein *Traum*! Ein einziger Traum. Ach, unglaublich. Moment – Kaffee? Brauch ich. Dringend. Und einen Mango-Möhren-Saft mit einer Stange Fenchel. Aber erst später. Moment. Ich muss mich erst umsehen. Oder telefonieren. Oder ... Ja bitte?“, unterbrach sie ihre eigenartige Mischung zwischen Monolog und Dialog. „Serena? Ja? Wo wartest du auf mich? ... Egal. Vergiss es. Vergiss die Kissen und komm hierher! Zu mir. Ja, zu meiner Wohnung, aber gegenüber. Da ist ein neuer Laden ... Was sag ich, *Laden*! Eine neue Welt! Ein Traum. Wirklich, nein: Das hier ist das Café der vergessenen Träume! Komm und überzeuge dich selbst. Aber ich versichere dir, du wirst nie mehr woanders frühstücken wollen, das schwöre ich dir! Komm und bring Maisie mit. Und – Moment – Bargeld!“ Kurz runzelte sie die Stirn und schaute die drei an, die die Schultern anhoben, nickten und lächelten. „Ja, richtig, Bargeld!“

Sie legte auf, zeigte mit ihrem perfekt manikürten Fingernagel auf das Schild, nickte und sagte plötzlich sehr ernst: „Sehr vernünftig, ihr Lieben. Sehr vernünftig. Es geht ja wirklich keinen etwas an, wo man sein Geld ausgibt! Nicht wahr? Ich meine, niemand weiß, was die mit den Infos machen, wenn sie über Jahrzehnte hinweg nachprüfen können, wann wir wo was gekauft haben! Hach, was ist das schön hier. Wie früher. Oh ... jetzt sehe ich ja auch das Schild: keine Handys. Entschuldigt bitte, ja? Man gewöhnt sich so daran, einfach immer und überall zu telefonieren und zu tippen und zu drücken. Aber herrlich, wunderbar. Ganz wunderbar. Goldrichtig, euer Konzept, wirklich. Das wird meine Wellnessoase der anderen Art!“, jubilierte sie und tippelte auf ihren dünnen, hohen Hacken elegant wieder nach draußen, wohin Claire ihr vor Freude strahlend den Saft und den Kaffee sowie eine kleine Kostprobe diverser Mini-Küchlein brachte.

„Und hier sind auch ihre Tickets“, sagte Mina mit leiser, weicher Stimme und legte wunderschön verzierte Ausdrucke neben die Kaffeetasse. Um die Veranstaltung noch exklusiver wirken zu lassen, erläuterte die aufgeregte Mina der aufgeregten Dame, die sich als Stephanie Marylebone vorgestellt hatte: „Die Karten gelten nur in Abgleich mit unserer Liste und dem Stempel hier.“

„Hervorragendes Konzept“, lobte diese. „Man will ja vermeiden, dass man übers Ohr gehauen wird! Man weiß ja wirklich nicht, wozu die Fans heutzutage nicht alles in der Lage sind!“

„Ganz genau“, nickte Helen und lächelte glücklich. „Besonders bei einem so geheimnisumwobenen Star wie Jordan Travers ist höchste Vorsicht geboten!“

Und das war erst der Anfang. Denn noch bevor Serena und Maisie eintrafen, waren sie bei sagenhaften zwanzig Pfund pro Eintrittskarte angelangt. Die Kaffeemaschine fauchte, brummte und gab köstlichen Kaffee von sich, Bücherpakete verschwanden in mit bunten Blumen und Schmetterlingen bedruckten Stoffbeuteln und Mina band einen Strauß nach dem anderen.

Sie hatten auf einen Schlag so viel zu tun, dass Helen erst nach Feierabend dazu kam, Jordan von dem Eintrittspreis zu erzählen, denn der war ja nicht vereinbart gewesen. Wie viel sie der Autorin davon wohl würde abgeben müssen? Sie konnten bis zu 200 Tickets verkaufen und würden somit allein durch die eine Lesung rund ein Viertel der Monatsmiete einnehmen. Geld, das sie mehr als gut brauchen konnten. Geld, das sie vor allem ruhig würde schlafen lassen. Ja, Mina hatte bestimmt recht, denn das war ein gutes Zeichen!

Liebe Jordan,

wie geht es Dir und hattest Du einen schönen Tag?

Heute war unser erster Tag und was kann ich sagen: Es war ein voller Erfolg! Im Anhang schicke ich Dir ein Foto von Deinen Büchern, die wir unter dem großen Strauß Rosen platziert haben. Allein heute haben wir sechzehn Deiner Bücher verkauft und deswegen möchte ich gerne neue bestellen; nicht dass uns der Vorrat ausgeht!

Außerdem gibt es großartige Neuigkeiten, was Deine Lesung anbelangt: Sie ist bereits so gut wie ausverkauft. Nun ja, noch nicht ganz, aber fast. Auf alle Fälle wird sie das bald sein, denn die Karten gehen weg wie die warmen Semmeln. Da Dein erster Fan (die übrigens in lautstarke Entzückensschreie ausbrach, als sie von der Veranstaltung las) mit der größten Selbstverständlichkeit bezahlen wollte, haben wir für die ersten zehn Karten fünf Pfund verlangt und für die weiteren nehmen wir zwanzig Pfund. Du wirst übrigens vor sage und schreibe zweihundert Fans lesen! Ist das nicht großartig? Ich hoffe, dass das mit dem Eintritt okay für Dich ist. Wäre es in Ordnung, dass wir von dem Geld einen Begrüßungstrunk und Häppchen für alle bereitstellen? Ich vermute, dass dreihundert Pfund dafür reichen sollten.

Ich, nein, das heißt, wir alle, freuen uns schon riesig, Dich in gut zwei Wochen persönlich kennenzulernen.

Herzliche Grüße und einen schönen Frühlingsabend

Helen

Verträumt starrte Helen eine Weile auf den Bildschirm und dachte wieder darüber nach, warum sie sich alleine durch die kurze E-Mail-Kommunikation so wohl und vertraut mit Jordan fühlte. Bestimmt lag das daran, dass sie jahrelang zurückgezogen wie ein Einsiedlerkrebs gehaust und jegliche Kontakte zu anderen Menschen gemieden hatte. Sie war einfach keine freundlichen Kontakte, außer zu Mina und

Claire, mehr gewohnt. Zudem war Jordan eine sehr nette und zugängliche Frau. Gerade wollte sie sich ausloggen, als eine neue Nachricht eintraf. Von Jordan! Mit klopfendem Herzen begann sie zu lesen.

Liebe Helen,

Mir geht es wunderbar, vielen Dank. Wie ich Deinen Zeilen entnehme, Dir ebenfalls.

Einen wunderschönen guten Abend und herzlichen Glückwunsch zum ersten Geschäftstag! Mein Buch sieht ja wirklich ganz bezaubernd aus in Eurem Blumenparadies. Es muss ein Traum sein, dort zu arbeiten. Natürlich habe ich mir auch Eure Seite auf Facebook angeschaut. Bist Du die hübsche Frau mit den langen braunen Haaren links im Bild? Man sieht Euch dreien an, mit wie viel Freude und Liebe Ihr bei der Sache seid und das finde ich wunderschön.

Und was? So viel Geld, nur für mich? Das ist ja unglaublich. Ich bin ganz platt. Um ehrlich zu sein, habe ich mich nach den gängigen Honoraren erkundigt. Da ich ja keine Übernachtung brauche und ohnehin nach London komme, wären 300 Pfund für mich vollkommen in Ordnung. Den Rest könnt Ihr sicherlich gut gebrauchen und wenn Ihr wollt, können wir die Lesung auch gerne eine Woche später wiederholen, wenn Ihr wollt.

Nun wünsche ich Dir aber einen schönen Abend und feiert Euren Erfolg!

Liebe Grüße

Jordan

Träumte sie oder war Jordan wirklich ein Engel? Welcher Mensch verzichtete freiwillig auf so viel Geld und dachte an das Wohl der anderen? Noch zwei Wochen und ein Tag, dann würde sie diese Frau der Wunder endlich persönlich kennenlernen! Wie sie wohl aussah? Und wie alt sie war?

„Ich freu mich so, wenn sie endlich da ist. Eine richtige Autorin“, seufzte sie, lehnte sich in ihrem Sessel zurück und streckte die Hände in die Luft. „Wir werden uns bestimmt blendend mit ihr verstehen, das spüre ich!“

„Nach dem, was du von ihr erzählst, bin ich mir da auch sicher“, stimmte Mina zu.

„Und stellt euch vor, sie liest noch ein oder zwei Mal bei uns!“ Claire riss den Mund und die Augen sperrangelweit auf und schlug sich die Hand vor den Mund. „Überlegt doch mal, wie viel Geld für wie wenig Aufwand das ist!“

„Aber hallo. Wer hätte das gedacht. Puh! Aber zuerst brauchen wir noch ein paar Stühle!“

So schrecklich die drei eine Stunde lang gebibbert und gebangt hatten, so traumhaft gestaltete sich die weitere Entwicklung. Täglich kamen mehr Frauen allen Alters in ihren Laden geströmt und schon bald entwickelte er sich zu einem Treffpunkt, ja, zu einer Art Institution, wie sie London seit Jahren nicht mehr erlebt hatte. Neue Events, wie zum Beispiel eine Single-Motto-Party, Lesungen, Buch-Veröffentlichungs-Partys, Dekorations- und Backkurse buchten sich beinahe im gleichen Tempo aus, wie Mina ihre nach wie vor handgeschriebenen Plakate aufhängen konnte. Und nur selten echauffierte sich jemand über die nicht vorhandenen Wegwerf-Pappbecher. Doch wenn Claire mit Engelsgeduld erklärte, wie umweltschädlich sie in der Herstellung, im Transport und beim Recycling waren, nickten alle und erstanden einen wiederverwendbaren Thermosbecher, den sie künftig brav zum Wiederbefüllen mitbrachten.

Auch wenn die Kasse klingelte, so war Gewinn aufgrund der horrend hohen Miete, der Fixkosten, Kreditrate und der

Tatsache, dass sie zu dritt von dem Ertrag leben wollten, nicht einmal mit den Fingerspitzen greifbar.

~Acht~

„Dann lassen Sie es sich mal gut schmecken“, grüßte Mina leise dem sportlichen, mindestens eins-neunzig großen Österreicher hinterher, der sich aus einem unerklärlichen Grund hierher verirrt hatte und sich nun täglich sein Lunch bei ihnen erstand. Auch an einigen Nachmittagen tauchte er wie eine zweite Sonne in der Tür auf und gönnte sich, mit Genuss in den Augen und auf den Lippen, noch ein Gebäck und einen Kaffee. Niemandem konnte dabei entgehen, wie oft sein Blick zu Mina ging, wie samtig er dabei wurde und wie lange er auf ihr ruhen blieb. Mit seinem charmanten Lächeln drehte er sich noch einmal zu ihr um, machte gar kehrt und blieb nur wenige Schritte vor ihr stehen. Dann beugte er sich zu ihr und antwortete mit etwas rauer Stimme und einem seltenen, aber angenehm weichen Akzent: „Besten Dank, Mylady, das werde ich. Wie jeden Tag. Meinen Sie eigentlich, dass auch in eine Junggesellenbude Schnittblumen passen?“

Mina verschluckte sich am eigenen Atem, musste husten, fing sich jedoch zum Glück gleich wieder und entgegnete mit roten Wangen: „Aber selbstverständlich! Ich meine, es kommt natürlich ganz auf den Mann an. Aber wenn er die Schönheit der Natur zu schätzen weiß und ein Feingeist ist, dann ganz gewiss.“

„Ein Feingeist?“, wiederholte er, lächelte verschmitzt und rieb sich am Kinn. „Nun, zumindest weiß ich die Schönheit der Natur und Pflanzen zu schätzen, denn in Salzburg hatten wir einen großen Garten ...“ Er unterbrach sich und schwieg einen Moment sehnsuchtsvoll. „Wissen Sie was? Überraschen Sie mich doch bitte mit einem kleinen Gebinde für mein Wohnzimmer. Ich bin zwar nicht oft daheim, aber für die kurzen Augenblicke wäre es schön.“

„Oh ...“, stammelte Mina, die sonst nie um ein Wort verlegen war. „Sehr gerne. Haben Sie bestimmte Vorlieben?“

„Nein. Ganz und gar nicht. Nur keine Nelken, deren Geruch mag ich nicht. Alles andere überlasse ich gerne Ihnen. Wie lange haben Sie denn geöffnet?“

„Lange!“, rief sie, hob die Hand und ließ sie wieder fallen. „Normalerweise bis sieben. Nur heute länger. Aber ich muss Sie warnen: Ab 19:30 Uhr wird hier kein Durchkommen mehr sein, da heute Jordan Travers zur Lesung zu uns kommt. Kommen Sie also bitte lieber früher, weil wenn die erstmal hier ist ... Oh!“ Als hätte sie sich verbrannt, wedelte sie mit der Hand vor dem Gesicht herum.

„Jordan Travers?“, fragte er schmunzelnd. „Muss man die Dame kennen?“

Mina zog eine Schnute, stemmte mit gespielter Empörung die Hände in die Hüften, ließ sie dann aber wieder sinken und schüttelte den Kopf. Mit einer großzügigen Geste sagte sie dann: „Nein. Als Mann nicht. Wobei – warum eigentlich nicht! Sehen Sie – das ist das Buch hier!“ Eifrig tippelte sie auf ihren zarten Schühchen zu dem Buchstapel, wo Helen gerade stand und die Exemplare ordnete.

„Oh, bezaubernd!“, rief er, legte den Kopf in den Nacken, presste die Lippen zusammen und blinzelte zuerst Mina, dann Helen an. „Aber damit würde ich im Bus wohl falsche Signale senden, meinen Sie nicht?“ Nun lachte er endlich laut auf.

„Oh ... Na, wenn Sie das so sagen ... Vielleicht haben sie da Recht, ja“, gab Mina zu, zog das Buch wieder zurück und schaute kurz traurig drein.

„Aber schauen Sie – wir haben hier auch Buchhüllen!“, beeilte sich Helen zu sagen. Denn wenn ihr das Buch gefallen hatte, warum nicht auch einem Mann? Noch dazu, wo er dann etwas hätte, über das er mit Mina sprechen konnte! Eifrig hastete sie zu einem Regal und kam mit einer Auswahl in Weiß, Rosa und mit aufgedruckten Sprüchen wie „Drama Queen“ oder „Stay calm and fall in love“ wieder. „Okay ...

also, ich sehe, das würde die Sache nicht besser machen“, sagte sie, kicherte und ließ die Hände sinken.

„Ein E-Book! Das ist die Lösung!“, triumphierte Mina und strahlte den breitschultrigen Hünen mit dem dunkelbraunen Haar an.

„Oder ... Ich habe da noch eine Idee ...“, ergriff wieder Helen das Wort. „Wissen Sie ... die Lesung war zwar binnen kürzester Zeit restlos ausverkauft ... Aber für einen männlichen Ehrengast ist immer Platz! Wenn Sie noch nichts anderes vorhaben sollten, würden wir Sie für heute Abend gerne einladen!“, bot Helen lächelnd an. „Als Ehrengast sozusagen.“

Nun lachte er wieder, schielte von der entzückten Mina zu Helen und wieder zurück.

„So ein Angebot kann man ja kaum ausschlagen“, meinte er dann grinsend und dachte kurz nach. „Ich habe zwar etwas vor, aber nichts, das man nicht absagen könnte. Also gut! Abgemacht! Würden Sie mir die Blumen dann bitte bis nach der Lesung bereithalten?“, fragte er Mina, die mit glänzenden Augen nickte. „Übrigens: Ich bin Marcus.“

„Marcus? Was für ein schöner Name. Freut mich. Ich bin Mina. Mina Sharma.“

„Ebenfalls ein sehr schöner Name“, meinte er mit einem Lächeln, das auch seine Augen erfasste. „Marcus Steinfeld. Und Sie sind?“, fragte er nun Helen, die sich ebenfalls vorstellte.

Kaum hatte er mit seinem Kiwi-Rhabarber-Smoothie in seinem mit schneebedeckten Berggipfeln bedrucktem, wiederverwendbarem Becher den Laden verlassen, zerrte Mina Helen in die Küche, wo sie in ein Jubelgeschrei ausbrach, das jedem Justin-Bieber-Fan Konkurrenz bereitet hätte. „Meinst du, er kommt nur wegen mir?“, kreischte sie mit glänzenden Augen, die Hände an die Brust gepresst.

„Ja, klar kommt der nur wegen dir, Minnchen!“, lachte Helen. „Der steht doch voll auf dich. Der kommt sogar zur Lesung von den Rosenblüten!“

„Oh ja ... Das Buch wird ihm gefallen, das spüre ich! Er ist ein Feingeist. Blumen will er ja auch!“, juchzte Mina weiter und wiegte sich verliebt hin und her.

"Also, ich sag’s dir ... wenn das bei mir was wird, dann wird das mit dir auch noch was! Für dich finden wir schon auch noch den Richtigen. Hier drin, das spüre ich!“

„Ja, ja, schon gut, lass mal. Ist nicht nötig“, winkte Helen ab.

„Ist schon nötig!“, beharrte Mina grinsend.

***

Um Punkt achtzehn Uhr schloss Helen für das Publikum, die Firma rückte an, schob Tischchen, Hocker und dergleichen beiseite und stellte reihenweise Klappstühle auf. Vorne platzierten Helen und Mina ein schönes Kaffeetischchen mit den zwei hübschen Biedermeierstühlen, die sie in dem Alte-Oma-Café erstanden hatten, dann drängten sie sich, aufgeregt wie Sechzehnjährige, vor dem Spiegel in der kleinen Toilette, um sich schick zu machen.

„Ob er wirklich kommt?“, fragte Mina nicht zum ersten Mal und erntete dafür einen missbilligenden Blick von Helen.

„Da träumen wir wochenlang von Jordan Travers, der *Queen of Romance*, und kaum stolziert ein fescher Österreicher in den Laden, ist sie dir wurst!“, schimpfte sie die Freundin und musste bei deren betretenem Gesichtsausdruck selbst lachen.

„Ich bevorzuge die Liebe eben zwischen den Laken statt zwischen den Seiten. Wenn sich mir schon mal die

Gelegenheit dazu bietet“, flötete Mina unbekümmert und zog ihre pechschwarze Wimperntusche nach.

Helen betrachtete gerade zufrieden ihr bereits fertig geschminktes Auge: Das bewegliche Lid schillerte in einem dramatischen Grün, was ganz hervorragend zu ihrer Iris passte und ihr ein dramatisches Auftreten verlieh. Lächelnd tupfte sie die Grundierung auf das rechte Lid, als es an der Tür lautstark klopfte.

„Geh du und schau mal nach“, rief Mina aufgeregt. „Ich kann gerade gar nicht! Was, wenn es Marcus ist!“

„Ich auch nicht“, fluchte Claire, die gerade verzweifelt versuchte, in ihr Kleid zu steigen und sich dabei immer wieder verhedderte, sodass sie schon wieder mit dem Gleichgewicht kämpfte und Helen in ihrem Versuch, sich zu halten, beinahe zu Boden riss.

„Ich? Na gut“, seufzte Helen, ließ den Schminkpinsel fallen, und lief barfuß zur Tür. Wer konnte um die Zeit schon da sein! Bestimmt waren es nur die Servicekräfte, oder Marcus, aber dem würde ihr klägliches Outfit bestimmt nicht auffallen, schließlich hatte er ja nur Augen für Mina!

Vor der Tür stand tatsächlich ein Mann, aber nicht Marcus. Ein großer und – sie schluckte – unglaublich *gut aussehender* Mann. Um nicht zu sagen: ganz und gar atemberaubend-umwerfend-fantastisch Was wollte der denn hier? Ob er zum Eventservice gehörte? Oder sich in der Adresse geirrt hatte? Oder seine abtrünnige Frau suchte? Männer! Helen zwang sich zur Ruhe und zu einem Lächeln. Dann hob sie, ein wenig neben der Spur, grüßend die Hand und steckte dann erst den Schlüssel ins Schloss. Der Fremde trug ein einfarbig dunkelblaues T-Shirt, dessen Stoff weich und glatt über seinen Oberkörper floss. *Gut trainiert, aber nicht zu viel … Breite Brust, breite Schultern … Und wie er riecht!* war, was Helen durch den Kopf schoss, während sie mit leicht geröteten Wangen auf das T-Shirt vor sich starrte und vor Auf- und Erregung kaum schlucken konnte.

„Ja bitte?“, fragte sie und streckte den Kopf aus der Tür. „Wie kann ich Ihnen helfen?“

„Ähm …“, begann er, unterbrach sich, lachte verlegen und kratzte sich im Nacken. Verlegen schaute er kurz zu Boden, bevor er den Blick wieder hob und Helen verschmitzt angrinste.

Kurz hörte Helen auf zu denken, denn eine Wolke von herbem Männerduft und milder Frühlingsluft benebelte ihre Sinne.

Völlig fasziniert starrte sie ihn an. Er wirkte zwar unwiderstehlich selbstbewusst, aber gleichzeitig ein wenig verlegen, was ihn noch anziehender wirken ließ. Dieses Grinsen ... und diese Augen ... So dunkelblau und intensiv strahlend wie der wolkenlose Himmel um zwölf Uhr mittags. „Ja?“, fragte sie beinahe atemlos.

„Ich glaube, ich bin ein bisschen zu früh dran“, sagte er leise und sah ihr in die Augen. Seine Stimme war tief und warm und klang so ruhig, dass Helen von den Schwingungen schwindelig wurde und sie den Türgriff so fest umklammerte, dass ihre Knöchel weiß hervortraten. Hörbar laut atmete sie ein, bevor sie mit piepsiger Stimme fragen konnte: „Zu früh dran? Wofür denn?“

Keine Frage: Sie schwankte, denn der Mann hypnotisierte sie.

„Für die Lesung.“

„Die Lesung? Ja, die ist erst in einer guten Stunde. Aber …“ Sie neigte nun ihrerseits den Kopf, blickte zu Boden und fasste sich an den Hals. Angestrengt sucht sie in der luftig-weichen Masse, in die er ihr Gehirn scheinbar verwandelt hatte, nach Worten. „Aber haben Sie denn überhaupt ein Ticket?“ Sie konnte sich nicht erinnern, auch nur eine einzige Karte an einen Mann verkauft zu haben, und Mina und Claire hätten ihr bestimmt davon erzählt.

„Ein Ticket?“, fragte er und runzelte leicht seine hohe Stirn. Um seine Mundwinkel zuckte es eigenartig, seine Augen weiteten sich. Langsam richtete er sich auf und schaute in den wolkenlosen Himmel. Dabei legte er die Hand über den Mund, konnte aber sein Grinsen nicht ganz verbergen. Was hatte er nur?

Damit er es sich nicht anders überlegen konnte, oder sich abgewiesen fühlte, plapperte Helen einfach drauf los: „Nun ja ... Es ist zwar ausverkauft, aber wir finden bestimmt irgendwo einen Platz für Sie. Außer Ihnen kommt noch ein Mann, vielleicht neben dem? Dann sind Sie nicht so einsam, unter all den Frauen ...“, schmachtete sie den großen, braunhaarigen Mann an und versank immer weiter in den endlosen Tiefen seiner Augen.

„Ähm ... Ich vermute, dass das von Vorteil wäre“, antwortete dieser in seinem angenehmen walisischen Akzent und einem so tiefen und verschmitzten Blick, dass Helen sich fühlte, als würde sich ihr Körper vom Erdboden lösen.

„Ja“, hauchte sie kaum hörbar. „Ich auch.“

„Dann soll ich später wiederkommen?“, bot er an.

„Ja, bitte. Um halb acht ist Einlass.“

„Wunderbar. Dann bis dann. Vielen Dank einstweilen.“ Mit diesen Worten verneigte er sich leicht, vertiefte seinen Blick noch eine Spur, wenn dies überhaupt möglich war, und wandte sich ab. Da erst fiel Helens Blick auf seinen sonnengebräunten, schwarz behaarten Unterarm, an dessen schlankem Handgelenk eine silberne Uhr glänzte. Seit wann hatten Männerarme diese Wirkung auf sie? Benommen sah sie zu, wie die Hand aus ihrem Blick glitt und der Mann davonging. Dann drehte auch sie sich um, legte eine Hand ans Herz, die andere aufs Gesicht, schloss die Augen und senkte den Kopf. Fassungslos spürte sie dem Beben und Schweben nach, das der Unbekannte in ihr ausgelöst hatte. „Helen? Ist alles in Ordnung? Wer war das?“, rief Mina, die gerade die Föhnbürste ausgeschaltet hatte, und streckte den Kopf ums Eck.

„Wie? Was? Ja … Das heißt nein. Da war ein Mann …“

„Ein Mann?“, fragte Mina kichernd und machte einen Schritt auf sie zu. „Schon wieder einer?“

„Ja.“

„Aber nicht Marcus, oder?“

„Nein. Nicht Marcus. Aber die gleiche Liga. Champions League Finale.“

„Oh …“, staunte Mina und verlor sich offensichtlich in Tagträumen über den attraktiven Österreicher. "Zwei an einem Tag? Das ist ein Omen … Ein Zeichen. Ein gutes Zeichen!"

„Und was wollte er?“, ergriff Claire das Wort und klipste einen matt goldenen Ohrring in Form eines Ginko-Blattes zu.

„Kommen. Zur Lesung“, brachte Helen noch immer entgeistert hervor.

„Im Ernst? Noch ein Mann? War er schwul?“

„Was?“, rief Helen und fuhr zusammen. „Nein. Nein, das glaube ich nicht!“ Entschlossen schluckte sie. Wenn er auf Männer stünde, hätte er sie doch nicht so angeschaut, oder? Und sie wäre nicht immer noch so völlig durch den Wind. Und warum sollte ein Homosexueller eine Hetero-Liebesgeschichte lesen? Oder war sie nach der langen Abstinenz völlig daneben?

„Nein. Der ist nicht schwul, bestimmt nicht!“, bekräftigte sie, ging zum Spiegel und schrie entsetzt auf. Ein Teil ihres Haars wurde noch immer mit einer Klammer nach hinten gehalten, während der andere Teil unordentlich an ihr herunterhing. Ihre Lippen leuchteten bereits …, aber während ein Lid in einem geheimnisvollen Grün schimmerte, war das andere so bleich und blass wie Gott es schuf. „Oh nein!“, stöhnte sie, stützte sich auf dem Waschbecken auf und hätte gut und gerne auf Rouge verzichten können, so sehr ähnelten ihre Wangen Walderdbeeren, und das ohne Rouge. Mina und Claire brachen in schallendes Gelächter aus. Sie lachten so sehr, dass sie sich die Bäuche hielten, auf die nächstbesten Stühle plumpsten und beinahe ihr mühevoll, und vor allem: vollständiges Make-up ruinierten.

„Jetzt aber schnell!“, japsten sie, nachdem sie sich wieder halbwegs gefangen hatten. „Wir helfen dir, komm! Jordan wird ja jeden Moment hier sein.“ Während Mina also Helens Haar in Form bürstete, föhnte und fixierte, begrüßte Claire die zwei Aushilfen, die viel zu spät dran waren, und damit begannen, Prosecco-Flaschen zu öffnen. Bereits am Nachmittag hatte Claire literweise frischen Mango-, Papaya- und Gurkensaft gepresst, der jetzt in hohen gläsernen Karaffen auf dem Tresen stand. Kleine Häppchen lockten auf silbernen Tabletts und gläsernen Platten, die Gästeliste lag am Eingang und eigentlich warteten alle nur auf das Eintreffen der sagenumwobenen Jordan Travers, von der noch immer niemand auch nur irgendetwas zu wissen schien.

„Fertig“, trällerte Mina schließlich, hauchte Helen einen Kuss auf die Wange und flüsterte noch einmal beinahe ehrfürchtig: „Zwei Männer an einem Tag – das ist ein gutes Zeichen!“ Helen legte den Kopf in den Nacken und stieß ein gluckerndes Lachen aus. So albern sie Minas Aberglauben fand, so sehr wünschte sie sich mit einem Male, sie möge recht haben. Sie drehte sich um die eigene Achse, um noch einen letzten Blick in den Spiegel zu erhaschen. Ausgelassen zwinkerte sie sich selbst zu. Endlich sah sie wieder richtig gut aus! Lebendig und lebensfroh. Ihr Teint und ihre Augen strahlten, ihr Haar floss in großen, lockeren Locken auf ihren Rücken und das helle Blaugrün des Kleides brachte das geheimnisvolle Grün ihrer Augen noch deutlicher zur Geltung. In bester Laune tänzelte sie ein paar Schritte zu Adeles „Set fire on the rain“, bevor sie erstarrte. Vor den Fenstern tummelten sich bereits unzählige aufwändig

gestylte Damen, die versuchten, einen Blick ins Innere zu erspähen, auf ihren Handys herumtippten und mit ihren Freundinnen tuschelten.
„Ah!“, kreischte Mina und schlug sich die Hand vor den Mund, denn über die Traube von Frauen ragte unübersehbar Marcus Steinfelds attraktiver Kopf. „Er ist da! Marcus ist da!“, rief sie völlig aus dem Häuschen und zupfte und zerrte an Claires Kleid.

„Der schon. Aber wo bleibt Jordan nur? Sie sollte doch schon längst da sein!“, wimmerte Helen, die zunächst froh über die Verspätung gewesen war, deren Panik sich nun aber von Sekunde zu Sekunde steigerte. „Ich muss sie anrufen! ... Keine Antwort! SMS.“ Nervös starrte sie auf das Display und erhielt keine zehn Sekunden später die erlösende Antwort. „Sorry, Helen, ich bin gleich da. Es ist etwas dazwischengekommen.“

„Puh.“ Helen atmete tief aus und beugte sich erleichtert nach vorne. Kurz hatte sie sich schon vor der Menge stehen sehen, wie sie das Geld zurückbezahlte und sich vor Buh-Rufen nicht mehr retten konnte. Hoffentlich würde ihr diese Schmach erspart bleiben! Aber was, wenn Jordan nicht käme?

„Dann wollen wir die Damen mal reinlassen, was?“, schlug Claire vor, winkte den beiden Serviceaushilfen, die sich daraufhin neben dem Eingang platzierten, um jede Besucherin mit einem Glas Prosecco oder alkoholfreien Smoothie zu begrüßen, in dem wunderhübsch kandierte Rosenblütenblätter schwammen.

Während Mina und Claire die Namen auf den Tickets abglichen, tippelte Helen immer nervöser von den Zehenspitzen des linken auf die des rechten Fußes und zurück. Hätte sie jemals Nägel gekaut, hätte sie nun wieder damit begonnen. „Gleich da“ war vor zehn Minuten! Was bedeutete „gleich da“ für Schriftsteller? Eine Stunde zu spät, nur eine halbe oder am nächsten Tag? Sollte sie nochmal eine SMS schreiben? Oder wäre das arg unhöflich? Auf keinen Fall wollte sie nervös und zickig erscheinen. Aber es waren doch schon beinahe alle Stühle besetzt! Nur noch vereinzelt trudelte jemand ein. Wo blieb Jordan nur?

Marcus war von Mina längst zu einem der beiden gepolsterten Sessel rechts vom Pult geführt und sowohl mit Prosecco als auch mit Smoothies versorgt worden. Dass nicht nur Minas Blicke immer wieder dorthin wanderten, lag daran, dass auch der Fremde von vorhin dort sitzen sollte. Dass dieser ebenfalls nicht mehr aufgetaucht war, betrübte Helen zwar, konnte sie in der sich zur Panik auswachsenden Nervosität über das Fernbleiben Jordan Travers nicht zu sehr beschäftigen.

„Drei vor acht“, murmelte Helen mutlos an Claire gewandt, die Mühe hatte, ihre eigene Anspannung zu verbergen.

„Vielleicht sucht sie noch einen Parkplatz“, meinte sie aufmunternd und rückte an den Smoothiegläsern herum.

„Vielleicht ... Ich schreibe ihr noch mal.“ Doch noch bevor sie ausgesprochen hatte, piepste ihr Handy mit einer neuen Nachricht. „Sorry, noch zwei Minuten! Tut mir echt leid.“

„Na, siehst du!“, sprach Claire ihr, oder sich selbst, Mut zu, drückte Helens Arm und schob sie in Richtung Bühne.

„Dann muss ich wohl“, flüsterte Helen, senkte den Kopf, sammelte sich, und als sie den Kopf wieder hob, schaute sie in 203 erwartungsvolle Gesichter, die von Mina, Marcus und Claire mitgerechnet. „Guten Abend meine Damen – und ... Herren“, korrigierte sie sich gerade noch rechtzeitig, als der atemberaubende Fremde in der Tür erschien und sich mit einem belustigten Blick umschaute. Offensichtlich war er überwältigt von dem Anblick so vieler Frauen. Eilig sprang Claire auf und führte ihn lächelnd zu dem leeren Platz neben Marcus. Als sich sein und Helens Blick trafen, hob er die Hand und seine Augen blitzten freudig auf. Die warme, wuchtige Welle von Glück, die er damit durch Helens so viele Jahre betäubten Körper jagte, ließ sie kurz taumeln und nach dem verlorenen Faden suchen.

„Guten Abend, meine Damen und meine Herren“, wiederholte sie mit einem breiten Lächeln zu Marcus und *dem Mann*. „Ich freue mich außerordentlich, dass Sie heute so zahlreich hier erschienen sind. Viele von Ihnen kennen unseren kleinen Traumladen ja bereits ...“, begann sie und wurde von zustimmenden und begeisterten Lauten unterbrochen. „Jordan Travers, die Dame, wegen der wir heute alle hier sind, wird selbst gleich bei uns sein. Sie hat mir gerade geschrieben, dass sie nur noch wenige Minuten vom Parkplatz zu uns braucht ...“ Auch wenn der attraktive Hüne eine fantastische Ablenkung war, so übermannte sie nun die Panik vor dem möglichen Nicht-Erscheinen Jordan Travers' erneut. Ihre Stimme zitterte genauso heftig wie ihr Körper. Suchend schaute sie erneut zur Tür. Zur leeren Tür. Nichts. Niemand. Wo war die gute Frau nur? Sie hatte doch immer so zuverlässig geklungen! Was wäre, wenn alles nur ein schlechter Witz gewesen war? Wenn sie sich so endlos blamieren müsste und die Leute heimschicken? Dann bräuchten sie morgen gar nicht mehr öffnen. Sie wären am Ende.

„Während wir auf sie warten, könnten wir ...“, begann sie, verstummte aber, als der Fremde aufstand! Wollte er allen Ernstes gehen? Helens Kinnlade fiel herunter. Entsetzt starrte sie ihn an. Doch was tat er da? Er kam zu ihr nach vorne? Träumte sie oder ... Und warum lächelte er so? Ach so! Bestimmt hatte er erkannt, dass er als Mann die Damenwelt wesentlich leichter ablenken konnte als sie! Was für ein Gentleman, genau wie Marcus! Zwei an einem Tag - das war dann wohl wirklich ein gutes Zeichen!

Mit lässigen Schritten kam er immer näher auf sie zu. Erst da fiel ihr auf, wie perfekt seine blaue, an einer Stelle leicht ausgefranste Jeans saß und wie gut sie seine langen Beine zur Geltung brachte. Sein T-Shirt umschmeichelte seine auf natürliche Art kräftige Brust und nun, da er sie beinahe erreicht hatte und alle Augenpaare auf ihn geheftet waren, wurden seine Grübchen noch tiefer und das Lächeln auf seinen Lippen so breit, dass es seine Augen erfasste. Helen drohte erneut darin zu versinken. Doch da fuhr er sich mit der Hand so weit durch seine fülligen braunen Haare, dass der Ellbogen sein Gesicht verbarg. Helen schluckte, denn zum einen trat so seine Muskulatur verführerisch hervor, zum anderen aber war sie sich sicher, dass er ihr durch das kleine Dreieck zwischen Ober- und Unterarm einen kurzen, aber siedend heißen Blick zuwarf. Nicht nur ihre Knie, sondern ihr ganzer Körper schien an Konturen zu verlieren. In seinem ebenmäßigen, markanten Gesicht spiegelten sich mehrere Emotionen, die Helen in der Kürze der Zeit und aufgrund der Umstände jedoch nicht deuten konnte. Fürsorge, Mitgefühl und etwas wie Belustigung.

Nach wie vor stand Helen wie angewachsen vor dem Publikum, das sie längst vergessen hatte. Nur noch wenige Schritte trennten sie voneinander. Der Mann kam so zielstrebig auf sie zu, und schien so unzweifelhaft sie zu meinen, ja, für sie bestimmt zu sein, dass sie beinahe die Hände nach ihm ausgestreckt hätte, um sie auf seinen Bauch zu legen, von dort auf den Rücken gleiten zu lassen, dabei seinen unverwechselbar anregenden Geruch einzuatmen und ihr Gesicht an seine Brust zu betten. Sie würde seinen Herzschlag hören, ihre Haut würde von der Berührung flimmern und fiebern, sie würde ganz in seinen Takt verschmelzen, er würde ihr über den Kopf streichen und sie halten. Einfach nur halten. Bis sie alles vergaß und ihm genug vertraute. Bis alles gut wäre. Es wäre so unermesslich schön, dass sie es sogar verkraften könnte, wenn Jordan Travers nicht mehr käme.

Doch Helen tat nichts dergleichen. Sie beherrschte sich und legte stattdessen den Kopf etwas in den Nacken, um ihm weiterhin in die Augen sehen zu können, als er etwa zwei Schritte von ihr entfernt stehen blieb. Er biss sich auf die linke Hälfte seiner vollen, sinnlichen Lippen und griff nach dem Mikrophon. „Darf ich?“, fragte er dabei leise und rau, Sekundenbruchteile, bevor sich ihre Hände kurz berührten und eine tiefrote Wärme über Helen schickte. „Ja, natürlich“, krächzte sie und übergab es ihm.

Da stand er nun, vor eine Menge aufgeregt mit den Füßen schabender, tuschelnder, knipsender Frauen, die Jordan Travers gerade ebenfalls vollkommen vergessen haben mussten.

„Guten Abend, meine Damen“, begann er und senkte den Kopf so weit, dass sein Kinn sein Schlüsselbein berührte. Dabei kratzte er sich am Hinterkopf, räusperte sich, holte tief Luft, schluckte hörbar und richtete sich wieder auf. Als er den Blick an einen Punkt am anderen Ende des Raums gerichtete hatte, begann er, trotz des leichten Zuckens seiner Lippen und Augenwinkel, in ernstem Ton zu sprechen.

„Ich muss Ihnen die erschütternde Mitteilung machen, dass die Dame, die Sie heute erwarten, leider nicht kommen wird.“ Ein Raunen und entsetztes Augenaufreißen ging durch den Saal. Die Anspannung war greifbar, aber der Fremde hatte die Menge in seinen Bann gezogen. Nur Helen schwankte heftig. Auch wurde ihr schwarz vor den Augen. Der Mann neben ihr schien dies zu spüren, denn mit einem einfühlsamen Seitenblick legte er ihr eine Hand auf die Schulter, was aber nicht den von ihm gewünschten Effekt hatte, denn Helen wankte nur noch stärker.

„Was?“, „Oh mein Gott! Was ist passiert?“, „Ist sie tot?“, schrien einige.

Doch er blieb ruhig, ließ das Mikrophon sinken und den Blick durch die Reihen schweifen. Er hob das Kinn und presste die Lippen aufeinander. Nachdem wieder Ruhe eingekehrt war, hob er das Mikro erneut an seinen Mund. Zwei Atemzüge stand er so da, ohne ein Wort zu sagen, und erreichte somit vollkommene, gespannte Stille. Eine Stille, in der man ein Macaron zu Boden hätte fallen hören und in die hinein er die Bombe platzen ließ.

„Dafür bin ich hier.“ Wieder machte er eine Pause. Niemand wagte auch nur zu atmen.

„Meine Damen, mein Herr: *Ich* bin Jordan Travers.“

~Neun~

Eine Sekunde lang herrschte Totenstille, dann aber brach ein Tumult sondergleichen los.

„Was?“, „Wie?“, „Neeeein!“, „Nein, nein, neinneinneinnein, das kann doch gar nicht sein!“, „Wirklich?“, „Das glaub ich nicht! Nein, so etwas!“, „Jordan! Ach ja, *of course*!“

Die Einzige, die nicht wusste, wie sie reagieren sollte, war vermutlich Helen. Sie empfand die Enthüllung wie einen dumpfen Schlag in die Magengrube, denn hatte sie dem Kerl nicht vertraut? Hatten sie sich nicht geschrieben, als wäre er auch eine Frau? Deswegen hatte er immer so breit gegrinst! Er hatte seine Maskerade und ihre Leichtgläubigkeit in vollen Zügen schamlos genossen! So ein Mistkerl!

Doch dann waren da noch andere Gefühle.

Selbstironie.

Das Gelächter und Gejohle der anderen Frauen.

Mina und Claire, die sich die Tränen aus den Augen wischten und die Bäuche hielten.

Da war eine einzelne spindeldürre Frau mit struwweligem pechschwarzem Haar, die wild vor sich hin motzend nach draußen polterte.

Und dann war da Jordan, der Fremde, der keine Frau war, aber die Frau, die ein Mann war. Verdattert blinzelte Helen, schüttelte den Kopf und schaute zu ihm. Seine Augen. Das Strahlen. Die Wärme. Der Schalk. Und dann sein Grinsen. Die zuckenden Mundwinkel. Sein ganzer Körper, der sich in kurzen Abständen hob und senkte. Die Tränen, die über seine Wangen liefen. Er lachte Tränen! Er lachte inzwischen so heftig, dass er sich mit einer Hand an einer Sessellehne festhielt.

Und da, endlich, zunächst kaum hörbar, von ganz weit innen, krochen ein Kichern und ein Gackern aus ihr. Das Lachen wurde immer lauter und mächtiger, bis es wie prall gefüllte Luftballons aus ihr herausplatzte. Sie lachte so sehr, dass sie kaum noch Luft bekam und bei dem Versuch, sich in ihren Sessel fallen zu lassen, auf dem Boden landete, weswegen sie nur noch mehr lachte.

Ganz der Gentleman fasste Jordan sie sofort am Arm, um sie hochzuziehen, und das, obwohl er selbst noch immer vom Lachen geschüttelt wurde.

Allmählich verebbte das Lachen und die Menge beruhigte sich. Je stiller es wurde, desto deutlicher erklang ein giftiges Fauchen und Zischen. Bestürzt folgte ihr Blick Jordans, dessen Heiterkeit wie weggewischt war. Statt Lachfalten gruben sich nun tiefe Sorgenfalten in sein harmonisches Gesicht.

„Verräter“, zischte eine Frau mit einem aalglatten schwarzen Pagenkopf und einem dazu völlig unpassenden Ringelshirt. „Typisch Mann, die Frauen so zu hintergehen!“

„Jawohl! Das ist es! Schämen Sie sich! Und uns dann auch noch auszulachen“, giftete eine zweite mit platinblondem Bürstenkopf.

„So etwas muss ich mir nicht bieten lassen!“, keifte die erste wieder, raffte ihre monströse quietschrote Tasche und stakste, gefolgt von der Zweiten, durch die Reihe nach draußen.

„Blöde Kuh“, raunte eine Frau ihr nach und erntete, sehr zu Helens Erleichterung, große Beistimmung.

„Frustriert“, kommentierte eine andere.

Niedergeschmettert schaute Jordan ihnen hinterher und schluckte so stark, dass sein Adamsapfel hervortrat. Dann stand er auf, hob beschwichtigend die Hände und sagte ernst: „Entschuldigen Sie bitte, meine Damen. Es tut mir sehr leid, dass sich einige von Ihnen ärgern müssen. Bitte glauben Sie mir, dass ich mir nicht im Klaren darüber war, dass der Umstand, ob ich Mann oder Frau bin, von so großer Wichtigkeit ist.“ Er schaute auf den Fußboden vor ihm, sog die Lippen nach innen und wartete einen Augenblick, bevor er weitersprach. „Natürlich weiß ich, dass Jordan sowohl ein Frauen- als auch ein Männername ist. Und natürlich habe ich mir gedacht, dass einige von Ihnen auf eine Frau tippen werden. Dass es alle tun, nun, das überrascht mich. Mir war wirklich nicht im Entferntesten klar, wie viele Emotionen in der Sache stecken könnten.“ Nachdenklich schüttelte er den Kopf und fuhr sich mit den Händen durchs Haar, dann schaute er hilfesuchend zu Helen, die zu verstehen schien und nickte.

„Wissen Sie“, sagte sie zum Publikum gewandt und lachte leise. „Ich wusste selbst nicht, dass Jordan Travers ein Mann ist. Ganz automatisch dachte ich: Der Name in den dunkelroten Lettern, auf diesem Titelbild – das ist eine Frau, sonnenklar! Wenn man dann auch noch eine so herzzerreißende Liebesgeschichte liest, fällt es einem schwer, überhaupt die Möglichkeit in Betracht zu ziehen, dass es keine Frau sein könnte! Aber zeigt uns das nicht, wie voreingenommen wir manchmal sind?“ Sie lächelte und ihre Augen glänzten, während sie vom Publikum zu Jordan blickte. „Also, ich würde sagen“, fuhr sie fort, drehte sich zu Jordan und zeigte mit der geöffneten Hand auf ihn, „freuen wir uns doch, dass Jordan Travers ein Mann ist, oder nicht?“

Vor Verlegenheit über ihren kleinen offen gezeigten Flirt errötete sie, ebenso wie er, was unglaublich süß aussah. Die anwesende Damenwelt applaudierte und stimmte ausgelassen zu.

Jordan grinste breit und in seinen blauen Augen blitzte der Schalk noch stärker als zuvor, als er sagte: „Nun, dann bin ich aber froh, dass die Mehrheit von Ihnen das so sieht! Wenn Sie wollen, beantworte ich gerne alle möglichen Fragen zu diesem Thema vor der Lesung, damit alle

Missverständnisse und jede Missstimmung aus der Welt geschaffen werden können."

Er schielte zu Helen, die bekräftigend nickte und fragte das Publikum: „Also: Was würden Sie denn gerne als Erstes wissen?"

Mehrere Hände streckten sich in die Luft, und Jordan zeigte mit seinem typischen warmen Lächeln auf die Erstbeste. „Ja, bitte?"

„Also." Sie kicherte nervös, grinste verlegen und räusperte sich, bevor sie endlich mit der Sprache herausrückte. „Verzeihen Sie mir, Jordan, das kommt alles ein wenig überraschend. Ich tue mich schwer damit, zu glauben, dass wirklich Sie das Buch geschrieben haben sollen. Ich meine", sie errötete noch dunkler und zeigte mit der Hand auf ihn, „Sie sind ein Mann, und, wenn ich das sagen darf, Sie machen auf mich nicht den Eindruck, als ob Sie besonders, sagen wir mal, zart besaitet wären." Wieder kicherte sie, blickte zu Boden und biss sich auf die Unterlippe.

Erst als Jordan laut auflachte, wagte sie wieder, den Blick zu heben. „Ja und nein. Also, zuerst: Das Buch habe ehrlich ich geschrieben, vom ersten bis zum letzten Wort. Die Idee zur Geschichte stammt ebenfalls nur von mir. Dass mir eine gute Freundin, die für das Fernsehen schreibt, einige dramaturgische Tipps gegeben hat, nun, das ist, denke ich, bei fast allen erfolgreichen Autoren der Fall und durchaus legitim, ebenso wie die Tatsache, dass ich während des Schreibprozesses mit einem befreundeten Autor über dies und das gesprochen habe."

„Jaja, das schon. Aber im Ernst?", staunte nicht nur die Frau, die die Frage gestellt hatte, sondern mehrere. Einige schüttelten überrascht den Kopf.

„Ja, ganz im Ernst", bestätigte er nickend und schaute geradewegs in die Menge.

„Es gibt ja auch wunderschöne Liebesgedichte von Männern!“, warf eine Frau ein. „Denken Sie doch nur an W. H. Auden, *Stop all the clocks*! Oder von Rainer Maria Rilke!“, „Oder Nicholas Sparks!“

„Ja, ja, genau! Das stimmt!“

„Und Sie heißen wirklich Jordan? Oder ist das ein Pseudonym?“, rief eine Frau über die Köpfe hinweg.

„Nein, das ist kein Pseudonym. Ich heiße tatsächlich so.“

„Also – wer hätte das gedacht! Nun ist die Buchwelt doch um eine Sensation reicher!“, schaltete Helen sich mit einem hellen Lachen ein. „Wenn es keine weiteren Fragen gibt: Soll Jordan dann nicht mit dem Lesen beginnen?“

„Oh ja!“, „Unbedingt!“, „Ich brenne darauf!“

Jordan rutschte in seinem Sessel hin und her, bis er die richtige Position gefunden hatte, strich sich über den Hals, nahm einen Schluck Wasser, atmete tief ein und aus und räusperte sich schließlich. Dann begann er mit ruhiger Stimme und in einem angenehmen Tempo, das es den Zuhörern erlaubte, ganz in das Geschehen einzutauchen, zu lesen. Er hatte die Stelle gewählt, in der Linda verhaftet wurde. Er las mit so viel Gewalt und Schmerz an den einen, dann wieder mit so viel Schmerz und Zartheit an den anderen Stellen, dass niemand mehr Zweifel daran haben konnte, Jordan hätte das Buch nicht selbst geschrieben. Helen war Tim, als Jordan die Festnahme von Linda las. Sie spürte, wie sich die beiden an der Hand hielten, wie Linda von den Polizisten fortgezogen wurde, wie sich ihr Griff lockerte. Wie die Fingerspitzen über die Handflächen und die Finger des anderen strichen, bis sich nur noch die Fingerspitzen berührten. Einen Sekundenbruchteil schien die Zeit stillzustehen, schien das Unmögliche noch immer möglich: Dass Linda bleiben könne. Dass die Finger den gleichen Weg zurückwandern konnten. Dass der Albtraum ein Ende hätte. Doch dann zerriss der Kontakt und damit ein Leben.

Vereinzelt war Schluchzen zu hören, Taschentücher wurden gezückt und als Jordan das Buch auf seine Oberschenkel sinken ließ und den Blick hob, herrschte entrücktes Schweigen. Erst langsam, von einzelnen Zuhörerinnen ausgehend, brandete der Applaus wie eine enorme Welle auf. Eine tosende Welle, die immer noch lauter wurde und in die hinein sogar einige mit den Füßen trampelten, während andere sich zu *Standing Ovations* erhoben.

Auch Mina, Marcus und Claire bejubelten den neuen Stern am Schriftstellerhimmel und erhoben sich wie auf ein Stichwort gemeinsam.

Überwältigt blickte Helen zu Jordan und sah, dass auch in seinen Augen Tränen der Rührung schwammen, die er mit einer verstohlenen Geste wegwischte.

Jordan las noch zwei Auszüge, die er vorbereitet hatte, und erntete jedes Mal den gleichen Beifall. Nach der letzten Runde ergriff Helen das Wort, schaute sich gut gelaunt in dem Café um und sagte in scherzendem Ton: „Und da sag noch einer, dass Männer nicht zu den tiefen Gefühlen fähig seien!“ Noch während sie sprach, fühlte sie, als würde eine dunkle Decke von ihr weggezogen und sie fühlte sich mit einem Mal so unbeschwert und leicht wie ein Schmetterling bei Tagesanbruch auf einer Blumenwiese.

Schon scharrten alle lachend mit den Füßen, standen auf und begannen, für Autogramme und Fotos Schlange zu stehen. Helen schenkte Jordan Wasser nach, doch er war so mit Signieren und Dauerlächeln beschäftigt, dass er, als nach über einer Stunde die letzte begeisterte Leserin den Laden verließ, matt den Stift auf den Tisch fallen ließ und das Glas in einem Zug leertrank. Die ganze Zeit über war Helen, als wäre sie seine Agentin, nicht von seiner Seite gewichen und trank nun ihrerseits, bevor sie etwas sagen konnte. „Überwältigend“ war das erste Wort, das über ihre Lippen kam, und von Claire übertönt wurde. „Du warst großartig!“, rief diese nämlich, als sie den Schlüssel im Schloss umdrehte und sie nur noch zu viert waren.

Während der Autogrammstunde hatte Claire die Aushilfen bereits ausbezahlt und in den Feierabend entlassen. Mina hingegen hatte sich mit Marcus in ein möglichst ruhiges Eck verdrückt und sich lange ausgiebig über Literatur, Filme und alles Mögliche unterhalten. Erst als die Zahl der wartenden Frauen auf ein Häuflein geschrumpft war, überreichte sie ihm den Blumenstrauß, genoss seine Begeisterung und lehnte schweren Herzens die Einladung zum Abendessen ab, weil sie „geschäftlich" verpflichtet sei. Da Marcus diesen Umstand jedoch genau so zu bedauern schien wie sie selbst es tat, schlug er kurzerhand ein Treffen am darauffolgenden Abend vor. So zumindest erzählte sie es später den Freundinnen.

„Wirklich, du warst fantastisch!", rief nun auch Mina und Helen wiederholte erneut mit krächzender Stimme: „Überwältigend."

„Danke, danke! Aber ich sag euch, mir blieb fast das Herz stehen, als die eine Frau einfach ging", gab Jordan mit einem erleichterten Seufzer zu.

„Mir auch!", rief Helen und seufzte erleichtert auf. „Ich dachte schon, jetzt gehen alle!"

„Ach, nein, nicht doch! So verbissene Frauen gibt es doch immer!", kicherte Mina und machte eine wegwerfende Geste.

„Aber ein Hühnchen haben wir zwei schon noch zu rupfen!", mahnte Helen da mit erhobenem Zeigefinger gespielt ernst. „Zumindest in deinen E-Mails hättest du mal durchblicken lassen können, dass du keine Frau bist! Dann hätte ich dir das alles nämlich bestimmt nicht erzählt!"

Jordan machte ein Gesicht wie ein flauschig weicher Pudel mit langen, seidigen Locken, der allerdings in einen Wolkenbruch gekommen war. „Oh, das täte mir aber leid ... Ich fand es nämlich sehr schön, dass, und was wir uns geschrieben haben ... Als Mann", fügte er heiser hinzu und schaute ihr tief in die Augen.

„Ja?“, fragte sie leise und hob die Brauen.

„Sehr sogar. Und weißt du was?“, fügte er ernst hinzu. „Ich muss zugeben, dass mir der Gedanke, dich einzuweihen, sogar tatsächlich gekommen ist. Aber irgendwie habe ich es einfach nicht getan, weil ich immer wieder dachte: Was macht es eigentlich für einen Unterschied, ob man sich einem Mann oder einer Frau anvertraut?“ Eindringlich sah er sie an und wieder hatte sie das Gefühl, sich in den Tiefen seiner Augen zu verlieren. Sie wusste nicht, was es war – ein kalter Windstoß, eine Trübung des Lichts, ein Schatten – denn in diesem Moment verflog ihre Leichtigkeit und eine große Panik erfasste sie. Angst, sich ihm auszuliefern, sich erneut zu verlieben und wieder verletzt zu werden. Eine Frau könnte ihr niemals so weh tun wie ein Mann. Wie ein Mann wie er. Mühevoll presste sie „Ach – schon einen großen, würde ich sagen!“ hervor und versuchte, dabei unbeschwert zu klingen, denn auf keinen Fall wollte sie so zickig und verbissen wie die Frauen von vorhin wirken.

Jordans Züge gefroren; eindringlich sah er sie an. „Wenn das so ist, dann tut es mir wirklich sehr leid“, versicherte er. „Ich vermute, ich wollte nicht riskieren, dass unsere Unterhaltung abbricht.“ Er hob die Schultern und sah sie mit seinen treuen Hundeaugen so treuherzig an, dass Helens Angst sich legte. „Kann ich dich um Verzeihung bitten?“, fragte er und reichte ihr die Hand, die sie nach kurzem Zögern nahm und mit einem immer größer werdenden Lächeln schüttelte. Und damit schüttelte sie den Rest der Angst ab und ließ die Schmetterlinge zurück in ihren Bauch ziehen.

„Okay!“, rief Claire und blickte verschmitzt von einem zum anderen. „Ich falle fast um vor Hunger! Geht’s euch nicht genau so?“ Sie wartete keine Antwort ab, sondern drehte sich schon um die eigene Achse, nahm ihre Tasche und kurze Zeit später saßen die vier bei einem etwas gehobenerem Italiener, als es ihr Stammlokal war (wer brauchte schließlich jetzt noch feurige Italiener!). Dort labten sie sich bereits an herrlich erfrischendem Weißwein und den kleinen

Bruschette, dem *Gruß aus der Küche*, während sie auf die große Vorspeisenplatte für vier warteten.

An dem runden Tisch saß Jordan neben Helen, und als sich einmal ganz kurz ihre Füße berührten, durchzuckte es sie so siedend heiß, dass sie beinahe das Glas fallen ließ und sich verschluckte.

Mit einem bedeutend munteren Lächeln rutschte Jordan auf seinen Stuhl, prostete den Freundinnen zu und stieß im nächsten Moment an Claires Schulter, da der Kellner mit der großen Platte mit kalten Antipasti hinter ihn trat, um zu servieren.

„Nun, denn, lieber Jordan, der du keine Frau bist", rettete sie die Situation mit einem verspäteten Toast und zwinkerte ihm zu. „Auf einen großartigen Abend. Vielen herzlichen Dank für deine wunderbare Lesung, all die Autogramme und Fotos mit glücklichen Leserinnen!"

„Danke euch für die traumhafte Kulisse für mein O*uting*!", bedankte er sich ausgelassen, schwenkte sein Glas und lehnte sich ganz nah zu Helen, da gerade in dem Moment der Kellner mit einem tiefen „Allora! Eccomi ... gli antipasti!" die große Platte in die Mitte des Tisches stellte. Beherzt griffen alle zu und ließen sich die köstlichen Vorspeisen wie Vitello Tonnato mit Kapern, Caprese, gegrilltes Gemüse, Meeresfrüchtesalat, Parmaschinken auf süßer Honigmelone und Ähnliches munden.

„Mannomann, ich bin ja schon mal gespannt, was auf Facebook los ist", bemerkte er nach einer Weile munter kauend.

„Oh ja!", riefen alle. „Das wird was geben! Kommt, machen wir Beweisfotos!"

„Gute Idee! Bitten wir den Kellner, dass er eins von uns macht!", schlug Helen vor. „Das können wir dann überall posten. Auf deiner Seite, auf unserer und im Laden."

Gesagt, getan, und wenig später legten Mina und Claire ihre Hände auf Jordans Schultern, während Helen mit laut schlagendem Herzen dicht hinter ihm stand. Von der Wärme seines Körpers wurde ihr so kribbelig, dass sie wie eine Dreijährige vor dem Weihnachtsbaum grinste.

„Aber das geht erst morgen online!“, erbat Jordan sich lachend. „Sonst haben wir heute keine Ruhe mehr!“

„Und unsere Ruhe wollen wir doch, wenn wir schon mal mit dir *alleine* sind!“, johlte Claire ausgelassen, legte den Kopf in den Nacken und gab einen Laut von sich, der nach einem jubelnden Huhn, das etwas zu viel Wein erwischt hat, klang.

„Weißt du, was ich schon die ganze Zeit wissen will?“, wollte Mina an Jordan gewandt wissen.

„Nein, was?“

„Ist Jordan dein echter Name?“

Nun war er es, der kurz lachte. Er schaute zur Decke, faltete die Serviette und sagte dann todernst: „Ja. Ist es. Aber zum Glück nur mein zweiter Vorname. Kein Mensch will doch wie ein ganzes Land heißen!“

Helen prustete los, während Claire den Zeigefinger hob, auf ihn zielte und „Du Schlingel!“ rief.

„Schlingel?“, wiederholte er lachend.

„Nun ja! Schieß los! Wie heißt du richtig?“, drängte Mina, die den Wein am wenigsten zu spüren schien.

„Joseph.“

„Joseph?“, wiederholte Helen, indem sie sich den Namen auf der Zunge zergehen ließ.

„Jay Jay?“, fragten die übrigen zwei ungläubig wie aus einem Mund und Claire gackerte erneut los.

„Jep. Jay Jay.“ Todernst nickte er.

„Und wie willst du genannt werden?“

„Joseph. Oder Joe, wenn’s sein muss, aber *bitte* nicht Joey!“ Er verzog das Gesicht, als hätte er soeben eine aufgeschlitzte Nacktschnecke vor sich auf dem Teller entdeckt. Wieder lachten alle los und tranken auf „Joseph Travers, den begnadetsten nicht-weiblichen Romanzenschreiber des frühen 21. Jahrhunderts.“

„Nun sag aber mal“, fragte Mina nach den ersten Bissen ihres gegrillten Seeteufels. „Wie bist du denn auf die Idee zu der rührenden Geschichte gekommen?“

Joseph kaute zu Ende, nickte und blitzte in die Runde. „Also, die Idee mit dem Buch kam einfach so zu mir, richtig aus dem Leben. Als Schriftsteller muss man ja nicht die Situationen, die man beschreibt, erlebt haben, sondern die Gefühle kennen. Und die kannte und kenne ich sehr gut.“

„Wie meinst du das?“, fragte Claire anstelle von Helen, die seinen Worten wie unter Hypnose folgte. Er kannte die Gefühle? Die der Ohnmacht, wenn einem alles entgleitet und man es nicht aufhalten kann?

„Nun, um ehrlich zu sein, hat meine Frau mich und meinen Sohn verlassen, als Andy, so heißt er, gerade mal ein gutes Jahr alt war. Damals war es für mich so, als würde sie mir von bösen Mächten, auf die ich keinen Einfluss hatte, entrissen. Ich habe zu ihr gehalten, habe alles getan, damit sie wieder einen Sinn in dem Leben mit uns sieht, dass sie die Liebe, die wir ihr geben, spüren kann, dass sie sich selbst und irgendwann uns lieben kann …“ Nachdenklich starrte er auf den zartrosa Lammrücken vor ihm. „Ich rede zu viel“, murmelte er dann.

„Nein, gar nicht!“, riefen alle drei sofort, die ihr Besteck beiseitegelegt hatten.

Er zog einen Mundwinkel in die Höhe und nahm einen Schluck Wein.

„Erzähl doch bitte weiter!“, bat Helen ihn sanft und vergaß völlig, einen Bissen ihrer zarten Ochsenbacken zu nehmen, die immer kälter und härter wurden.

„Also, Alexa, so hieß sie, konnte es einfach nicht. Da war nichts zu machen. Sie glitt unaufhaltsam weiter in einen Bereich, zu dem wir keinen Zugang hatten. Sie war weg. Die Einsamkeit, die Hilflosigkeit, die Verzweiflung aus dieser Zeit habe ich in dieses Buch gelegt. Die Handlung und so weiter haben aber nichts mit mir zu tun.“

Schweigend warteten die Frauen, ob er noch mehr erzählen würde, doch nun schnitt er ein Stück Fleisch ab, führte es zu seinem Mund und begann, es genüsslich zu kauen.

„Das muss sehr schwer gewesen sein“, sagte Helen mit so trockener Stimme, dass sie in einem Krächzen endete und sie husten musste. „Beim Lesen spürt man das alles so deutlich. Es geht einem nicht nur unter die Haut, es geht mitten ins Herz und ins Blut. Man leidet mit Tim, oder mit dir.“

„Danke. Das ist ein Kompliment für mein schriftstellerisches Können. Aber sag nicht *mit mir*“, antwortete er leise.

„So etwas muss man natürlich auch erst in Worte fassen können“, bemerkte Claire und wechselte zu einem lockereren Thema. „Hast du denn schon immer geschrieben?“

Er stieß ein kurzes Lachen aus, bevor er darauf einging. „Oh ja. Schon seit der Grundschule. Aber lauter Sachen, die niemand lesen würde.“

„Was? Wieso denn nicht?“, rief Mina überrascht.

„Weil es viel zu abgehoben ist. „Tränen“ ist allgemein zugänglicher.“

„Und wie hast du es dann diesmal zu dem Riesen-Erfolg geschafft?“, wollte Mina neugierig wissen.

„Durch eine gute Bekannte. Die hat das Buch gelesen und mir geraten, es unter einem neuen Titel und mit einem anderen Cover noch mal zu veröffentlichen. Sie schreibt selbst auch, kennt den „Markt“ und irgendwann habe ich ihr geglaubt. Beim ersten Versuch haben das Buch nämlich nur drei Menschen gekauft: Meine Eltern, die Bekannte und ich.“

„Oh ...“

„Ja!“ Er lachte und zuckte die Schultern. „Sie hat eine Weile gebraucht, um mich zu überreden, dass das Buch hauptsächlich weibliche Leserinnen ansprechen würde, und nun ja ... der Rest ist Geschichte!“

„Und was für eine!“ Sie hoben ihre Gläser und prosteten sich ausgelassen zu und unterhielten sich weiter blendend über weniger schwere Themen. Dabei stellte sich auch heraus, dass er mit seinem Sohn in der Nähe von Cardiff in Wales lebte, wo der kleine Andy bereits in den Kindergarten ging und jetzt Ferien vor der Vorschule hatte. Dort wohnten sie ganz in der Nähe der Großeltern, bei denen er jetzt war. Joseph selbst konnte den Sommer über die Wohnung von Freunden benutzen und würde ein paar Tage in London, ein paar Tage in Wales verbringen. In London wollte er vor allem für seinen nächsten Roman recherchieren, Freunde treffen, sich inspirieren lassen und in Ruhe schreiben. Als Kind sei er oft hier gewesen, denn seine Tante habe ganz in der Nähe gewohnt. Eine Hälfte des Ladens, in dem jetzt das *Offline and other Lovestories* ansässig sei, sei früher der Tabak- und Zeitschriftenladen gewesen, in dem sein Onkel Stammkunde war, erzählte er und lächelte dabei verträumt.

Bei seinen Ausführungen zog sich Helens Herz abwechselnd zu einem winzigen Punkt zusammen und wurde dann wieder groß und weit vor Hoffnung. Er wäre nur vorrübergehend hier, danach wieder weg. Weit weg. Er hatte einen Sohn, noch dazu von einer Frau, die er beinahe bis zum inneren Tod geliebt hatte. Ob er sie immer noch liebte? Immer lieben würde? Was bedeuteten seine Blicke? Warum dachte sie all das? Ihr Atem ging flacher und langsamer. Das alles war

Unsinn. Ihre Gefühle für ihn waren törichter Leichtsinn, den sie bestimmt bitter bereuen würde.

„Bitte schreib einfach bald wieder etwas so Schönes“, seufzten Mina und Claire wie aus einem Munde und da brach das Eis und wich heiterem Sonnenschein, der sie bis weit nach der Sperrstunde Tränen lachen ließ.

Doch noch etwas geschah, was Helen bis spät nachts nicht schlafen ließ, und was von ihren Freundinnen unbemerkt stattfand. Vielleicht bemerkten sie die immer länger und immer sehnsüchtiger werdenden Blicke zwischen Helen und Joseph.

Was ihnen jedoch verborgen blieb, waren die zwei Male, wo es Helen siedend heiß durchzuckte, als Josephs Fuß ihren berührte. Das erste Mal mochte es unabsichtlich gewesen sein, doch das zweite Mal war ein vorsichtiges Herantasten, bei dem seine Fußspitze mehrere Mal sanft an ihren Fuß stieß, nur wenige Zentimeter daran entlangfuhr, bis er sich endlich getraute, still zu halten und kein Haarbreit mehr zwischen seinem und ihrem frei zu lassen. Helen hielt den Atem an, ihre Beine begannen leicht zu zittern, überall kribbelte es und ihr war, als würde in ihrer Brust eine warme Sonne erglühen.

Ihr Kopf sank kraftlos nach vorne, als sein Fuß so vorsichtig wie ein Dieb in der Nacht über ihren Knöchel und weiterhinauf bis zu ihrem Knie wanderte. Helen hörte nicht mehr, was die Leute um sie herum sagten, und sie sah nichts mehr, außer ihren Händen, die vor ihr lagen und vor unfassbarem Glück zitterten. *Er meint mich*, dachte sie, *er meint tatsächlich mich*. Ihr Blick klarte auf, und mit einem schüchternen Lächeln und leicht geröteten Wangen suchte ihr Blick seinen, fand ihn, zog ihn in sich, und spürte deutlich, wie sehr er sie meinte, als er den Druck verstärkte und dann plötzlich, völlig unvorbereitet, als sei er bei etwas Verbotenem ertappt worden, seinen Fuß wegzog und den

Stuhl verrutschte. Nur seine Augen, seine einladenden, schon beinahe heimisch gewordenen, doch noch immer unersättlichen Augen blickten weiterhin in beruhigenden Abständen zu ihr. Dann verbanden sich ihre Blicke, tauchten in einander ein, ruhten ineinander, suchten, forschten und fanden stets Neues, bis sie genug hatten, um eine Weile wieder voneinander lassen zu können.

Helen war so fern von allem Irdischen, dass sie nicht bemerkte, wie sich das Lokal leerte. Erst als Claire aufstand und zum Aufbruch mahnte, begriff sie, dass die kostbaren Stunden mit Joseph vorbei waren.

„Oh ... schon! Schon so spät!“, stammelte sie und lachte verlegen. „Die Zeit ist ja nur so verflogen.“

„Da sagst du was Wahres!“, stimmte Joseph ihr bei und klang, als wäre er gerade aus einem Schlummer erwacht. Galant half er ihr in den Mantel.

„Es war ein wunderschöner Abend! Danke dir!“, sagte Mina und reichte ihm mit glänzenden Augen und vom Wein geröteten Wangen die Hand.

„Danke euch! Es war großartig, wirklich!“

„Absolut fantastisch!“, seufzte auch Claire und gähnte verstohlen. Dann ging ein Ruck durch sie, und sie rief: „Aber Kinders, ich muss echt los! Ich wollte Sebastian noch kurz sehen. Komm, Mina, teilen wir uns ein Taxi! Tschüss ihr zwei, bis bahald!“, trällerte sie, ohne jemand anderen zu Wort kommen zu lassen, und zog Mina, die auf ihren hohen Absätzen unsicher hin und her schwankte, am Jackenärmel hinter sich her.

Nur Helen zögerte, denn in das seidige Tuch der Zweisamkeit webten sich bereits Fäden der Angst vor dem Abschied.

„Und du?“, vernahm sie da seine samtige Stimme dicht an ihrem Ohr. „Wie kommst du nach Hause?“

„Ich? Oh …“ Er war ihr so nahe, dass sie seine Wärme spüren und seine Haut riechen konnte.

„Hm?“, fragte er, neigte den Kopf zur Seite und seine Augen verengten sich, doch sein Gesicht kam ihrem nicht näher.

„Nicht weit. Es ist nicht weit. Fast direkt hier runter, an der Cromwell Road. Die Lage klingt toll“, fügte sie umgehend hinzu, da die Straße nicht gerade für günstige Preise bekannt war, „aber es handelt sich um eine Souterrain-Wohnung, die noch dazu sehr klein ist, und eben sehr dunkel. Wenn man viel Zeit hat, kann man zu Fuß gehen, aber nachts ist es zu weit. Ich rufe mir mal ein Taxi oder besser, ein Minicab.“ Sie hörte sich selbst sinnlose Informationen plappern, was zum einen an ihrer Aufregung, zum anderen an ihrem Unwillen, sich zu verabschieden, lag.

Joseph jedoch hörte ihr aufmerksam zu und wartete, bis sie nichts mehr hinzufügte, sondern ihr Handy zückte, um das Minicab zu bestellen.

„Darf ich dann mit dir warten, bis der Wagen kommt?“, fragte er.
„Gerne …“, flüsterte sie, bis ihre Stimme brach. Würde er … Er schwieg. Er schaute so, als ob … Und er atmete ganz flach. Aber – nichts.

Enttäuscht schluckte sie und senkte den Blick. Wie albern von ihr. Vielleicht war das unter dem Tisch doch nicht ernst gemeint gewesen.

„Wie kommst du denn nach Hause?“, fragte sie heiser.

„Zu Fuß. Es ist wirklich nur ein paar Minuten von hier.“

„Aha.“ Sie nickte beeindruckt, denn „ein paar Minuten von hier“ war eine sagenhaft teure und unglaublich schöne Gegend Notting Hills, unmittelbar am Holland Park gelegen. „Da haben sich deine Freunde ja ein schönes Eck in London ausgesucht!“

„Oh ja, das ganz bestimmt." Wieder sah er sie einen Moment länger an als gewöhnlich, doch gerade, als er „Was ich noch ..." gesagt hatte, hielt das Auto unmittelbar neben ihnen.

„Was?", wiederholte sie aufgeregt, denn der Fahrer drückte bereits drängend die Tür von innen auf.

„Oh ... Nichts. Komm gut heim und schlaf gut! Bis bald!"

„Du auch", sagte sie leise, und ihre Stimme sank in dem gleichen Maß wie ihre Laune, die wie ein schwerer Stein senkrecht auf den Nullpunkt zuraste. „Bis bald ...", verabschiedete sie sich und stieg, mit einem letzten sehnsüchtigen Blick, ein. Mit Mühe nannten sie dem Fahrer die Adresse und biss sich für den Rest der Fahrt auf die Lippen, denn ein „Bis bald" war schon zu oft ein „bis nie" gewesen.

~Zehn~

„Uuuuund?“, rief Mina am nächsten Tag neugierig, als Helen um lediglich zwei Minuten vor neun in den Laden gerannt kam.

„Ach Mina!“, seufzte sie und ließ den Oberkörper nach vorne fallen und verzog ihr Gesicht dabei so, dass sie einem Mops sehr ähnlich sah.

„Was denn?“, fragte ihre Freundin besorgt, trat näher und strich ihr übers Haar.

Helen zuckte mit den Schultern und schüttelte den Kopf. Seit dem Abschied fuhren ihre Gefühle Achterbahn. Mal rauschten die Glückshormone durch ihren Körper und tauchten alles in ein warmes, goldenes Licht, durch das sie zu schweben meinte. Und dann wieder jagten von hinterm Horizont her pechschwarze Gewitterwolken, weil sie sich in diesen Momenten sicher war, dass Joseph nur mit ihr geflirtet hatte, und er sie bestimmt nicht wiedersehen wollte, und wenn schon, dann nicht so.

„Was ist denn passiert?“, fragte Mina einfühlsam.

„Nichts! Das ist es ja! Ich bin einfach nach Hause gefahren. Allein.“

„Helen!“, rief Mina entsetzt und schaute sie wortlos an. „Wie das denn?“

Helen nickte wortlos und schniefte.

„Aber doch nicht ... einfach so?“, fragte Mina mit großen Augen. „Nicht ohne knutschen, oder?“

„Doch!“, rief Helen und zog eine Schnute. „Er ... Er hat keine Anstalten gemacht. Überhaupt keine! Weißt du, ich *glaube*, er wollte etwas sagen, oder fragen, aber dann war das Taxi schon da, der Fahrer hat gedrängelt und Joseph hat nur ‚bis bald' gesagt", gab sie nun wieder von starken Zweifeln geplagt zu.

„*Bis bald?*", wiederholte sie mit weit vorgestrecktem Kopf.

„Ja." Helen hob die Hände und zuckte die Schultern.

„Versteh einer die Männer!", seufzte Mina mitleidig. „Das schockiert mich jetzt. Sorry, Helen, das hätte ich echt nicht gedacht. Es tut mir riesig leid für dich"

„Meine Rede!", stöhnte Helen und stellte ihre Tasche ab.

„Eigenartig. Ich hätte schwören können ... nein, ich würde es immer noch schwören", meinte Mina, „dass er dich am liebsten mit Haut und Haar auf der Stelle vernascht hätte."

Im Nu keimte neue Hoffnung in Helen auf. „Im Ernst?", fragte sie mit hoher Stimme.

„Wer hätte wen gerne vernascht? Unser Autor die frisch gebackene Buchhändlerin? Na, das hat ja selbst ein achtzigjähriger Maulwurf gesehen!", schaltete Claire sich ein, die gerade mit einem Tablett voll köstlich aussehender Erd- und Himbeer-Törtchen aus der Küche kam. „Hi, guten Morgen, Helen, na wie war's ... Oh ... Was ist denn passiert?", fragte sie enttäuscht, stellte die Törtchen in die Vitrine und schielte zur Tür, vor der bereits zwei Kundinnen warteten.

„Nichts. Das ist ja gerade das Problem!", seufzte Helen und ließ den Kopf hängen.

„Gar nichts? Na, der Mann hat Stil und meint es vielleicht ernst! Dass er kein Draufgänger ist, das merkt man ihm doch an!", meinte Claire und ging breit lächelnd zur Tür, um aufzuschließen.

Helen kam nicht mehr dazu, etwas zu antworten, aber Claires Worte brachten Licht in ihre Welt. *Das* war die Antwort! Vielleicht war er sehr höflich! Vielleicht meinte er es einfach ernster als ein Flirt! Und ja klar: Ein Mann, der Tim erschaffen und mit seinen Gefühlen ausstatten konnte, der war auf keine schnellen Nummern aus! … Aber gleich so langsam? *Bis bald?* So gingen ihre Gedanken den ganzen Tag hin und her.

Helen war gerade dabei, die Ausgaben von „Die Pastell-Prinzessin von Paris“ anders zu dekorieren, als es klapperte und polterte und holperte und eine gertenschlanke Frau mit einem dunkelblonden, kerzengeraden Victoria-Beckham-Haarschnitt und dem Handy in der Hand ins *Offline* gestürzt kam.

„Guuuten Morgen! Ich bin Kitty O'Neill von Fine Times Out!“, stellte sich die, unüberhörbare, Irin mitten in die Unruhe, die sie angerichtet hatte, hinein vor. „Und das hier ist das sagenhafte *Offline and other Lovestories*, wo Jordan Travers letzte Nacht ihr, oder besser: *sein* Outing gegeben hat. Richtig?“

„Ja! Genau das ist es! Freut mich, Sie kennenzulernen, Ms O'Neill, ich bin Helen Ames“, antwortete Helen vor Freude strahlend, die noch immer in der Tür stand, während Claire hastig begann, den Kaffee für zwei Stammkundinnen zuzubereiten.

„Guten Mo–“, begann die Journalistin, hob dann ihren langen, ausgestreckten Zeigefinger mit einem leuchtend roten Nagel, wischte dann mit eben diesem Finger über das Display ihres Handys, starrte darauf und sagte laut, und für alle Anwesenden hörbar: „Ja?“. Sie hielt sich das zweite Ohr zu und klackerte gleichzeitig auf ihren turmhohen Pfennig-Absätzen über das alte Parkett. Konzentriert lauschte sie, verzog ihr Gesicht, kommentierte dies und das und wanderte wie der wichtigste Mensch auf Erden durch den Laden. Die ersten Gäste verzogen schon die Gesichter, sodass die noch immer verdatterte Helen der Frau nachging, ihr auf die Schulter tippte und auf das Wort „Offline“ und mit einem um Verzeihung bittenden Lächeln auf das Schild mit dem durchgestrichenen Telefon deutete.

Kitty O'Neill kniff die Augen zusammen, hielt kurz den Mund und zog das Kinn an den Hals. Zorn braute sich in ihrem Blick zusammen, während sie auf Helen herabschaute, die jedoch tapfer zu dem Konzept stand. Gleiches Recht für alle!

Dir Irin ließ das Telefon sinken und ihre knallrot geschminkten Lippen öffneten sich gerade, um zweifelsohne eine Speerspitzen-scharfe Bemerkung zu machen. Wohl nur um Haaresbreite kam Helen ihr gefasst zuvor:

„Entschuldigen Sie bitte. Aber, wie schon der Name sagt, sind Handy, Tablets und dergleichen hier nicht erlaubt. Wenn Sie bitte draußen zu Ende telefonieren würden? Danach zeige ich Ihnen gerne alles", sagte sie mit sanfter Stimme und einem milden Lächeln.

„Also – so etwas habe ich ja noch nie ...", begann Kitty mit vor Wut zitternder Stimme.

„Was hast du noch nie erlebt?", schnitt ihr eine schrille Stimme mit Ostküsten-Akzent der zeternden Irin das Wort ab. Die Amerikanerin war wohl Ende vierzig, trug ihre langen blonden Haare offen und kaschierte ihre überflüssigen Pfunde in einem dunkelblauen, weich fließenden Kleid sehr elegant.
„Meg! Hi. Schön dich zu sehen", quetschte Kitty hervor.

„Guten Morgen. Ich bin Meg Miller von *time for more* und habe gestern noch von einer begeisterten Freundin von dem Traumladen hier erfahren. Reizend, wirklich ganz reizend", rief sie leise, während sie sich mit verklärtem Gesichtsausdruck umsah. „Keine Telefone, keine Computer, keine Kreditkarten und keine Einmal-To-Go-Becher, richtig? Wunderbar", freute sie sich und legte die Hände aneinander. „Absolut wunderbar. Ich sag's ja immer: Die Welt braucht mehr Frauen wie Sie! Dann wäre alles ein viel besserer Ort! Och, und wie es hier duftet! Himmlisch. Ach du meine Güte, ich bin ja wie berauscht!" Sie redete ohne Unterlass, ohne Punkt und ohne Komma, und vor allem, ohne Kitty O'Neill eine Gelegenheit zu geben, weiter zu zetern.

Kitty hatte ihr Telefonat offenkundig beendet und stakste nun Meg hinterher, die, sich an den Lilien und Strelitzien vorbei auf direktem Weg zu den gigantischen dunkelroten Rosen machte, vor denen die zwei allerletzten Ausgaben von *Tränen auf Rosenblüten* lagen.

„Und das ist das Buch, das die Herzen aller Londonerinnen bricht!“, rief sie entzückt und nahm eine Ausgabe wie einen kostbaren Schatz in ihre teuer manikürten Hände, drehte und wendete es und strich immer wieder andächtig über die Reliefprägung.

Sichtlich widerstrebend stellte Kitty sich neben sie und nahm sich das andere Buch.

„Das nehme ich. Bitte legen Sie es mir beiseite. Ich möchte natürlich auch etwas frühstücken, du doch sicherlich auch, Kitty, was? Komm, Nahrung hebt die Laune! So wie du aussiehst, hast du schon wieder viel zu lange nichts gegessen!“, piesackte sie die wohl gehasst-geliebte Kollegin mit einem kritischen Blick auf deren dürre Figur.

Kitty nickte, noch immer stumm, denn Meg gab ihr gar keine Gelegenheit, etwas zu sagen.

Mit glänzenden Augen war die Blonde nun an der Theke angekommen und bestaunte Claires in Feinarbeit kreierten Köstlichkeiten. „Oh … Wie soll ich mich da nur entschieden!“

Schließlich bestellte sie ein Himbeer-Eclair, eine Aprikosen-Marzipantorte und einen Cappuccino mit echter Vanille. Kitty hingegen wählte einen Rote-Bete-Apfel-Smoothie sowie, mit verzogenem Mund, ein Stück Rhabarberkuchen.

Bestimmt isst sie nur wegen Meg Millers Bemerkung etwas, dachte Helen und lachte sich ins Fäustchen.

Meg lud Helen ein, sich zu ihnen zu setzen, und erkundigte sich, ob sie Zeit für ein Interview hätte, und ob sie ihre Diktiergeräte verwenden dürften, was Helen beides begeistert bejahte.

„Wissen Sie, Kitty und ich sind alte Kolleginnen. Wir laufen uns einfach ständig über den Weg. Im Laufe der Jahre haben wir festgestellt, dass es keinen Sinn hat, sich ständig zu bekriegen."

Kitty gab ein Schnauben von sich.

„Nein?", fragte Meg mit hochgezogener Augenbraue. „Gut, zumindest ich habe das festgestellt. Da wir am Ende ohnehin das Gleiche, nur mit anderen Worten, schreiben, können wir das Interview auch gleich zusammen führen. Dann müssen Sie nicht alles zwei Mal erzählen", bevormundete sie ihre wesentlich jüngere, und wesentlich schnippischere, Kollegin, die nur ergeben nicken und gezwungen lächeln konnte.

„Ich freue mich sehr über Ihr Interesse an unserem neuen Café!", umschiffte Helen diplomatisch mögliche Klippen, nahm einen Schluck von ihrem starken Café Cortado und beantwortete begeistert in der nächsten Stunde alle Fragen, die mit der Geschäftsidee, der Gründung, der Organisation, dem bisherigen Erfolg und den Zukunftsplänen zu tun hatten. Auch zu Jordan Travers antwortete sie, so viel sie konnte und was sie für angemessen hielt. Dass er alleinerziehender Vater war, verschwieg sie ebenso wie die Tatsache, dass seine Frau einfach verschwunden war. Wenn sie so von ihm sprach, wurden die Erinnerungen noch lebendiger und stärker, als sie es ohnehin schon waren. Immer wieder sah und spürte sie seinen verzaubernden Blick, immer wieder legte sich der weiche Samt seiner Stimme um sie und hüllte sie ein. Dann schlug ihr Herz schneller und ihr Blut stockte kurz, bevor es weiter durch ihre Adern jagte. In den Momenten, in denen sie die zarten, beinahe unbeabsichtigten Berührungen erneut spürte, legte sich ein Schleier über ihre Augen, und sie vergaß vorübergehend, wo sie war.

„Wann findet denn die nächste Lesung statt? Gibt es schon Termine?", wollten nicht nur die Reporterinnen, sondern nach ihnen auch zahlreiche Kundinnen und vor allem sie selbst wissen. Natürlich gab es genügend dringende organisatorische Angelegenheiten, die Ausrede genug boten, Joseph zu schreiben, oder ihn, wenn auch mit schwitzenden Händen und nach mehrmaligem Atemholen, ganz lässig anzurufen. Aber sie konnte nicht. Sie wollte nicht. Nicht vor morgen. Sie wollte auf keinen Fall den Anschein erwecken, als würde sie ihm nachlaufen. Abgesehen davon wollte sie wissen, ob, wenn ja, wann und wie er von sich aus auf sie zukommen würde. Sie musste wissen, was sein „bis bald" bedeutete.

Wenn er sich bis zum Abend nicht gemeldet hätte, und sie somit zwang, so zu tun, als sei nichts gewesen, dann müsste sie einfach stillschweigend zum Geschäftlichen zurückkehren, Bücher bestellen, Termine vereinbaren, Lesungen abhalten ... Es würde weh tun, aber weniger jetzt als später.

Wie war es überhaupt so weit gekommen? Noch vor wenigen Wochen war es undenkbar gewesen, dass sie, Helen Ames, noch einmal so empfinden würde! Dass sie alle paar Minuten auf ihr Handy schauen und von einem Extrem ins andere fallen würde.

„Wann bekommen Sie denn eine neue Lieferung?", erkundigte sich gerade eine Studentin mit einem aschgrauen Dutt und riss sie damit aus ihren Gedanken.

„Hoffentlich nächsten Dienstag", antwortete sie mit einem entrückten Lächeln.

„Dann komme ich da nochmal vorbei. Oder posten Sie das auf Ihrer Seite auf Facebook? Ich wohne nämlich in Golders Green, das ist ein weiter Weg."

„Ja, natürlich! Wir posten es, twittern es und stellen es auf Instagram, sobald wir Nachschub haben und außerdem können Sie sich noch hier in den Newsletter eintragen, wenn Sie wollen."

„Setzen Sie mich bitte auf die Liste mit Vorbestellungen."

So ging es den ganzen Vormittag, bis kurz vor eins. Das Geschäft lief zwar immer gut, aber der Ansturm an diesem Tag übertraf alles bisher Dagewesene, sodass die drei Freundinnen keine einzige Minute für ein vertrauliches Gespräch hatten und es war ein Segen, dass zwei von Minas zahlreichen, und hübschesten, Cousinen im Café halfen.

Gerade versuchte Helen, eine Kundin zum Kauf von „Mr. Dark and Mr. Bright“ zu überzeugen (schließlich musste sie über das Wochenende etwas zu lesen haben, wenn die Tränen vergriffen waren), als ein Raunen den Raum erfasste, das immer lauter wurde und schon wie das unheilvolle Tosen eines Orkans klang. Eine Rothaarige zeterte gerade darüber, was für eine Frechheit sich der Laden eigentlich erlaube, sie zuerst so lange in der Schlange warten zu lassen und dann gar keinen Coffee-to-go anzubieten.

„Wir bieten Kaffee zum Mitnehmen“, redete Claire mit Engelszungen über das Gemurre der anderen Wartenden auf sie ein. „Sie müssen dazu nur einen wiederverwendbaren Becher kaufen, oder mitbringen.“

„Sagen Sie mal, in welcher Zeit leben Sie eigentlich?“, polterte die Frau ungehalten.

„Im Jahr 2017“, entgegnete Claire mit Unschuldsmine. Eine Frau, die für Helen leider Unverständliches murrte, schob die Aufmüpfige genervt zur Seite.

„Umweltschutz ist durchaus zeitgemäß, Sie Ignorantin!“, rief eine Frau, die sich auf Zehenspitzen gestellt hatte, um über die Köpfe der anderen einen Blick auf die aufrührerische Frau zu erhaschen.

„Wollen Sie sich nicht in Ruhe einen Becher aussuchen? Ich bediene so lange die Dame nach Ihnen und nehme Sie sofort wieder dran.“

„Was mache ich denn mit dem Becher? Abzocke ist das!“, giftete die Frau weiter, ohne sich von der Stelle zu bewegen.

Gebannt verfolgten alle das Spektakel. Die arme Claire begann zu zittern und die Geduld zu verlieren.

Völlig überraschend, und scheinbar grundlos, lief plötzlich ein sanfter Schauer über Helens Rücken und Arme.

„Sie bringen ihn das nächste Mal einfach wieder mit", erklang da jene warme, weiche und sehr männliche Stimme, die sie den ganzen Tag schon in ihrem Kopf hörte. Träumte sie?

Ihr Atem stockte, als sie sich umsah und ihn erblickte.

Joseph.

Er war es tatsächlich.

Groß und überlegen stand er inmitten der ungeduldig wartenden Frauen und lächelte allen Ärger einfach weg.

„Ph!", schnaubte die Frau, zog wahllos einen Becher aus dem Regal und knallte ihn auf den Tisch. „Also gut, machen sie den Bio Vanille Latte Macchiato mit fettarmer Milch da rein. Kein Kakaopulver oben drauf. Aber bar bezahle ich nicht, das können Sie vergessen."

„Wir haben kein Gerät für Kartenzahlungen", antwortete Claire noch immer ruhig, sah aber abwechselnd von Joseph zu der Kundschaft, die als Nächstes dran war.

„Wissen Sie was, meine Liebe?", kam Joseph einem weiteren Ausbruch zuvor. „Der Kaffee geht auf mich. Das ist kein Machogehabe", kam er ihrem Protest zuvor. „Ich möchte nur auch gerne meinen Kaffee möglichst bald trinken, ebenso wie all die Menschen, die hinter Ihnen warten. Sie wissen ja in Zukunft, wie die Uhren in diesem Laden ticken." Mit einem entwaffnenden Lächeln sah er sie so lange an, bis sie den Blick abwandte und mit gesenktem Haupt drei Schritte zur Seite machte, um auf den Kaffee zu warten.

Da sah Joseph sich um – er schaute in ihre Richtung, seine Augen blitzten auf, er hob die Hand zum Gruß und kam mit einem Lächeln, das sie an flüssiges Karamell erinnerte, auf sie zu. Wie gebannt starrte sie auf ihn, bis er dicht vor ihr stehen blieb und so leise, dass nur sie es hören konnte, sagte: „Hallo Helen. Schön dich zu sehen."

Helen taumelte. Sie spürte seine Nähe und roch seinen Duft. Benommen nickte sie und verlor sich in seinem wunderschönen Gesicht. „Hallo Joseph. Ebenso", krächzte sie schließlich.

Er lächelte noch breiter und sagte: „Ich wollte dich nicht stören, weil ich gesehen habe, dass du mit einer Kundin beschäftigt warst. Es ist ja einiges los hier!" Anerkennend sah er sich um und stieß einen leisen Pfiff aus.
„Ja, heute ist es besonders heftig, was natürlich an deiner Lesung gestern liegt."

„Ach so? Na, das freut mich! Ich wollte euch, und natürlich ganz besonders dir, ebenfalls für den wirklich schönen und sehr gelungenen Abend danken."

„Oh, gerne. Es war doch *uns* ein Vergnügen!"

„Geteilte Vergnügen sind immer am schönsten, findest du nicht?"

„Oh ja."

„Hast du denn in deiner Mittagspause schon etwas vor?", fragte er mit Blick auf das Pausen-Schild, das sie in der Hand hielt. „Oder wollen wir zusammen eine Kleinigkeit im Park essen? Ich habe nämlich einen Bärenhunger."
„Ich auch!", seufzte sie und lächelte ihn glücklich an. „Von mir aus sehr gerne. Was hättest du denn gerne? Ich hole es uns schnell, dann müssen wir nicht warten."

„Oh, das ist toll. Ein Panino mit Prosciutto und Rucola und ein Sprudelwasser. Aber den Kaffee holen wir uns später, damit er noch warm ist, okay? Sei mein Gast, ich lade dich ein", sagte er mit leicht zur Seite geneigtem Kopf, fasste sie am Handgelenk, da sie sich bereits zum Gehen gewandt hatte. Sie hätte ewig so stehen bleiben können, so wunderbar fühlte sich seine Berührung an. „Im Ernst. Bitte nimm“, beharrte er und reichte ihr einen Zwanzig-Pfund-Schein.

Mit einem leisen Lachen und sehr breiten Grinsen fügte Helen sich dem Willen des Gentlemans und besorgte das kleine Mittagessen. Dann traten sie in den milden Junitag hinaus und spazierten durch die belebten Straßen Notting Hills zu einem der vielen kleinen Parks, die an der Kensington Park Road lagen, und die Claire zufolge Privatgärten waren, was jedoch niemanden besonders zu kümmern schien.

„Wie haben denn deine restlichen Fans auf Facebook und dergleichen reagiert?“, erkundigte Helen sich.

„Oh, là, là!“ Er lachte laut los und schüttelte sich begeistert. „Da ist einiges los, das kannst du dir vorstellen. Es ist alles dabei. Von den wildesten Beschuldigungen bis zu Heiratsangeboten.“

Helen kicherte ebenfalls, doch dann wurde ihr auf einen Schlag bewusst, wie begehrt Joseph war. Wenn er erst auf den Geschmack gekommen war, würde er sie bestimmt im Handumdrehen vergessen! Er war jetzt ein richtiger Star, mit Gesicht – und was für einem! Natürlich standen die Frauen spätestens ab jetzt bei ihm Schlange! Dass sie darauf nicht früher gekommen war! „Na, dann hast du ja jetzt eine riesige Auswahl“, sagte sie und versuchte gerade noch rechtzeitig, heiter und unbeschwert zu klingen. Dabei hätte sie am liebsten geheult.

Erkannte er ihre Gefühle am Ton, an ihrem angespannten Gesichtsausdruck oder an etwas anderem? Helen war sich sicher, dass er spürte, was in ihr vorging.

Ganz ruhig, milde und nachdenklich sah er sie an.

„Ja, das könnte ich. Wenn ich es darauf abgesehen hätte. Aber mir war Qualität schon immer weit mehr wert als Quantität“, sagte er dann und lächelte ernst und vertraulich.

Da verflog ihre grundlose Eifersucht und sie spürte die Wärme und das Licht in sich zurückkehren.

„So würde ich dich auch einschätzen“, flüsterte sie und erkannte, dass sie die Wahrheit sagte. Joseph war kein Womanizer oder Draufgänger, das spürte sie. Deswegen fühlte sie sich gewiss auch so wohl bei ihm wie vielleicht noch nie bei einem Mann. Nicht mal bei Stuart.

„Du hast keine guten Erfahrungen mit Männern gemacht, kann das sein?“, fragte er zu ihr geneigt. Jedem anderen hätte Helen entrüstet die kalte Schulter gezeigt und die Antwort verweigert, aber auch das war bei Joseph anders.

„Nein. Leider gar nicht. Sogar hunds-miserabel-elende“, gab sie zu, hob einen kleinen Stein auf und schleuderte ihn gegen den nächsten Baumstamm. Eine Weile starrte sie geradeaus und sagte nichts.

„Das tut mir sehr leid“, sagte Joseph einfühlsam. „Willst du darüber reden?“

Helen drehte sich wieder zu ihm, lächelte und fühlte, wie sie entspannte und ihre Brust wieder weiter und weicher wurde. „Danke. Jetzt nicht, aber vielleicht ein anderes Mal.“

Ehe sie sich versah, waren sie nicht nur in einem angeregten Gespräch darüber versunken, was Freund- und Partnerschaft ausmachte, sondern fanden sich auch auf einer freien Bank umgeben von weißen und blauen Glockenblumen wieder.

„Huch! Schon so spät!“, rief sie, als er vorschlug, allmählich zurückzukehren.

„Leider ja. Aber ist es nicht ein gutes Zeichen für eine gute Gesellschaft, wenn man gar nicht merkt, wie die Zeit vergeht?“

„Bestimmt“, flüsterte sie und verließ neben ihm den Park. „Schade ist es trotzdem. Ich hätte da noch den ganzen Nachmittag sitzen bleiben können“, gestand sie und fragte sich sofort erschrocken, ob sie sich damit nicht lächerlich machte. Doch Josephs Reaktion erstickte jegliche Angst im Keim. „Du auch? Wenn das so ist … Was hältst du von einer Fortsetzung am Abend, wenn wir anschließend nicht mehr arbeiten müssen?“

„Oh …“ War das ein richtiges Date? Helen spürte, wie ihr die Röte in die Wangen schoss. „Ja. Sehr gerne!“, stieß sie mit bebender Stimme hervor.

„Morgen Abend?“

Samstagabend! Es war ein richtiges Date! Stumm und vor Glück innerlich wankend nickte Helen.

„Dann hole ich dich um 19:00 Uhr ab, passt dir das?“

„Ja. Ja. Sehr gerne“, stammelte sie und rechnete schon still nach, wie viele Stunden ihr bis dahin blieben. 29. So lange noch! „Ich freue mich.“

„Ich mich auch“, sagte er leise und streichelte mit seinen Augen ihr Gesicht.

Den restlichen Nachmittag tanzte Helen durch den Laden und die Neuigkeiten drängten immer stärker aus ihr heraus, doch da der Ansturm bis Ladenschluss anhielt, musste sie sich in Geduld üben. Doch als sie endlich alleine waren, platzte der Jubel lautstark aus ihr heraus:

„Argh! Mädels! Joseph und ich gehen morgen Abend gemeinsam aus!“, schrie sie.

„Jawohl! Wusst’ ich’s doch, dass er auf dich steht!“, juchzte Mina und drückte sie an sich.

„Ein Gentleman eben“, schmunzelte Claire und drückte Helen ebenfalls.

Helen spürte, dass ihr gesamtes Gesicht glühte. Was sie brauchte … Ja, Joseph Travers war ein wahrer Gentleman.

Instinktiv erkannte sie, dass nur ein Mann wie er in der Lage wäre, ihr Herz von den dicken Eisschichten zu befreien. Ein Mann mit Feingefühl, Einfühlungsvermögen, der nötigen Sicherheit und Ruhe, um ihr Zeit zu geben, sich gegenseitig kennenzulernen und Vertrauen aufzubauen. Vielleicht würde sie ja dann eines Tages wieder daran glauben können, dass nicht alle Männer nur Sex wollten und logen und betrogen, dass sich die Balken bogen.

„Es hat dich ja echt ganz schön erwischt, was?", stellte Mina mit einem leise gluckernden Lachen fest.

„Oh ja. Das hat es", flüsterte Helen und schaute auf ihre Finger, in denen sie einen Knopf ihrer Strickjacke drehte.

„Marcus hat mich übrigens auch für morgen eingeladen."

„Marcus war hier?"

„Natürlich, was denkst du denn!", prustete Mina und schaute Helen keck an.

„Ich habe ihn gar nicht gesehen."

„Na ja, während so einer Mittagspause im Park kann schon viel passieren", zwickte Mina sie mit einem Augenzwinkern auf.

„Haha, sorry, aber es ..."

„... war halt *so schön!*", vollendeten Mina und Claire giggelnd und mit verdrehten Augen den Satz.

„Genau. Och, Minnchen, das ist ja wunderbar! Ach, ich freue mich riesig für dich!"

„Und ich mich erst für dich! Sag ich's doch: Zwei an einem Tag ist ein gutes Omen! Aber los, sag, was ziehst du an?"

Und genau das war die Frage, die die folgenden Stunden auf eigenartige Weise gleichermaßen schleppend langsam und rasend schnell vergehen ließ.

~Elf~

Am Samstagabend jedoch, als Helen gerade ihre langen Haare in große Wellen föhnen wollte, wurde ihr mit einem Mal fürchterlich flau im Magen. Es wurde ihr so übel, dass sie sich hinlegen und beide Hände auf den Bauch pressen musste. Sie schloss die Augen und atmete ganz flach. Der Raum drehte sich und in ihrem Körper wummerte es wie wild.

Absagen.

Sie musste das Date absagen.

Ihr war ja wirklich schlecht! Sie musste nicht einmal eine Ausrede finden. Mit jedem Atemzug wurde ihr noch übler.

Auf keinen Fall durfte sie sich noch mehr in Joseph verlieben! War sie denn komplett wahnsinnig geworden! Sie wusste doch, wie weh die Liebe tun konnte! Ihr Magen verkrampfte sich so stark, dass es sie tatsächlich würgte. Sie stöhnte und legte sich eine Hand an die Stirn, die schon ganz heiß war.

Bis Joseph, bis zu seinem Buch, war sie in Sicherheit gewesen. Und nun das! Sie musste absagen. Unbedingt und sofort. Noch einmal würde sie kein Zersplittern ihres Herzens überleben. Fiebrig rappelte sie sich hoch, suchte ihr Handy, drückte die Tasten, landete bei Joan Sanders, und genau in dem Moment, in dem sie Jordan Travers – denn darunter war er noch gespeichert – fand, klingelte es an der Tür. Nicht einmal zart, sondern gleich drei Mal fordernd.

Nanu? Wer konnte das nur sein? Es kam sie doch sonst nie jemand besuchen!

Schwer schleppte sie sich die wenigen Schritte vor zur Küche. Vor dem Fenster führte die kleine Außentreppe vom Gehsteig in das Souterrain, und die drittletzte Stufe befand sich direkt im unteren Drittel des Fensters. Sie musste die Tür nicht öffnen, um an den Schuhen und Beinen Claire, oder besser: Teile von ihr, zu erkennen. Sie sah ihre mattroten Sandalen, auf denen kleine Goldsteinchen glitzerten, ihre etwas festeren Beine, den Saum ihres sonnengelben Sommerkleides und – vor dem Vorhang ihrer blonden Locken – ihr Gesicht. Nur verkehrt rum. Die Augen unten, der Mund oben. Verkehrt war auch die Hand, die mit den Fingern nach unten winkte.

Das sah so ulkig aus, dass Helen unwillkürlich lachen musste.

„Huhu! Da bist du ja! Komm, mach auf, lass mich rein! Ich dachte, ich schau mal nach dir und bring noch ein paar Sachen mit, falls du was brauchst!", trällerte sie in bester Laune und schwenkte zwei große Taschen gegen das Fenster.

Helen rollte die Augen, seufzte und schloss die Tür auf. Claire war wirklich ein unverbesserliches Herz von einer Frau.

„Hey, Klärchen, das ist total lieb von dir, aber eigentlich nicht mehr nötig. Ich wollte nämlich gerade absagen", erklärte sie mit Grabesstimme.

„Was? Wieso das denn?", stieß Claire entsetzt hervor und ließ die Taschen auf den Boden fallen.

„Weil – ich kann das nicht. Echt nicht. Es – es wird wieder so enden wie bei allen Männern vor Stuart und ich kenne ihn doch gar nicht!"

„Ach Helen", seufzte Claire und lehnte sich an die Platte des wackeligen Küchentischs. „Du musst doch nichts überstürzen, Liebes. Ich weiß, was dich plagt. Aber schau, lern ihn doch einfach mal kennen. Wenn er nur mit dir ins Bett will, sag einfach Nein." Sie musste Helens Gesichtsausdruck bemerkt und richtig gedeutet haben, denn sie fügte hinzu: „Wirklich! Du gehörst eben zu den Frauen, die sich in einen Mann verlieben, sobald sie mit ihm schlafen. Das geht vielen so. Das einzige was man dagegen tun kann, ist, erst dann mit ihnen zu schlafen, wenn man sie gut kennt und weiß, dass sie auch wirklich in einen verliebt sind."

Zaghaft nickte Helen. „Ja, ich weiß. Das hast du mir schon so oft gesagt, aber ..."

„Nein, nichts aber. Du weißt doch, dass es so ist, hm? Und so ein Mistkerl wie Stuart ist Joseph auf keinen Fall, dass habe ich auf den ersten Blick gemerkt."

„Ja? Woher willst du das denn wissen?"

„Ich sehe das", erklärte Claire ernst. „Wie er einen ansieht, wie er sich bewegt, was er sagt. Stuart war immer so überzeugt von sich, er hat jedem seine Weltanschauung aufgedrückt, dich nie ausreden lassen. Er hat die Augen immer ein wenig zusammengekniffen und seine Stimme war auch ganz gepresst. Nein, nein. Joseph ist da anders, glaub mir."

„Puh." Helen atmete tief aus und schaute aus dem Fenster auf die Stufe. „Den Eindruck habe ich auch. Aber das Gefühl ist – okay, jetzt wo du da bist, schon fast weg." Zaghaft lächelte sie.

„Dann ist es ja umso besser, dass ich vorbeigeschaut habe! Ach Helen-Maus, gib der Liebe doch eine Chance, hm? Sag einfach ein paar Dates lang Nein, wenn er überhaupt sofort was wollen sollte, denn auf mich macht er gar nicht den Eindruck. Dann hast du genügend Gelegenheiten, ihn kennenzulernen und herauszufinden, ob ihr wirklich zusammenpasst."

Wieder nickte Helen, diesmal schon wesentlich überzeugter und freudiger.

„Und vergiss nicht, dass wir für dich da sind! Immer!", betonte Claire, fasste Helen an den Schultern und sah sie eindringlich an.

„Ja, das weiß ich. Danke, Claire“, flüsterte Helen bewegt und drückte ihre Freundin. „Danke.“

„Und nun aber flott! Hier, zieh das mal an!“, rief sie, ging die wenigen Schritte in Helens Alles-Zimmer und zog einen atemberaubenden Traum von einem Cocktailkleid aus flamingo-rotem weich fließendem Stoff aus Helens Schrank hervor. Von der Brust bis zur hoch angesetzten Taille lag es eng an, um dann in einem weit ausstehenden Petticoat kurz über den Knien zu enden. Helens schlanken Beine kamen darin hervorragend zur Geltung, ebenso wie ihr hübsches Dekolletee. Mit geschickten Fingern half sie, Helens Augen-Make-up perfekt auf das Kleid abzustimmen, sodass ihre Augen groß und freundlich strahlten. In Windeseile drehte Claire Helens Haar in schöne Wellen, von denen sie je zwei Strähnen mit zwei Goldspangen seitlich zurückhielt. Zierliche Absatzsandalen und ein Abendtäschchen in mattem, durchbrochenem Gold vervollständigten das Bild.

„Wow! Du siehst entzückend aus. Ganz so, wie du bist: Zerbrechlich, sinnlich, kostbar und vor allem eine ganz wunderbare Frau! Ein Juwel, den vielleicht nicht jeder erkennt. Aber die Menschen, die ihn erkennen, können sich für immer glücklich schätzen!“ Liebevoll und etwas gerührt sah sie Helen an. „Ich sag dir: Joseph wird keine Luft mehr bekommen und keine Worte mehr finden, wenn er dich sieht!“, schwärmte sie weiter, als Helen sich mit immer größer werdenden Augen vor dem Spiegel in dem schmalen Gang drehte und wendete. „Na, gib’s zu, du gefällst dir endlich mal selbst richtig gut, nicht wahr?“, fragte sie grinsend.

„Oh ja, das tue ich. Du hast mich verwandelt. Ich sehe wirklich toll aus! Oh Claire! Danke. Danke für alles. Für die Hilfe beim Stylen, aber vor allem für das Gespräch. Ich bin froh, dass du so einfach hereingeschneit bist.“

„Dafür sind Freundinnen doch da“, sagte Claire leise und zog Helen an sich. „Und jetzt beeil dich, du willst ihn doch nicht warten lassen! Und ich muss auch los. Sebastian und ich gehen ins Kino. Ja, so ist das, wenn man nicht mehr frisch verliebt ist! Dann geht man ins Programm-Kino!“, sagte sie lachend und mit einem sehr wohl verliebten Glanz in den Augen.

„Ach, Claire, das ist doch auch schön! Ihr zwei gebt mir Hoffnung.“

„Danke, das freut mich. Und der Film wird mich hoffentlich genügend ablenken, damit ich nicht dauernd an dich und Mina denke! Schließlich habe ich selten gleich zwei Freundinnen auf einem großen Date! Hach!“

„Oh ja, da werden wir morgen ja einiges zu bequatschen haben!“, grinste Helen und kicherte vergnügt in sich hinein.

Dann war es Zeit, sich ein letztes Mal im Spiegel zu versichern, dass das Make-up tadellos war und sie an diesem Abend insgesamt sehr attraktiv aussah. Nun ging es los! Natürlich hatte Joseph ihr angeboten, sie abzuholen, doch weil ihr die eigene ärmliche Behausung peinlich war, hatte sie vorgeschlagen, sich unweit von ihr an einer kleinen Straße zu treffen. Das konnte er immer noch als Vorsichtsmaßnahme vor Stalkern auslegen; aus dem Café wusste sie, dass viele Frauen das heutzutage so handhabten. Was sie allerdings nicht bedacht hatte, waren die ungewohnt hohen Absätze, die einiges an Übung verlangten, um ihren Gang weiblich und sicher erscheinen zu lassen. Sie atmete tief ein, straffte die Schultern, hob den Kopf und schritt so sexy sie konnte den leeren Gehsteig Richtung Westen entlang.

Schon von Weitem erkannte sie seine Silhouette. Er stand vor zwei Rhododendren und sie spürte, wie ihr Herz noch heftiger schlug, als es dies schon auf dem kurzen Weg hierher getan hatte. Die Sonne tauchte die Sträucher in golden-rotes Licht und umrahmte Josephs Statur wie ein Heiligenschein, der sie blendete und ihn über die Welt erhaben wirken ließ. Sie brauchte einige Augenblicke, bis sie erkannte, dass er mit ausgestreckten Armen und einem breiten Lächeln auf sie zu zukam. Sein Lächeln wurde immer breiter und wärmer, je näher er kam und erfasste auch seine Augen, die wie Sterne leuchteten und aus denen goldene Funken zu sprühen schienen. Wie weggewischt war der absurde Gedanken, die Verabredung mit ihm abzusagen! Wie froh und glücklich sie war, hier zu sein!

„Da bist du ja!“, rief er leise und lachte tief und weit hinten in der Kehle. Er fasste ihre Hände, zog sie sanft an sich und hauchte zwei Küsse auf ihre Wangen. Wie herrlich frisch er roch! Und wie wohl und leicht sie sich bei ihm fühlte; so vollkommen ausgewechselt, als würde allein seine Gegenwart sie zu einer anderen Person machen.

„Ja“ war alles, was sie hervorbrachte. „Du auch!“

„Wie schön du aussiehst“, bewunderte er sie. „Das Kleid steht dir hervorragend. Du siehst wirklich bezaubernd aus. Wie das blühende Leben!“ Bei jedem anderen Mann hätte es kitschig, übertrieben und von daher unglaubhaft geklungen, doch seine Stimme und staunenden Augen ließen Helen vor Glück schweben.

„Du auch“, flüsterte sie erneut ergriffen und bemerkte, dass sie sich wiederholte. Wie konnte ein Mann nur so gut aussehen, und das auf so natürliche Art und Weise! Er trug ein Hemd, dessen Hellblau so hell war, dass es beinahe wie Weiß aussah. Die obersten zwei Knöpfe standen offen, sodass Helen die Kuhle zwischen seinen Schlüsselbeinen sehen konnte. Die Ärmel trug er bis knapp unter die Ellbogen hochgerollt, und dazu eine dunkelblaue Leinenhose, deren Stulpen bis über die Knöchel hochgerollt waren. Seine scheinbar nackten Füße, jedenfalls waren keine Socken zu erkennen, steckten in kaffeebraunen Slippers. Bis zu dem Tag hatte Helen noch nie über Knöchel im Allgemeinen oder im Besonderen nachgedacht, doch nun tat sie es, und konnte sich von dem Anblick kaum losreißen.

„Wollen wir?“, fragte er sanft und riss sie aus ihren sinnlichen Tagträumen.

„Ja, gerne!“, antwortete sie, wobei ihr auffiel, dass sie außer „Ja“ noch nicht viel von sich gegeben hatte, weswegen sie rasch hinzufügte. „Ich bin ja schon sehr gespannt, wohin du mich führst!“

„Hm, dann lass dich mal von mir überraschen“, antwortete er mit einem neckenden Lächeln. „Es handelt sich nämlich um einen echten Geheimtipp, von dem ich nur durch einen guten Freund erfahren habe. Er wollte heute ursprünglich seine Verlobte dorthin ausführen. Es ist aber etwas dazwischengekommen und da hat er seine Reservierung uns gegeben.“

Uns. Er hatte uns gesagt!, jubelte Helen innerlich und lächelte ihn verträumt von der Seite an.

„Das ist aber nett von ihm. Da haben wir großes Glück, nicht wahr?“, fragte sie und musste plötzlich kichern, da sie an Mina und ihren ewigen Spruch „Das ist ein Zeichen!“ denken musste.

„Was ist?“, fragte Joseph amüsiert und Helen erzählte ihm von Minas Aberglauben.

„Nun, da hat sie aber vielleicht doch recht, die Mina!“

„Ja, vielleicht! Wer weiß!“, kicherte Helen, die vor Aufregung immer noch kaum einen vernünftigen Satz formulieren konnte, und stieg zu ihm in ein bereits wartendes Black Cab, das in Richtung Süden losfuhr.

„Und was hast du heute Schönes gemacht?“, fragte sie interessiert, als sie neben Joseph im Fond Platz nahm.

„Och, dies und das. Ich habe lange mit meinem Sohn und meinen Eltern telefoniert. Nächste Woche fahre ich für ein paar Tage nach Wales, um den kleine Racker zu sehen und meinen Eltern mal eine Verschnaufpause zu gönnen.“

„Oh, wie schön!“, sagte Helen leise und stellte sich insgeheim bereits vor, wie sie und Andy sich das erste Mal trafen, wie lieb und knuddelig er wäre. Sie wusste natürlich, dass es für derartige Überlegungen reichlich früh war, dennoch gestattete sie sich diesen verlorenen Traum für ein paar Sekunden. Zugleich ertappte sie sich bei dem Gedanken, dass *ein paar Tage* hoffentlich nicht zu lange wären, denn vielleicht wollten sie sich ja nach dem Abend wiedersehen? Zumindest hoffte sie das schon jetzt inständig.

Nach gut zwanzig Minuten hielt das Taxi vor einem privaten Park. Ein livrierter Bediensteter ließ sie eintreten, nachdem Joseph den Namen seines Freundes genannt hatte. Kaum waren sie durch das hohe Tor gegangen, bot Joseph ihr den Arm an, und mit aufgeregt klopfendem Herzen legte sie ihre Hand hinein. Verzaubert fühlte sie sich und verzaubert sah auch der Park aus. Knorrige alte Bäume säumten den Wegrand. Die roten und lilafarbenen Blumen, die in kleinen Gruppen nur scheinbar wild auf der Wiese wuchsen, kannte sie nicht, aber sie passten ganz wunderbar in das Bild eines verwunschenen Märchengartens.

Beide schwiegen, bis Joseph seinen freien Arm hob und auf ein rundes Gebäude zeigte, das sich zwischen mehreren Bäumen erhob.

„Das dort muss es sein!“, sagte er erstaunt. Als sie näherkamen, erkannten sie, dass das Haus nicht rund, sondern eher sechseckig und nur eine Etage hoch war. In der Mitte des Sexagons thronte eine Kuppel, die die Strahlen der Abendsonne spiegelte. Um das Gebäude herum waren Beete angelegt, in denen bunte Stiefmütterchen leuchteten.

„Oh … wow!“, staunte Helen ergriffen. „Das ist ja wie im Märchen aus Tausendundeiner Nacht!

Nebeneinander schritten sie über einen mit großen dunklen Steinen gepflasterten Weg auf den Pavillon zu. Zwei livrierte Türsteher verneigten sich vor ihnen und öffneten die zweiflügelige Tür für sie.

Die Atmosphäre im Inneren war angenehm ruhig und gedämpft. Auf den Speisetischen flackerte Kerzenlicht, und die einzig anderen Lichtquellen bildeten Strahler am Boden und an der Kuppel, die wie unzählige Sterne blitzten und funkelten. Zarte Klavierklänge schwebten durch den Raum, was den Eindruck, man befände sich im Himmel, vervollständigte.

In der Mitte des sechseckigen Raums stand ein Springbrunnen, um den herum die größeren Tische für mehrere Personen gruppiert waren. Am äußeren Rand befanden sich die gemütlichen Tische für Pärchen, die durch hohe Grünpflanzen voneinander abgetrennt waren, um so den verliebten Gästen ein Höchstmaß an Zweisamkeit zu gewähren.

„Oh Joseph ...“, flüsterte Helen ergriffen und legte die freie Hand auf die Brust. „So etwas sagenhaft Schönes habe ich überhaupt noch nie gesehen.“

„Es ist wunderschön. Gordon hat nicht übertrieben“, antwortete auch er mit hörbar überwältigter Stimme und legte seine freie Hand auf ihre, die noch immer in seiner Armbeuge ruhte und deren Druck sich verstärkt hatte. In diesem Moment hätte Helen schwören können, dass sie wirklich im Himmel und nicht auf Erden seien.

„Bitte, wenn Sie mir folgen möchten“, sprach da ein Kellner sie mit einer leichten Verbeugung an und zeigte auf einen hinter hohen Pflanzen verborgenen Zweiertisch, zu dem er sie anschließend führte. Dort zog er für Helen den Stuhl vom Tisch hervor und wartete, bis sie und Joseph gemütlich saßen. Unaufgefordert schenkte er ihnen Mineralwasser in die bereitstehenden stilvollen Wassergläser und erst dann empfahl er einen Aperitif aus einem fruchtigen Weißwein mit Soda, Gurke und einem Balsamico-Blatt, was in Helens Ohren fremd, aber so verlockend klang, dass sie sich dafür entschied.

„Auf einen wunderschönen Abend“, prostete Joseph ihr wenig später mit einem tiefen Blick zu.

„Ja, auf einen wunderschönen Abend“, wiederholte Helen und versank in seinen Augen. „Vielen herzlichen Dank für die Einladung.“

„Sehr gerne. Vielen Dank, dass du sie angenommen hast.“

Glücklich lächelten sie sich an, bevor sie den ersten Schluck des erfrischenden Aperitifs probierten.

„Köstlich!“, seufzte sie, schloss die Augen und leckte sich genüsslich über die Lippen.

„Oh ja ... Das finde ich auch ...“ Er nahm noch einen kleinen Schluck und fügte hinzu: „Es schmeckt herrlich nach Sommer und macht richtig Lust auf mehr.“

„Lust auf mehr?“, wiederholte Helen keck, lächelte und neigte den Kopf zur Seite.

„Oh ja ... Lust auf *viel* mehr!“, gab er lachend zurück, legte die Hände auf den Tisch und strahlte sie aus seinen blauen Augen mit einem breiten Lächeln an. „Vor allem aber habe ich allergrößte Lust, dich besser kennenzulernen und Zeit mit dir zu verbringen. Vorausgesetzt, du willst das auch“, fügte er rasch hinzu.

„Ob ich das auch will?“, fragte Helen erstaunt. „Und ob ich das will!“, rief sie leise, legte den Kopf in den Nacken und sah hinauf zur Decke, über der die Sternenlichter noch fröhlicher funkelten als zuvor. Wie wunderbar einfach und leicht das Leben doch sein konnte! Gerade als sie den Kopf wieder nach vorne neigte und Joseph etwas sagen wollte, wurden sie jedoch vom Kellner unterbrochen, der ihnen erklärte, dass man hier nur zwischen Fisch, Fleisch und vegetarisch wählen könne. Dann würden entsprechende Platten mit dazu passenden Beilagen gebracht. Er erkundigte sich nach Allergien und Unverträglichkeiten, von denen glücklicherweise beide verschont geblieben waren, und nannte als Vorspeise Gurkensuppe mit geeisten

Melonenperlen, eine kalte Tomatensuppe mit Mandelblättern oder Birne mit Ziegenkäse.

„Die Tomatensuppe klingt fantastisch!“, meinte Helen leise. „Und vielleicht Fisch? Heute würde ich gerne Fisch essen“, sagte sie mit einem glücklichen Seufzen und dachte an Fische, die frei und freudig durch klares, frisches Wasser schwammen. So ausgelassen und ungezwungen fühlte sie sich nämlich jetzt.

„Ich auch“, verkündete Joseph mit einem leisen Lachen und bestellte das Essen sowie den Wein.

„Und nun sag mal“, begann er, legte wieder die Hände auf den Tisch und schob sie ein Stück weit zu ihr und erkundigte sich interessiert: „Ihr schmeißt den Laden wirklich ganz alleine?“

Mit einem stolzen Nicken bejahte Helen und schon waren sie in ein Gespräch über ihre Arbeit, über Kunden und Leser, über erfüllte und vergessene Träume so vertieft, dass Helen gar nicht bemerkte, wie schnell die Zeit verging. Dabei dachte sie pausenlos, wie wunderschön Joseph war. Alles an ihm war einfach vollkommen ... Seine Hände ... Wie es sich wohl anfühlen würde, wenn er sie streichelte? Sie waren so groß, und bestimmt stark, aber gleichzeitig so weich und gepflegt ... unwiderstehlich. Wie alles an ihm.

Und wie wohl sie sich bei ihm fühlte! Wohler denn je; so warm, weich und weit. Willkommen. Willkommen und mitten drin im Leben. Plötzlich war für alle Träume und Wünsche Platz, auch für die längst vergessenen und begrabenen. Bei Joseph musste sie nicht denken, sie konnte einfach so sein, wie sie war, ohne Masken und Mauern. Denn er beurteilte sie nicht, erwartete nichts Bestimmtes von ihr, sondern lauschte aufmerksam und völlig urteilsfrei allem, was sie sagte. Da war nichts, vor dem sie sich hätte verbergen, schützen oder kleinmachen müssen. Wann hatte sie sich jemals so frei und lebendig, so vergnügt und verliebt gefühlt?

Sie konnte sich weder an ihm sattsehen noch an ihm satthören. Seine kraftvolle, tiefe Stimme. Wie ruhig er sprach! Was er sagte. Die Weisheit und Güte seiner Worte wärmten ihr einst so kaltes Herz. Und wie wunderschön sein fein geschnittenes Gesicht war. Seine gerade Nase, seine strahlend blauen Augen, die vollen Lippen und die niedlichen Grübchen, die sich immer dann bildeten, wenn er lächelte, was er oft tat. Und dann diese verlockende Kuhle zwischen den Schlüsselbeinen ... Sie wollte ihn küssen. Sie musste einfach ... Oh, sie schwebte, meterhoch, jede Zelle, jede Faser ihres Körpers summte und schwang in seinem Rhythmus und alles, was sie fühlte, war seine Nähe, die sie umhüllte wie ein Kokon aus feinster Seide.

~Zwölf~

Innerhalb der wenigen Stunden fasste sie so viel Vertrauen zu ihm, dass sie ihm nach dem Hauptgericht gestand, dass sein Buch der erste Liebesroman war, den sie seit Jahren gelesen hatte. Und dass er überhaupt der erste sei, bei dem sie geweint hatte.

„Wirklich?“ Seine Augen blitzten und seine Stimme erinnerte sie an Blütenhonig.

„Ja, wirklich“, bekräftigte sie ernst.

„Und wie kam das?“, fragte er neugierig und streckte seine Hand wieder weiter in ihre Richtung aus. So weit, dass sich ihre Fingerspitzen beinahe berührten.

„Mina und Claire haben es mir regelrecht aufgedrängt. Sie meinten, das Buch sei genau das, was ich bräuchte. Als sie das so sagten, habe ich mich überreden lassen, weil ich dachte, es sei für den beruflichen Erfolg wichtig. Aber nun“, sie machte eine Pause und holte tief Luft, unsicher, ob sie weiterreden sollte. „Nun denke ich, dass sie damit auch sagen wollten, dass ich es für mich brauche. Dass es für mich als Mensch wichtig ist.“

„Oh ...“ Er hielt kurz den Atem an, bevor er völlig erstaunt mit rauer Stimme sagte. „Das rührt mich. Inwiefern denn?“

„Nun, weißt du, die letzten Jahre waren nicht einfach für mich ...“ Sie begann zu erzählen und bemerkte lange nicht, dass ihr die Nachspeise nicht mehr schmeckte, dass sie ihre Arme dicht an ihren Brustkorb drückte, die Schultern hochzog, den Kopf senkte, die Augen zusammenkniff und ihr Blick starr und schmal wurde. Sie hörte auch nicht, dass ihre Stimme gepresst klang, dass sie flach atmete und die Serviette in der Faust zerknüllte. Und als sie es merkte, war es zu spät, um ihre wahren Gefühle hinter bedächtig gewählten Worten zu verbergen.

Betroffen hörte er ihr zu, bis sie fertig geredet hatte, und sah sie aus mitfühlenden Augen an. „Oh Helen, das tut mir unsagbar leid“, flüsterte er schließlich. „Das muss entsetzlich hart für dich gewesen sein.“

„Das war es! Das kannst du laut sagen“, stieß sie zwischen zusammengebissenen Zähnen hervor. „Und der Kerl hat sich nicht einmal bei mir entschuldigt! Nichts! Er hat Mina und Claire nur einen halben Tag gegeben, um meine Sachen zu holen, während ich noch im Krankenhaus lag“, fauchte sie. „Als wenn ich ihn betrogen hätte! Diese Ratte.“

Nun war es Josephs Blick, der sich kurz verengte. Er zog den Kopf zurück und schaute sie ernst an. Einige Male atmete er ruhig durch, dann streckte er seine Hand noch weiter aus und legte sie auf ihre. „Hey, hey“, sagte er besänftigend. „Ich kann mir sehr gut vorstellen, wie höllisch weh dir das getan haben muss. Es ist bestimmt sehr schwer, darüber wegzukommen.“

Gerade wollte sie aufbegehren, „Ich bin drüber weg!“, doch da strömte eine tiefe Ruhe aus einer Hand in sie und vertrieb die ungesagten Worte aus ihren Gedanken. Wo sich das Gift des Hasses und Grolls in ihr ausgebreitet hatten, wurde es nun wieder von Josephs Milde verdrängt und aufgelöst. Helen war zu überwältigt von dieser heilenden Wirkung seiner Berührung, dass sie weder sprechen noch denken konnte, sondern den Zustand einfach sein und wachsen ließ.

„So wie du habe ich auch gefühlt. Es ging mir genau gleich. Sehr lange Zeit, nachdem die Verzweiflung und das Unverständnis weg waren, und mir klar wurde, dass Alexa nicht mehr zurückkommt. Als ich damit leben musste, dass ihr Drang nach Selbstverwirklichung stärker ist als die Liebe; die Liebe zu allem, egal, was sie behauptet und sich einredet. Dass sie ausgerechnet in ein buddhistisches Kloster ging, um sich selbst zu finden, aber mit der Liebe und dem Leben, das sie geboren hatte, nichts anfangen konnte, nun, das hat mich zur Weißglut gebracht. Ich habe meine Haare abrasiert, ging zum Kickboxen, habe Schießen gelernt und Andy bei meinen Eltern gelassen. Ich bin ein paar Monate lang völlig durchgedreht, habe sogar extrem gewählt, ja, das alles. Aber dann“, er machte eine Pause und blickte lächelnd zur Decke. „Dann hat mir meine Londoner Tante sehr geholfen. Sie hat mir gezeigt, was Vergebung ist, wie man sie erreichen kann und wie man sich dabei befreit, damit man wieder Liebe fühlen, geben und nehmen kann.“

Verwundert versuchte Helen, seinen Worten zu folgen, doch es war zu viel auf einmal für sie. Gerade noch stellte sie sich vor, wie Joseph kahl geschoren aussah, wie er seine Wut und Aggression aus sich herausschlug, und schon sprach er auf einmal von Vergebung und Liebe? Wie konnte das denn so schnell gehen?

„Aber – wieso vergeben?“, fragte sie verwirrt. „Ich meine – das, was deine Frau und was mein Ex-Verlobter gemacht haben, ist einfach unverzeihlich!“

Joseph schwieg und sah sie eine Weile still an. Dann sagte er nachdenklich: „Ich glaube, dass man alles verzeihen kann.“

„Ja? Aber wieso? Und wozu?“ Das konnte sie nicht glauben. Wie konnte er Alexa verzeihen, dass sie ihn und vor allem den Sohn verlassen hatte! Wieso machte er es ihr so leicht? Liebte er sie am Ende noch?

„Ja. Man kann alles verzeihen, auch wenn es noch so schwer und möglicherweise ein langer Weg ist.“

Zweifelnd schaute sie ihn an.

„Ich würde es jedem empfehlen. Nicht nur, weil die Welt dann ein besserer Ort ohne Rache, Intrigen und dergleichen wäre, sondern weil es einem selbst guttut.“

Wieder schwieg Helen und wartete darauf, dass er weitersprach.

„Ein Beispiel: Wie hast du dich gefühlt, als du mir von dem, was dir passiert ist, erzählt hast?"

„Elendiglich! Bitter. Sauer. Mir kam die Galle hoch. Ich habe kaum noch Luft bekommen. Mein Magen hat sich zusammengezogen", schilderte sie nachdenklich einige der körperlichen Symptome.

„Genau. Du hast dich verschlossen, die Schultern hochgezogen, deine Stimme war anders – die Liste geht weiter. Das alles ist ungesund. Schädlich. Das macht krank. Den Körper und den Geist."

Helens Kopf schwirrte. Langsam lehnte sie sich in ihrem Stuhl zurück, hielt den Blickkontakt, entzog ihm aber ihre Hand bis zu den Fingerspitzen. „Mhm", machte sie schließlich und nickte nachdenklich. „Darüber muss ich in Ruhe nachdenken. Du hast recht. Ich habe mich schrecklich dabei gefühlt. Und wenn ich jetzt darüber nachdenke, dann erkenne ich, dass so immer eine Spirale begann, an deren Ende ich alles und jeden gehasst habe. Aber Stuart das alles zu verzeihen ... puh!" Sie blies Luft nach oben und schaute zur Decke. „Das kann ich mir beim besten Willen nicht vorstellen."

Er lächelte und nickte. Dann schob er seine Hand weiter auf ihre und streichelte sie mit dem Daumen. „Ich weiß. Am Anfang kann man das nicht. Man will es auch gar nicht, weil der andere den Hass verdient hat, nicht wahr?"

Helen nickte. Er verstand sie doch!

„Und man denkt, alle anderen hassen einen und führen Böses gegen einen im Schilde."

„Ja!", rief Helen. „Genau so ist es!"

„Deswegen ist es so wichtig, dass man verzeiht."

Nun konnte sie ihm wieder nicht folgen.

„Man schadet sich doch damit nur selbst. Sich und allen anderen Menschen um einen herum. Überall sieht man nur noch das Schlechte. Man ist gar nicht mehr frei und kettet sich an den anderen, den man eigentlich los sein will. Aber durch den Hass lässt man ihn nicht los."

„Ja, loslassen – das hat meine Therapeutin auch immer gesagt. Aber das mit dem Loslassen ist so leicht gesagt. Ich war danach über ein Jahr in Therapie, da ich anfangs in eine schwere Depression fiel. Ich wollte nicht mehr leben." Helen seufzte tief, schaute auf ihre Hände und schüttelte den Kopf.

Joseph sog die Lippen nach innen und nickte, bis sie von sich aus weitersprach.

„Die Therapeutin sagte mir, es sei gut, die Wut zu fühlen und rauszulassen."

„Ja, klar. Die Wut ist wohl besser als Apathie, aber nicht für immer."

„Nein, das wohl nicht", stimmte sie nachdenklich zu und schaute auf ihre Hände, die sich wieder weiter übereinander schoben und so wunderbar nahtlos ineinanderfügten.

Da begann Joseph, ihre Hand sanft mit seinem Daumen zu streicheln und zu dem Gefühl der inneren Ruhe gesellte sich ein belebendes Prickeln. Er lehnte sich näher zu ihr und drückte sein Knie sanft an ihres, was ihr ein heißes Kribbeln über die Haut schickte.

„Möchtest du noch etwas bestellen?", fragte er mit belegter Stimme.

„Nein, danke." Ihre Stimme war heiser und sie außer Stande, an etwas anderes zu denken, als daran, wie wunderschön das Leben sein konnte. Sie lehnte sich zurück und ließ sich treiben. Wie durch einen zarten, mit Gold durchwebten Schleier bekam sie mit, dass er die Rechnung beglich, sich erhob, ihr den Arm anbot und dass sie, wie auf Wolken, zum Ausgang schwebten.

Kaum waren sie durch die Tür in die milde Nacht getreten und hatten sich einige Schritte vom Eingang entfernt, da drehte er sich zu ihr, fasste ihren Oberarm mit der freien Hand und zog sie in einer weichen, fließenden Bewegung an sich. Helen war, als würde sie in seidig weiche, nach Rosen duftende Tücher gehüllt, in die sie sich fallen lassen konnte, die sie für immer tragen, wärmen und streicheln würden.

„Oh Helen“, seufzte er und die Sehnsucht in seiner Stimme ließ sie wohlig schaudern. „Oh Helen“, wiederholte er, fasste mit einer Hand unter ihr Haar, glitt in ihren Nacken und hielt sie so sanft und behutsam fest, dass sie meinte, vor Glück zu zerspringen. Jede Faser ihres Körpers glühte vor Verlangen. Schwer atmend betrachtete er sie im Licht der sternklaren Nacht wie etwas, das zu kostbar und schön ist, um es zu berühren, aus Angst, es zu zerstören.

Sie ließ sich in seine Augen fallen, verlor jeden Halt und jede Orientierung, während sie ihrerseits ihn wie etwas betrachtete, von dem man zu lange geträumt hat, als dass man noch glauben könnte, dass es jemals wahr werden könnte.

Doch sie träumte nicht, als seine Hand auf ihrem Hals lag, und sein Daumen zu ihrem Kiefer glitt, um ihr Gesicht zu seinem anzuheben. Mit einem seligen Seufzer schürzte sie die Lippen und schloss die Augen, noch bevor seine Lippen ihre berührten. Wie warm und weich sie waren! So aufregend neu und doch vertraut. Und so süß. So unendlich süß, dass sie niemals genug davon bekommen könnte und immer mehr und noch mehr wollte. Mit einem leisen Stöhnen öffnete sie den Mund, spürte seine Hand in ihrem Rücken und ließ sich fallen. Sie wurde getragen von einem nie gekannten Gefühl der Geborgenheit und der Gewissheit: *Der Mann meint mich. Er sieht mein Herz und meine Seele. Und trotzdem meint er mich.*

Sie wusste nicht, wie lange sie so dagestanden und in immer leidenschaftlicheren Küssen die Welt um sich herum vergessen hatten. Doch immer weniger ließ sich ausblenden, dass jemand störte. Dass sich dieser Jemand räusperte und hustete, und das mehrmals und immer lauter. Dass dieser Jemand rief: „Entschuldigung! Entschuldigung!“ Doch erst als sich ihre Lippen beinahe schmerzvoll voneinander trennten und sie ihn entrückt anblickten, konnte dieser Jemand endlich in einem einzigen mächtigen Schwall all das loswerden, worauf er wohl schon die ganze Zeit gebrannt hatte: „Entschuldigung, aber der Park schließt jetzt! Bitte begeben Sie sich direkt zum Ausgang!“

Helen lief puterrot an und wäre am liebsten im Erdboden versunken. Da der sich jedoch nicht auftat, legte sie die Hände vors Gesicht und drehte sich zur Seite.

Ein Glück, dass Joseph wesentlich cooler war als sie.

„Oh ... Das ... muss uns entgangen sein. Entschuldigen Sie bitte die Unannehmlichkeiten! Wir wünschen Ihnen noch einen schönen Abend“, entgegnete Joseph minimal verlegen, lächelte erst ihn, dann Helen entwaffnend an, fasste sie bei der Hand und führte sie leise kichernd aus dem Park. Sobald sie auf dem Gehsteig standen, hörten sie, wie der Mann das Tor zudrückte und den Schlüssel umdrehte. Ohne zu sehen, wohin sie gingen, stolperten sie, sie ihm folgend, er sie führend, Hand in Hand, Mund auf Mund, so lange den Gehsteig entlang, bis sie gegen ein Bushaltehäuschen prallten. Mit einem dunklen, lockenden Laut, der von ganz unten aus seiner Brust kam, presste er sie sanft gegen das Plexiglas. Ihre Finger schlangen sich ineinander, schwer atmend hielt er ihre Hand über ihrem Kopf und drückte ihren Rücken mit seiner Brust an die glatte Fläche, während ihre freie Hand an seinem T-Shirt zog und zerrte, bis sie endlich, endlich!, seine warme, glatte und so unglaublich weiche Haut unter ihren Fingerspitzen spürte. Voller Verlangen drängte er sich an sie, küsste er ihren Hals, küsste sie seine Finger, drückte er ihren Busen, sie seinen Po, schlang sie ihr Bein um seines, bis sie auf ihren hohen Schuhen das Gleichgewicht verlor und er sie gerade noch rechtzeitig auffing.

Lustberauscht ließen sie keuchend voneinander ab. Träge hob er den Kopf, als tauche er aus einer anderen Welt auf. Erneut verbanden sich ihre Blicke. Lange rangen sie nach Atem und Fassung. Wie verzaubert strich er mit seinen Fingern durch ihr seidig weiches Haar.

„Du bist eine Welt für dich", war schließlich das Erste, was er sagte und woraufhin sie leise lachend antwortete. „Du aber auch."

Alles in Helen sirrte und flirrte und sehnte sich nach mehr. Doch dann, als er den Kopf zur Seite neigte, die Lider senkte und mit rauer Stimme „Und?" fragte, da sprang die Panik wie ein hungriges Raubtier aus der Dunkelheit auf sie. Ihr Herz raste, sie konnte nicht mehr sehen, nicht mehr atmen, nicht mehr hören. Sie wollte fliehen. Dann wurde es still. Helen hörte nur noch sich und ihre Angst. Er würde jetzt mit ihr nach Hause gehen, oder sie mit zu sich nehmen. Sie würde das, was in den folgenden Stunden geschähe, aufgrund der geflüsterten Worte, der Zärtlichkeit, der Innigkeit für Liebe halten, während er sie schon wieder vergaß. *Nein!*, brüllte die Bestie aus Leibeskräften in ihr, riss ein gefräßiges Maul auf, bremste ab und stemmte die Hinterbeine in den Boden. Nicht so schnell. Nicht so schnell! Nicht jetzt. Nicht so … Was hatte Claire gesagt? Mit einem Ruck entzog sie ihm ihren Mund und stemmte die flache Hand gegen seine Brust. „Warte", keuchte sie, rang um Fassung und wagte nicht, ihn anzusehen. „Nicht." Bestimmt würde er sie jetzt als prüde und frigide Tussi abstempeln und stehen lassen. Sollte er doch! Oder sollte sie doch – sich nicht so anstellen? Die Vorderläufe des Tiers strebten in die eine, die Hinterläufe in die andere Richtung. Schon glaubte sie zu zerreißen. Sie wollte schreien. Aber dann war da wieder er. Seine Augen, seine Stimme, seine besänftigenden Hände auf ihren.

„Hm?", fragte er verwundert und drehte seinen Kopf, damit er ihre Augen sehen konnte.

„Ich …"

„Du?“
„Ich kann nicht. Nicht so schnell.“

Da fasste er ihre Hände, lächelte sie breit an und schüttelte den Kopf. „Das meinte ich nicht. Ich wollte fragen, ob du mich morgen wiedersehen willst.“

„Was?“, fragte Helen völlig überrascht und schnappte nach Luft. Es dauerte einige Augenblicke, bis sie wieder festen Boden unter den Füßen spürte. „Morgen? Wiedersehen? Und jetzt?“

„Ja. Wiedersehen. Morgen, Sonntag. Und jetzt schlafen gehen.“

„Ich – ja. Morgen! Jetzt schlafen. Ja, sicher, gerne!“, stammelte sie und war sich diesmal so sicher wie noch nie an dem Abend, zu träumen.

Sie konnte nicht sagen, wer als Erstes loslachte, aber es verband sich zu einem gemeinsamen Laut, der weit durch die Straßen Claphams zu hören war, als sie einander in die Arme fielen und Tränen lachten, bis ein Taxi kam und erst sie, dann ihn zu Hause absetzte.

~Dreizehn~

Diese Worte, seine weichen Lippen, seine zarten Finger und der betörende Duft seiner Haut begleiteten Helen in den süßesten Schlaf, an den sie sich erinnern konnte. Selbst in ihren Träumen war er bei ihr, und auch dann noch, als sie der Wecker mit seinem erbarmungslosem Schrillen aus eben diesen riss.

Acht Uhr. An einem Sonntag. Nur Wahnsinnige konnten sich in einem Land ohne Sonntagsruhe selbstständig machen! Hastig, und noch immer beschwingt von dem Abend mit Joseph, duschte sie und bereitete sich eine Tasse Tee als Wegzehrung zu. Ein Liedchen summend schlüpfte sie in eins ihrer Lieblingskleider, auf dem sich in kräftigen Farben der ausgebreitete rot, gelb und blaue Flügel eines Aras von der rechten bis zur linken Taille erstreckte.

Zum Glück waren die Busse am Sonntag weit leerer als unter der Woche, dachte sie, als sie die schmale Wendeltreppe in das obere Deck erklomm. Da die vorderste Bank frei war, setzte sie sich dorthin, stemmte die Füße auf die Ablage und kam sich wie ein Tourist vor, der London neu erkundet und dabei als unglaublich majestätisch und aufregend erlebt. Der sich an Sachen erfreut, die für sie alltäglich geworden waren. Ob sie und Joseph auch einmal gemeinsam verreisen würden? Sie verlor sich gerade in Tagträumen, als ein Vibrieren das Eintreffen einer Nachricht ankündigte.

Sie war von Mina und landete in ihrem Dreier-Gruppenchat. Wie wohl das Date mit Marcus gelaufen war? Sie hatte keine Sekunde an ihre Freundin, immer nur an Joseph gedacht!

„Sorry, Girls, gebt mir noch zehn Minuten! Ich habe ein bisschen verschlafen (überrascht das jemanden?) CU!“ Hinter das *Jemanden* hatte sie einen zwinkernden Smiley eingefügt.

„Hey, Minnchen! Beeil dich! Ich kann kaum erwarten, alles haarklein von dir zu hören!“, tippte sie schmunzelnd zurück.

„Und ich von dir!“, kam es postwendend mit drei Kussmündern zurück.

„Kein Wort ohne mich!“, tippte Claire. „Ich mache schon mal Kaffee. Wann kommst du, Helen, und Kaffee wie immer?“

„Ja, bitte, schön stark! Ich bin in vier Minuten da“, antwortete Helen in bester Laune nach einem Blick nach draußen. Vier Minuten, bevor die Arbeit sie von ihren süßen Gedanken an Joseph und seine süchtig machenden Küsse ablenken würde. Eine Haltestellte im Bus und zwei Minuten zu Fuß, das wusste sie genau, denn sie kannte die Strecke in- und auswendig.

„Hier bi-hin ich!“, trällerte sie genau vier Minuten später, breitete die Arme aus und fiel Claire lachend um den Hals.

„Mensch, Helen!“, rief Claire mit blitzenden Augen. „Du strahlst ja wie ein Sonntag im Mai ohne Regen! Ich brauche dich wohl gar nicht erst zu fragen, wie es war, hm?“

„Mhm“, seufzte Helen selig mit geschlossenen Augen. „Aber doch – frag nur – ich glaube nämlich, dass ich ganz gerne von ihm rede.“

„Echt? Im Ernst? Oh, das ist ein gutes Zeichen! Ein *gutes* Zeichen!“, frohlockte Claire, drückte Helen und rieb sich gerade die Hände, als Mina auch schon früher als erwartet hereingeschneit kam, beim Betreten der Küche einen kleinen Luftsprung machte und in allerbester Laune wissen wollte: „Was ist ein gutes Zeichen?“

Sie trug ein weniger auffälliges Kleid als Helen, nämlich ein schlichtes apricotfarbenes mit einem feinen grünen Muster an den Rändern, aber sie hatte die selbe überschäumende Laune und denselben verträumten Glanz in den Augen wie Helen.

„Dass Helen vermutlich gerne von Joseph spricht“, rief Claire lachend. „Und so wie du aussiehst, sprichst du gerne von Marcus, nicht wahr?“

„Oh, ja! Woher weißt du das?“, fragte Mina und seufzte verträumt. „Ach … es war so schön … Einfach unglaublich …“ Sie drehte sich im Halbkreis, stibitzte sich einen frischen Rhabarbermuffin und setzte sich neben Helen, die bereits ihren Kaffee von Claire entgegennahm. „Bei dir auch?“, fragte sie mit einem verzauberten Blick auf Helen.

„Und wie … Er ist sooooo … unbeschreiblich!“, seufzte Helen, durch die gerade eine mächtige Welle von Glückshormonen wogte und schloss die Augen.

„Marcus auch … Und wie er küsst! Und … mhm!“, stöhnte Mina, presste die Lippen zusammen und reckte das Gesicht zur Decke. „Ich sage euch … Ein Blitz und eine Bombe, die gleichzeitig einschlagen, das ist nichts im Vergleich zu *ihm!*“

„Nein, gar nichts“, stimmte Helen ihr andächtig bei und dachte dabei an Joseph. „Gar nichts.“

Nach einigen Anläufen gelang es Claire, aus Mina herauszukitzeln, dass er sie nach einem traumhaften Dinner in einem wunderschönen Rooftop-Restaurant nach Hause gebracht hatte. Sie erzählte auch, dass sie ihn um ein Haar hereingebeten hätte, und es nur deswegen nicht tat, weil sie nicht wollte, dass er sie für leichte Beute hielt. „Ich will ihn unbedingt wiedersehen. Unbedingt! Das ist der Mann fürs Leben, ich weiß es! Ich spüre es einfach!“, rief sie. „Er hat gesagt, dass er sich meldet. Oh Mann, ich halte das Warten nicht aus! Ganz ehrlich. Wenn heute jemand ein kompliziertes Gesteck von mir will – vergesst es. Das wird nichts. Ich kann mich nicht konzentrieren. Ach, ich kann an gar nichts anderes denken als an Marcus. Und … oh!“ Mina kam aus dem Schwärmen ebenso wenig heraus wie Helen, die nun mit Erzählungen von ihrer Verabredung begann. Beide Freundinnen waren offenkundig bis über beide Ohren verliebt. Die einzigen zwei Unterschiede schienen zu sein, dass Helen froh war, dass Joseph sie zu nichts drängte, und dass sie auf keinen Fall, und schon gar nicht so früh, gedacht hätte: „Er ist es."

„Mädels", sagte Claire und verputzte den letzten Löffel ihres Müslis, „ich finde, beide Männer klingen einfach fantastisch. Dann hoffen wir mal, dass sie sich bald melden!" Sie lächelte breit und fügte, mehr zu sich als zu den anderen theatralisch hinzu: „Zumindest hoffe ich das für mich, denn anders überlebe ich euch zwei heute sicherlich nicht."

Mit gespielter Entrüstung pufften und zwickten Helen und Mina die arme Claire, die daraufhin aufsprang, in die Hände klatschte und rief: „Und nun an die Arbeit! Es ist Punkt zehn!" Dann öffnete sie die Tür, vor der zum Glück noch niemand stand, und gemeinsam begannen sie, die Terrassenstühle und Tische aufzubauen.
„Echt, Mädels", seufzte Helen dabei. „An einem Tag wie diesem wünschte ich mir, dass wir auf dem Kontinent leben würden. Da haben die Geschäfte am Sonntag doch geschlossen, oder etwa nicht?"

„Was soll das heißen, du könntest einen freien Tag gebrauchen?", rief Mina gespielt entrüstet.

„Ach … So ab und zu …" Die anderen beiden nickten.

„Ja, das stimmt. Als ich mal in Italien war, war ich komplett verwirrt, weil am Sonntag wirklich fast alles zu hatte. Aber Mann, was würde ich jetzt dafür geben, noch in meinem Bett zu liegen, am Nachmittag im Park ein Buch zu lesen …", stimmte Claire sehnsüchtig mit ein.

„Ich auch, ich auch", sagte Mina eifrig nickend. „Und wie! Aber abgesehen von den Männern", sie kicherte, „brauchen wir Aushilfen. Dass Pooja und Veena so oft im Café helfen, ist klasse, aber wir brauchen Kräfte, die wir zuverlässig einplanen können. Du, Claire, brauchst jemanden, der dir beim Backen hilft – Du kannst nicht jeden Tag um sechs Uhr anfangen! Ich brauche Hilfe bei den Gestecken und du, Helen, nun gut, du hast zwar keine Vorbereitungen in dem

Sinne, aber du kannst auch nicht sieben Tage die Woche durcharbeiten."

„Nicht auf Dauer, nein, das geht wirklich nicht. Wir haben uns das wohl alles zu leicht vorgestellt."

„Das sehe ich genauso", fand auch Helen. „Aber für Aushilfen bleibt uns unterm Strich eben immer noch zu wenig übrig."

„Aber was können wir denn noch tun?", stöhnte Claire. „Ich stehe schon jeden Tag um fünf auf. Manchmal um vier!"

„Also, das, was am meisten Geld einbringt und am wenigsten Arbeit macht, sind die Lesungen", erklärte Helen und errötete. „Wir könnten jeden Abend eine Lesung mit einem Autor wie Joseph veranstalten, der uns die Gage überlässt", seufzte sie, ohne es ernst zu meinen, denn das war natürlich keine Lösung.

„Aber auch ein paar Kurse und Lesungen dürften für zwei fest angestellte Aushilfen bald reichen. Ein paar Wochen halten wir das schon noch aus, oder, meine Lieben?", munterte ausgerechnet Helen alle auf.

Völlig erschöpft lehnte Helen sich nach einigen Stunden an die kühlen Fliesen der Toilette. Das Café war bis auf den letzten Platz besetzt, Pooja und sie halfen kräftig beim Bedienen. Was für ein Tag! So gut der Trubel fürs Geschäft auch war, so schlecht war er für ihre Füße, denn die schmerzten bereits grauenvoll, und das, obwohl sie auf ihre schönsten Sandalen verzichtet hatte. Mit einem gepeinigten Gesichtsausdruck rieb sie sich über die wehen Stellen, bevor sie endlich ihr Handy hervorholte und einen kleinen Freudenschrei ausstieß. Im Nu waren ihre Füße vergessen.

Buongiorno Bellissima,

schrieb Joseph, was ihr nicht nur ein zartes Lächeln auf die Lippen, sondern auch leicht rote Wangen bescherte.

Hast du gut geschlafen?

Wann hatte er die Nachricht denn geschrieben? Um 09:57 Uhr! Und jetzt war es: fast drei Stunden später!

**Good afternoon, Mr Romantic,*

schrieb sie mit zitternden Fingern zurück. *Ja, sehr gut! Allerdings nicht lange genug, denn wir arbeiten ja auch am Sonntag. Und Du?*

 # Am Sonntag? Du Ärmste, warum hast Du denn nichts gesagt!

**Warum sollte ich?*, antwortete sie mit einem zwinkerndem Smiley.

 # Dann wären wir früher nach Hause gegangen!

**Vielleicht wollte ich aber genau das vermeiden?*

Ihr Herz schlug wie wild. Schnell legte sie das Handy zur Seite und erledigte alles, wozu sie eigentlich auf das WC gekommen war. Make-up aufgefrischt, Deo nachgesprüht, Hände eingecremt – perfekt! Und ... eine neue Nachricht. Nein, zwei! Drei!

 # Jetzt wusste ich kurz vor Freude nicht, was ich sagen soll. Danke. Das freut mich.

Ist momentan sehr viel los im Laden oder hättest Du Zeit für und Lust auf einen Kaffee?

Sorry, ich will nicht aufdringlich sein.

Gerade hämmerte jemand von draußen gegen die Tür und schrie: „Ist alles okay da drin?"

„Entschuldigung! Ja, natürlich!", rief Helen hektisch, öffnete die Tür und ging schnell durch die Küche in den Innenhof. Egal, wie viel gerade los war, sie *musste* Joseph einfach schreiben. Sie musste!

**Du bist überhaupt nicht aufdringlich! Ich hätte riesige Lust auf einen Kaffee, aber hier ist gerade wirklich richtig viel los. Ich meine, gut für uns, aber ich kann unmöglich weg. Tut mir sehr leid.*

Sie musste keine Sekunde warten, bis sie sah, dass Joseph schrieb.

Braucht ihr Hilfe? Ich kenne mich mit Büchern aus.

Völlig perplex starrte sie ihr Handy an. Machte er Witze? Klar kannte er sich mit Büchern aus, aber er war doch ein Star ...

Bist Du noch da?

**Ja, ja, sorry. Natürlich. Das – würdest Du das wirklich für uns tun? Uns helfen?*

Natürlich! Würde ich sonst fragen? Ich bin schon auf dem Weg.

„Joseph tut *was?*", kreischte Mina und schlug sich die Hand vor den Mund, als ein paar Gäste neugierig zu ihnen herschauten.

„Ja. Du hast richtig gehört. Er kommt und hilft uns!"

„Wow, dann Hut ab, mein Mädchen! Da hast du dir ja einen geangelt, also, wow!"

„Ich habe ihn mir doch noch gar nicht geangelt", nuschelte Helen mit einer wegwerfenden Handbewegung und einem herrlichen Kribbeln im Bauch.

„Oh doch, das hast du. Ganz bestimmt!", beharrte Mina und lachte.

Und schon flitzte sie wieder von den Büchern zum Kuchen, vom Kuchen zum Kaffee, zu den Vorverkaufskarten für weitere Veranstaltungen und zurück zu den Büchern, dass sie gar nicht mehr wusste, wo ihr der Kopf stand.

„Oh, Helen! Du siehst umwerfend aus in dem Kleid!", drang endlich die warme, tiefe Stimme Josephs an ihr Ohr. Helen stand gerade vor einem Regal und war dabei, „Der kleine Blumenladen in der Meeresbucht" und „Der Duft von Sommer und Sandalen" einzusortieren. Sie erstarrte, und genoss den wohligen Schauer, den allein seine Stimme und seine Gegenwart über ihren Rücken schickte und ihr eine Gänsehaut bereitete, obwohl es an dem Tag so warm war. Dass er nun auch noch ganz dicht hinter ihr stand, seine Hände auf ihre Hüften legte und ihr einen Kuss auf die Wange hauchte, ließ sie im Glück schwelgen. Dann hob sie ihr Gesicht zu seinem und widerstand nur mit viel Vernunft dem heftigen Drang, ihre Arme um seinen Hals zu schlingen und ihn vor allen Kunden leidenschaftlich zu küssen. „Da bist du ja", brachte sie stattdessen andächtig hervor und strahlte ihn an wie ein Kind den Weihnachtsbaum.

„Du ja auch", flüsterte er mit einem entrückten Lächeln und bewunderte sie eine Weile still. „Aber nun sag mir: Wo kann ich helfen? Ich habe übrigens noch sechs Bücher von mir mitgebracht, wenn du sie brauchen kannst."

„Im Ernst? Und ob wir sie brauchen können! Schau doch nur – es ist kein einziges mehr da! Und wenn du sie hier lautstark anbietest, werden sie sie dir aus der Hand reißen!“

Joseph lachte hell auf, und seine Augenwinkel zuckten glücklich. „Dann soll ich es mal gleich probieren? Aber sag mir vorher noch: Wann schließt ihr denn?“, fragte er leise und Helen konnte gerade noch „Um 18:00 Uhr“ sagen, als zwei Frauen Mitte zwanzig in einem Chor zu kreischen begannen.

„Jordan Travers! Das ist doch Jordan Travers, oder nicht? Oh mein Gott! Ich werde verrückt!“ Noch während sich ihre Stimmen überschlugen, überschlugen sich auch ihre Beine in dem Versuch, schneller als das Licht bei ihm zu sein und ihn mit Lob, Preis und Komplimenten zu überhäufen und vor allem – ein, zwei oder doch lieber drei Selfies mit ihm zu knipsen.

Begeistert verfolgte Helen den Hype um den Mann, der in wenigen Stunden schon wieder ein Date mit ihr wollte. Sie lachte und zum ersten Mal in ihrem Leben spürte sie die Eifersucht nicht wie eine tödliche Bedrohung, die die Macht hatte, alles zu vernichten, sondern wie etwas prickelnd Aufregendes, weil Joseph so offenkundig kein Interesse an den Frauen hatte, sondern sich immer wieder nach ihr umsah. Vielleicht war das, was sie fühlte, ja auch keine Eifersucht, dachte sie, sondern etwas anderes. Etwas ganz anderes. Etwas, das ihr zeigte, dass überhaupt kein Grund zur Eifersucht bestand.

~Vierzehn~

Endlich sah man von dem letzten Gast des Tages nur noch den Rücken. Mit einer theatralischen Geste, bei der ihr Kopf beinahe den Boden berührte (Pilates sei Dank!) und einem dazu passenden abgrundtiefen Seufzer, drehte Mina zuerst den Schlüssel im Schloss, und dann sich zu den anderen um.

„Joseph – ich weiß nicht, ob ich mich bei dir bedanken oder beschweren soll", seufzte sie dann und lachte doch schon dabei.

„Waaas?", rief er gedehnt und riss die Augen überrascht auf. „Wieso denn beschweren? Sagt bloß, der Trubel hat euch auch so geschlaucht wie mich!" Breit grinsend ließ er sich auf einen Stuhl fallen und klopfte einladend und mit einem Blick zu Helen auf die Sitzfläche des Stuhls.

„Trubel nennst du das?", rief diese lachend und nahm neben ihm Platz. „Das Gekreische und Gejohle klingelt mir jetzt noch in den Ohren!"

„Also, wenn ich heute Abend Sebastian mit Jordan anrede, dann musst du ihm alles erklären", kicherte Claire und rieb sich die schmerzenden Füße. „Aber nein – im Ernst", fügte sie dann hinzu. „Wie können wir das denn wiedergutmachen? Schließlich brummt der Laden ja wegen dir so fantastisch!", wollte Claire wissen, deren blonde Locken schlaff an ihr herunterhingen.

„Ihr zwei? Gar nicht! Ihr habt frei. Derweil gebe ich mich gerne vollauf mit eurem Bücherwurm zufrieden!", feixte er frech grinsend und strahlte Helen an, die ihrerseits kichernd „hey!" rief.

„Also, wie ich sehe, gibt es keinerlei Widerrede“, stellte er fest, erhob sich, reichte Helen die Hand und zog sie hoch. „Dann komm mal mit, es sei denn, du hast Angst.“

„Na, dann, komm!“, rief er und zog einen beigen Helm aus der Ladentheke hervor. Erst jetzt fiel ihr wieder ein, dass sie sich bei seinem Eintreffen darüber gewundert, aber keine Zeit gefunden hatte, in zu fragen, was es damit auf sich habe. „Oder hast du Angst?“

„Angst – wovor?“

„Das wirst du gleich sehen!“, antwortete er mit einem sanften Grinsen und Leuchten in den Augen, in das Helen schon wieder rettungslos versank.

Gespannt wie ein Flitzebogen folgte sie ihm durch die Hintertür in den Hof.

„Vor der hier“, sagte er stolz und zeigte auf eine todschicke marineblaue Vespa mit mattweißen Rändern. „Ich habe sie mir vor Jahren gekauft und jetzt mit nach London gebracht. Hier ist sie echt Gold wert!“

„Eine Vespa? Das ist ja cool!“ Helen war ganz begeistert, denn schon stellte sie sich vor, wie sie sich auf der Fahrt an Joseph schmiegen und dabei den Fahrtwind im Gesicht spüren würde. Dann aber fiel ihr zu ihrem Entsetzen ein, dass sie ein kurzes Kleid anhatte.

„Keine Sorgen wegen des Kleides“, sagte er und schien dabei ihre Gedanken zu lesen. Keck zwinkerte er ihr zu. „Du musst nur als Erste aufsteigen und dann nach hinten rutschen. Ich schau auch weg, Ehrenwort! Aber gib mir erst deine Tasche und setze den Helm auf.“ Er öffnete den Sitz, holte ihren Helm hervor, legte stattdessen ihre Tasche hinein, schloss den Sitz wieder und klopfte einladend darauf. „Bitte schön, Mademoiselle. Schau, ganz einfach so!“

Ehe Helen sich versehen konnte, saß sie grinsend auf dem Gefährt, hielt sich dabei aber doch ein wenig ängstlich am Sitz fest. Wieder schien er ihre Gedanken lesen zu können, denn er drehte sich zu ihr um, öffnete das Visier und obwohl sie seinen Mund nicht sehen konnte, erkannte sie an seinen Augen und seiner Stimme, dass er lächelte. „Auf den Seiten sind zwei Griffe, in etwa da, wo dein Po ist … Findest du sie? … Gut. Oder schade, ich hätte dir beim Suchen geholfen“, zog er sie auf, lachte, schloss dann das Visier und ließ nach einem „Bereit?“ den Motor an.

Helen nickte, was er nicht sehen konnte, und gab ein krächzendes „Ja“ von sich, was er über das Motorgeräusch hin wohl nicht mehr hören konnte.

„Halt dich lieber gut fest“, sagte er über die Schulter, woraufhin sie ihre Finger fester um die Griffe schloss. „Gerne auch an mir.“

Vorsichtig parkte er aus und gab ebenso vorsichtig Gas. Dennoch wurde Helen durch den Antrieb zurückgedrückt. Kurz schrie sie auf, doch es dauerte keine Sekunde, bis der Schrecken wich und dem Gefühl nach Freiheit Platz machte. Aber nicht nach der Freiheit, die sie sich vorgestellt hatte, sondern nach einer, zu der Joseph gehörte. Alle Anspannung und Sorgen, die noch in ihr waren, fielen von ihr ab, als sie durch den dünnen Sonntagsverkehr scheinbar schwerelos über die Westborne Grove in Richtung Osten brausten.

Der Motor surrte, der Fahrtwind strich ihr über die Haut, spielte mit ihrem Haar und ihr gesamter Körper schien immerzu nur Joseph zu spüren, schien von der Berührung mit ihm zu flirren, zu summen und zu sirren. So dicht hinter ihm zu sitzen, ihm vollkommen zu vertrauen, sich fallen- und durch die Straßen fahren zu lassen – dieser Zustand war zu schön für Worte. Ihre Oberschenkel schmiegten sich an seine, ihre Brüste drückten sanft an seinen Rücken und wenn sie sich ein wenig nach vorne lehnte, berührte ihr Gesicht seine Schulter. Helen war, als würden sie eins, sie zwei miteinander, mit der Vespa, mit der ganzen Welt, so glücklich, groß und überschäumend vor Freude fühlte sie sich auf dieser viel zu kurzen Fahrt zum Hyde Park. Kam es ihr nur so vor oder seufzte er tatsächlich enttäuscht, als er an einer ausgewiesenen Fläche den Roller zum Stehen brachte, den Motor abstellte, abstieg, den Helm abnahm, sein Haar schüttelte und ihr mit einem entrückten Lächeln beim Absteigen zusah?

„Nimm den Helm ab. Bitte“, raunte er und schon beugte er sich zu ihr herunter, fuhr mit beiden Händen ihren langen Hals entlang und zog den Helm über ihren Kopf. Kaum war sie von dem Ungetüm befreit, trafen seine Lippen mit einem süßen Stöhnen ihre. Seine freie Hand hielt ihren Nacken, bevor sie über ihren Rücken zu ihrem Po glitt. Ihre Finger gruben sich in seine Schulterblätter und seine Taille, zogen ihn immer näher, immer weiter an sich, so lange, bis ein Hupkonzert sie aus dem Reich der süßen Selbstverlorenheit zurückholte.

„Mhm, Helen, meine schöne Helena“, seufzte er nach einer Weile, verstaute die Helme, nahm eine Decke heraus und reichte ihr die Tasche. Mit ineinander verflochtenen Fingern betraten sie den Park, auf dessen weiten Wiesen noch immer zahlreiche sonnenhungrige Einheimische und Touristen saßen, lasen, lagen oder etwas spielten. Hand in Hand gingen sie schweigend den Weg entlang. Helen versuchte, etwas zu sagen, aber statt Worten kam nur ein sinnloses, aber seliges Blubbern aus ihrem Mund. Dann lief sie los und zog ihn lachend mit. Sie rannten auf die Wiese, schon überholte er sie, zog sie mit sich und mit ausgestreckten Arm in weitem Bogen zu sich, bis sich ihre Arme um seinen starken und doch so anschmiegsamen Körper schlangen. Dann war ihr Kopf an seine Brust gebettet. Seine Hände ruhten auf ihr, hielten sie ganz ruhig und sanft fest, als könne man so den Moment an- und für immer festhalten. Sein Atem strich über ihre Wange und Helen meinte, vor Glück zu zerspringen.

„Setzen wir uns hierher?“, fragte er, hob die Decke auf, die er achtlos hatte fallen lassen, und breitete sie aus.

„Weißt du, Helen“, begann er, als sie saßen, und seine Stimme glitt wie weicher Samt über ihre Haut. „Ich kann kaum glauben, dass wir uns erst drei Tage kennen!“ Verzückt schaute er sie an, legte den Kopf in den Nacken und stieß ein gluckerndes Lachen aus.

„Ich auch nicht“, flüsterte sie, schaute ebenfalls nach oben zu den zart weißen Schäfchenwolken, die wie flauschige Wattekissen über den Himmel zogen. „Es kommt mir so viel länger vor.“

„Mir auch. Dabei weißt du noch so gut wie gar nichts von mir; oder fast nichts.“

„Stimmt. Aber auch das fühlt sich nicht so an. Und es liegt daran, dass wir gestern fast nur über mich gesprochen haben.“
„Ja, das stimmt. Ich bin dir dankbar dafür, dass du mir so viel von dir anvertraut hast.“

„Dankbar?“, fragte Helen leise.

„Sehr!“ Aufrichtig schaute er sie an und gab ihr einen Kuss auf die Lippen. „Nur so können wir uns kennenlernen, und das wollen wir doch, oder?“

„Ja, auf alle Fälle! Weißt du, ich habe davor noch nie mit jemandem so offen über alles, was passiert ist, gesprochen. Außer mit Mina und Claire, natürlich. Aber wir reden schon lange nicht mehr darüber, wie es mir momentan geht, weil ich sie nicht langweilen will. Es gibt ja auch noch andere Themen als meinen Kummer. Außer mit den beiden weiß nur die Therapeutin, was ich gefühlt habe, was ich jetzt noch fühle. Und jetzt du.“

Er schwieg und sah sie nachdenklich an. „Das glaube ich dir“, sagte er dann ernst. „Ich spüre schon oft deinen Groll und deine Angst. Das liegt wie eine bleierne Decke auf dir. Er ist dein Unterton.“

Entsetzt starrte sie ihn an und schnappte nach Luft, brachte aber kein Wort hervor.

„Pst, Helen“, sagte er und legte ihr den Zeigefinger auf die Lippen. „Darüber aber schwebt dein Durst nach Leben, nach

Liebe, nach Freude. Und auch wenn ich dich erst so kurz kenne, so gibt es kaum etwas Schöneres für mich, als dich so glücklich zu sehen. Vielleicht, weil ich annähernd verstehen kann, was du durchgemacht hast. Wenn du lächelst, wird die Welt heller und wärmer."

Helens Herz schwoll an, wurde größer und immer weiter. Joseph war Balsam für sie, ja, es war, als würden seine Worte und die Art, wie er sie sagte, ihre Seele streicheln und heilen.

„Danke, Joseph", sagte sie leise. „Wenn du da bist, wird die Welt auch besser. Nicht nur ein bisschen, sondern sehr."

Als sie eine Weile Schulter an Schulter und Kopf an Kopf so dagelegen hatten, fragte Helen ruhig: „Aber nun – zurück zu dir. Willst du mir mehr von dir erzählen? Wie war das, als deine Frau euch verlassen hat. Und warum eigentlich?"

Joseph atmete scharf ein und richtete sich auf, sodass er auf die Ellbogen gestützt dalag.

„Also, das war so: Alexa wollte immer alles. Sie war, und ist, sehr talentiert, was Schauspiel, Musik und Kunst angeht. Als wir uns kennenlernten, war sie in einer Werbeagentur tätig und ich in einer PR-Agentur. Es war nicht wirklich Liebe auf den ersten Blick, aber eine starke erotische und auch menschliche Anziehung. Innerhalb von zwei Jahren waren wir verheiratet, und einen Monat vor der Hochzeit wurde sie schwanger. Wir freuten uns beide auf das Kind, aber ich wohl um einiges mehr. Denn in dem Maße, wie Andy in ihr wuchs, begann sie sich zu verändern. Entweder lag es an der Hochzeit, oder an der Schwangerschaft, oder an beidem zusammen. Jedenfalls suchte sie immer mehr Auswege und Ausflüchte, Zeit ohne mich zu verbringen. Ihr wurde einfach alles zu eng. Damals erkannte ich die Zeichen nicht, aber sie ist beziehungsunfähig und kann keine festen Bindungen eingehen. Es macht sie verrückt, sich entscheiden und festlegen zu müssen. Sie hatte wohl das Gefühl, in der Falle zu sitzen. Je weiter die Schwangerschaft voranschritt, desto weiter entglitt sie mir. Sie war nicht mehr bei sich selbst, und sie begann das Kind in sich zu hassen. Sie fing wieder mit dem Rauchen an, sie trank – sie tat so, als gäbe es Andy nicht. Es war die Hölle, wirklich." Er fuhr sich durchs Haar und blickte in den Himmel. All das erzählte er ruhig und gefasst, und nur an einigen Stellen konnte Helen seinen Schmerz noch spüren. „Als Andy dann geboren war, und zum Glück gesund war, habe ich vor Dankbarkeit geweint. Sie aber zog sich vollkommen in sich zurück, vernachlässigte nicht nur sich selbst, sondern auch ihr Kind. Mich nahm sie schon gar nicht mehr wahr. Ich war verzweifelt, wegen mir, aber auch wegen unserem Sohn, der keine richtige Mutter hatte. Dass meine Eltern sich von klein auf um ihn gekümmert haben, war ein Geschenk Gottes. Sie sind ihm sehr nahe, und Andys Oma ist fast so etwas wie eine Mutter für ihn."

Hier unterbrach er sich und schaute sie mit einem traurigen Lächeln von der Seite an. Bekräftigend drückte sie seine Hand. Vor allem aber war sie gespannt, ob er nun einen Wutausbruch zeigen würde. Aber da kam nichts. Kein Beschimpfen und kein Verfluchen. Dabei hätte die Frau es doch verdient! Welche Frau ließ schon einfach, aus so albernen Gründen, ihr Kind zurück! Also wirklich. Wie gut, dass er die los war!

„Nun ja, ich wollte ihr helfen. Weißt du, ich bin Christ, aber sie hat mit der Kirche und mit Glauben nichts am Hut. Deswegen habe ich für sie sämtliche andere Hilfsprogramme, Heiler, Therapeuten etc. ausfindig gemacht. Bei einem schließlich schien die Arbeit zu fruchten. Nun ja –" Er zuckte mit den Achseln und stieß ein dunkles Lachen aus. „Sie hat sich in ihn verliebt und er sich in sie. Ich vermute, dass sie nicht die einzige Auserkorene ist, nach allem, was ich von der „Gruppe" weiß."

„Gruppe?"

„Sekte trifft es wohl eher. Nur wusste ich das damals natürlich nicht. Er hat ihr was-weiß-ich-alles erzählt, dass sie sich selbst finden und befreien und verwirklichen müsse, dass sie nicht als *Gebärmaschine* und zur *Kinderaufzucht*, sondern zu Höherem geboren sei." Hier endlich regte sich etwas wie Hass in ihm! Verständnislos schüttelte er den Kopf. „Das tat weh. Diese Lüge zu erleben, hilflos dabei zusehen zu müssen, tatenlos dabei zu stehen, wie er sie uns entriss, wo er uns doch helfen sollte, eine Familie zu werden! Und wie willenlos gefügig sie mit ihm ging." Traurig schüttelte er den Kopf. „Das einzige, was mir blieb, ist die Eheurkunde. Wir sind bis heute nicht geschieden, weil sie lange Zeit wie vom Erdboden verschwunden war und sich nie Zeit für so etwas *Banales* nehmen würde. Sie wollte es so."

„Was genau denn?", fragte Helen gespannt.

„Sie ist jetzt in Indien, in einem Ashram. Sie wurde kein Filmstar, wie sie sich erhofft hatte, aber ich hoffe, sie ist glücklich."

Helen erstarrte. *Glücklich*? „Liebst du sie doch noch?", brachte sie erschrocken hervor.

„Lieben? Nein. Wie kommst du jetzt darauf?", fragte er und schaute sie verwundert an.

„Weil –" Mit einem Mal kam Helen sich albern und dumm vor. Dennoch sagte sie, was sie dachte. „Nein, nur so. Weil du gerade gesagt hast, dass du hoffst, dass sie glücklich ist."

Er saß mit ausgestreckten Beinen und hatte die Hände nach hinten aufgestützt. Nun drehte er seinen Oberkörper zur Seite und schaute sie überrascht an. „Ja, warum sollte ich ihr das denn nicht wünschen?"

„Ja, nun ... Es ist ungewöhnlich", stammelte sie und schaute auf ihre rotlackierten Zehenspitzen. Sie hörte seine Atemzüge und spürte, dass er darauf wartete, dass sie mehr sagte. „Weil, nun ... Ich kann mir nicht vorstellen, dass ich will, dass mein Ex glücklich ist."

„Ich weiß", erwiderte Joseph in einem Ton, der verriet, dass er die Wahrheit seiner Worte eben erst erkannt hatte. Kaum hörbar fügte er nach einigen Atemzügen hinzu. „Leider."

Helen verstand die Welt nicht mehr. Was sollte das heißen, *leider?* Es klang, als hätte sie einen Defekt! Joseph sollte doch froh sein, dass sie ihrem Ex nicht nachtrauerte und ihn nicht mehr liebte! Und wieso versuchte er, ihr weis zu machen, dass er seine Ex nicht mehr liebte, wenn er sie glücklich wissen wollte?

„Nun ja, vielleicht habt ihr euch auch einfach nicht besonders stark geliebt, hm?", fragte sie, grinste und schaute ihn amüsiert an. Irgendetwas musste sie ja schließlich noch zu der grotesken Situation sagen und so leicht würde sie nicht lockerlassen. Sie wollte hören, dass er Alexa verachtete!

Aber Joseph kniff die Augen zusammen und schüttelte stumm den Kopf. Erst dann sagte er: „Doch. Sehr sogar."

„Das verstehe ich nicht", presste Helen nach einer Weile mühevoll hervor. War sie wirklich so dumm oder stellte er sie nur so hin?

„Nein?", fragte er leise, stützte sich wieder auf einen Ellbogen und strich ihr mit den Fingerspitzen sanft über die Wange. „Schau, Helen, ich habe sie geliebt. Aber ich liebe Andy und mich auch. Ich will das Leben ehren und genießen und es mir nicht durch Bitterkeit verderben. Deswegen habe ich ihr, meiner Tante sei Dank, verziehen. Und so wurde ich frei von dem Ballast der Vergangenheit. Ich habe dir ja gesagt, wie ich in den ersten Monaten drauf war."

Helen nickte.

„Und was hast du gemacht, damit du zu dem Menschen wurdest, der du jetzt bist?", fragte sie mit angehaltenem Atem.

„Ich habe gebetet."

„Gebetet?“, fragte sie schrill, richtete sich ebenfalls auf und schaute ihn an, als würde er einen Witz machen.

„Nun ja, lass es mich anders ausdrücken: Ich habe mir jeden Tag mehrmals Zeit genommen, um mir immer wieder ganz ruhig und konzentriert zu sagen, dass ich allen Menschen verzeihe, dass ich den Hass und alles Negative loslasse und dass nur noch Liebe und Licht in mir wohnen sollen“, antwortete er ernst.

Helen lauschte mit gerunzelter Stirn. Zweifelnd fragte sie: „Das klingt zwar schön. Aber reicht das? Ich meine, das soll funktionieren?“, fragte sie ungläubig.

„Oh ja! Und wie! Probier es doch mal aus. Du wirst unmittelbar eine Verbesserung spüren. Aber man muss natürlich bereit sein, wirklich von der negativen Bindung loszulassen.

Manche Menschen brauchen das alles auch. Ich meine, indem sie einem anderen Menschen die Schuld geben können, lenken sie prima von sich selbst ab. Sie müssen keine Verantwortung übernehmen und leben von dem Mitleid, das sie sich von ihren Bekannten holen.“ Er sah sie ernst an und schüttelte langsam den Kopf. „Dass sie sich damit den Weg zu neuem Glück verstellen, merken viele leider nicht. Ich sage nicht, dass das bei dir so sein muss, aber bei vielen ist es so.“

Nachdenklich nickte Helen, legte sich auf den Rücken und schaute in den Himmel hinauf. „Okay. Dann will ich das von jetzt an probieren.“

„Jeden Morgen und jeden Abend. Und wenn es geht, auch noch mittags“, bekräftigte er ihren Entschluss und nickte ruhig.

„Fang doch gleich mal damit an. Und stelle dir dabei vor, wie die Dunkelheit aus dir hinaus- und das Licht in dich hineinströmt.“

Helen kicherte verlegen, aber da sie sich neben Joseph so geborgen und verstanden fühlte, schloss sie die Augen, atmete tief durch, legte ihre Fingerspitzen auf seine und begann, sich genau das vorzustellen und aufzusagen, wie er es ihr empfohlen hatte. Am Anfang spürte sie nichts, doch dann war es, als stiege eine große Kraft in ihrer Brust auf und drängte das, was sie in den letzten Jahren mit sich herumgeschleppt hatte, aus ihr. Sie spürte, dass dies nur die Spitze des Eisbergs war, aber immerhin war die Spitze des Eisbergs besser als nichts.

~Fünfzehn~

Gerade als Helen wieder aus ihrer Versenkung auftauchte, fegte auf einmal ein eiskalter Windstoß über ihr Gesicht und wirbelte Papier, Dosen, Tüten und dergleichen auf. Laut kreischend sprangen alle um sie herum auf, rafften ihre Sachen zusammen, liefen durcheinander und rasten zum Ausgang des Parks.

So schnell sie konnten, taten sie genau das gleiche, zogen die Helme auf, sprangen auf die Vespa und schon schmiegte Helen sich wieder eng an Josephs Rücken, ließ sich fallen und tragen und flog mit ihm wieder westwärts.

Sie hielten gerade an der Ampel, die rechts zur *Butterfly Gardens* Straße führte, in der sich das *Offline and other* Lovestories befand. als die ersten schweren Tropfen fielen.

Er drehte sich zu ihr um, schob das Visier nach oben und meinte: „Zu mir schaffen wir es vielleicht gerade noch. Gleich nebenan ist ein sehr guter Spanier, wäre das okay für dich?"

„Sicher!", strahlte sie überglücklich darüber, dass sie noch zusammen essen würden.

„Hier ist es!", rief er nach ein paar Minuten, als sie von der Vespa stiegen und zu *Tapas del sur* liefen. „Und voll. Na klar, das hätte ich mir denken können", rief er, machte ein finsteres Gesicht und grinste zwei Augenblicke später schon wieder verschmitzt. „Oder – vielleicht habe ich das auch und es ist gar nicht so schlimm!" Schelmisch grinsend legte er den Arm um ihre schlanke Taille, zog sie an sich, biss ihr zärtlich ins Ohr und flüsterte. „Hättest du etwas dagegen, wenn wir uns etwas rüberschicken lassen?"

„Ich? Nichts wirklich Wirkungsvolles zumindest", flüsterte sie. „Du hast mir schon längst alle Schutzschilde abgenommen."

„Oh …“, machte er, schaute sie liebevoll an, drückte sie noch fester und ihr einen Kuss auf den Mund. „Ich achte darauf, dass du sie nie mehr brauchst, einverstanden?“

„Einverstanden“, murmelte sie und spürte einen dicken Kloß im Hals. Da ihr das Versprechen, das in seinen Worten lag, so übermächtig vorkam, fragte sie rasch: „Was empfiehlst du denn?“

„Die Tapas warm kalt für zwei?“

„Klingt gut! Ich bin dabei.“

Sie bestellten die Speisen nach Hause und dann folgte sie ihm mit heftig klopfendem Herzen in das Haus seiner Freunde. Mit jedem Atemzug wurde Helen bewusster, dass sie mit Joseph allein wäre. Einerseits gab es nichts, wonach sie sich mehr sehnte, aber andererseits … Andererseits bekam sie es auch mit der Angst zu tun. Sie wäre allein mit ihm und dann … Sie war auch heute noch nicht so weit. Seit dem letzten Date waren zwar eine Menge unglaublich schöner Dinge passiert, aber es waren keine vierundzwanzig Stunden vergangen. Was, wenn seine Worte nur Schall und Rauch waren und er doch … Was, wenn er nach Wales zurückginge? Was, wenn …

Wie sehr sie diese Attacken hasste. Die Macht, mit der sie alles andere auslöschte und sich ihrer bemächtigte. Die stärker als ihre Gefühle und Gedanken wurde.

„Du, ich – ich glaube, ich muss heim“, stammelte sie und zupfte an seinem Ärmel, als er gerade die Haustür aufschloss.

„Aber warum denn?“, fragte er bestürzt und wie vom Donner, der in der Ferne grollte, gerührt.

„Ich – ich habe etwas Wichtiges vergessen. Es – es ist …“

„Nichts“, vollendete er ihren Satz und sah sie traurig an. „Nichts ist.“ Er stand ganz dicht vor ihr, legte seine Hände auf ihre Wangen und schaute ihr so lange in die Augen, bis sich ihr rasender Puls und ihr flacher Atem beruhigten.

„Hab doch keine Angst“, flüsterte er und zog sie dichter an sich. „Wovor fürchtest du dich denn so, hm?“

Helen biss sich auf die Lippe, schaute zu Boden und fand keine Worte.
Der Regen prasselte in schnellen, großen Tropfen zu Boden und Joseph schob sie mit sanftem Druck in die Diele. „Wir essen doch nur etwas zusammen, danach bringe ich dich nach Hause.“

Helen atmete und sah auf. Langsam nickte sie und ein Lächeln breitete sich auf ihren Lippen aus.

„Ich plane keine sexuellen Übergriffe auf wehrlose Frauen, die noch Zeit brauchen.“

„Nein?“, fragte sie und versuchte möglichst unbeschwert zu lachen.

„Nein, ganz gewiss nicht. Und Helen, lass dir noch eins sagen: Ich stehe nicht auf schnellen Sex. Nicht mehr. Wenn ich das nächste Mal mit einer Frau schlafe, dann will ich, dass es etwas bedeutet.“

Helen fühlte sich, als würde unter ihr die Erde beben. Überwältigt sah sie ihn an und spürte, wie die Welt um sie herum wieder hell und warm wurde.

„So, und nun würde ich Ihnen die noble Hütte zeigen, wenn Madame gestatten?“, schlug er mit einem leisen Lachen vor. Stolz zeigte er dabei mit ausgestrecktem Arm den Flur entlang. Eine schmale, steile und mit weinrotem Teppich ausgelegte Treppe führte in den zweiten Stock. Die Wände waren sehr geschmackvoll tapeziert; bis etwa zur Hälfte war die Tapete vanille- und messingfarben gestreift. Dieser Teil wurde durch eine mokkafarbene Bordüre von dem cremefarbigen oberen Teil abgetrennt, an dem in einer

Vielzahl von verschieden großen, polierten Palisanderrahmen Schwarz-Weiß-Fotos hingen.

„Wow“, staunte Helen, die an die gemeinsame Wohnung mit Stuart, und an das Kellerloch, in dem sie seit dem *schlechten Tag* wohnte, denken musste. Dann aber dachte sie bitter, dass Überall mit Stuart tausendfach schlechter wäre als jedes Kellerloch allein, in dem sie von Joseph träumen konnte. Immer dieser verdammte Stuart! Er musste endlich weg. Sie wollte endlich nicht mehr von Erinnerungen an ihn, und Wenn-und-Abers heimgesucht werden. Wieder dachte sie an das Licht und die Wärme, die in sie strömten. Sie lächelte und sagte schließlich: „Wow. Ist das schön!“

„Aber du hast doch noch so gut wie gar nichts gesehen!“, gab Joseph lachend zurück, öffnete den Schrank unter der Treppe und legte die Helme hinein. „Komm, ich zeige dir alles.“

Helen kam aus dem Staunen nicht mehr heraus, als er sie in die auberginefarbene Küche führte, in der alles vom Feinsten und Teuersten war. Das Fenster ging auf einen liebevoll bepflanzten Garten mit einem kleinen Brunnen und mehreren Vogeltränken aus Stein und Messing. „Wenn es nicht regnet, und sich der Wind legt, können wir dort essen. Ansonsten hier“, sagte er und führte sie in ein beinahe viereckiges Wohnzimmer, das von einer großen, schwarzbraunen dreiteiligen Couch dominiert wurde. Ihr gegenüber befand sich ein offener Kamin, vor dem, obwohl es Sommer war, einige Holzscheite lagen. Auf dem Sims standen, wie Land auf, Land ab, üblich, unzählige Bilderrahmen. Die gesamte Einrichtung war sehr elegant, wirkte aber durch die vielen persönlichen Details wie Vasen, Statuen, Skulpturen, Kerzenständer und dergleichen einladend und warm.

„Umwerfend!“, staunte Helen atemlos. „Und hier kannst du so einfach wohnen? Was machen deine Freunde denn?“

„Oh, die sind so ein Fall für sich. Er, Alan, ist eine Koryphäe auf dem Gebiet der Literatur des italienischen Mittelalters und der Renaissance, und nun ist er den Sommer über in Italien. Wie eigentlich fast immer."

„Aha. Wow. Sehr speziell. Und warum zieht er dann nicht gleich hin?", fragte Helen verwundert.

„Nun, das hat er versucht", antwortete Joseph und lachte hell auf. Dann strich er sich schmunzelnd übers Kinn und sagte. „Aber er ist kläglich daran gescheitert. Wir alle vermuten, dass er einfach zu sehr Brite ist, um sich mit *la dolce vita* außerhalb der Urlaubszeit anfreunden zu können."

Nun lachte Helen und sah sich weiter in dem äußerst geschmackvoll eingerichteten Haus um.

„So, und jetzt würde ich sagen, zeige ich dir blitzschnell den Rest, dann waschen wir uns brav die Hände und du suchst dir aus, wo wir essen, okay?"

„Klingt alles gut. Aber Hände waschen?", fragte sie kichernd.

„Jetzt wo du's sagst ... Es hat doch ohnehin geregnet!" Gespielt verständnislos schüttelte er den Kopf, legte einen Arm um ihre Schultern, zog sie an sich und küsste sie aufs Haar, bevor sie nach oben gingen, wo Helen im ersten Stock zwei Schlafzimmer sowie ein Bad bestaunen konnte. Im zweiten Stock befanden sich Arbeitszimmer, ein weiteres Bad, ein, an sonnigen Tagen, helles Studio mit gemütlichen Möbeln und großen Bose-Lautsprechern sowie ein großer Balkon.

„Hier im Studio?", fragte sie. „Das sieht richtig gemütlich aus."

„Gute Idee. Ich bin auch gerne hier", stimmte er zu. In dem Augenblick klingelte es, das köstliche Essen wurde gebracht und wenig später schmausten sie genüsslich in zwei bequemen Stühlen mit Blick aus dem Dachfenster auf die hohen Bäume, deren Wipfel sich im Wind neigten. Joseph hatte lauschige Lounge-Musik aufgelegt und diesmal sprachen sie nicht über ihre früheren Beziehungen, sondern über die Musik, Bücher und Filme, die sie mochten. Im Großen und Ganzen waren sich ihre Geschmäcker sehr ähnlich, stellte sie mit Begeisterung fest, nur mit Jazz konnte sie gar nichts anfangen, wohingegen er ihre Begeisterung für Thriller nicht verstand.

„Was für ein Tag“, seufzte sie anschließend glücklich nach dem letzten Bissen, sank genüsslich in die weichen Polster zurück und wollte gerade die Hände vor dem Bauch verschränken, als Joseph mit einer Hand nach ihrer griff und sie zu sich zog. Unendlich zärtlich schaute er sie an. Zart wie der Flügelschlag eines Schmetterlings glitten seine Fingerkuppen von ihrer Wange über ihren Hals bis zu ihrem Schlüsselbein. Mit einem leisen Seufzer sank sie zur Seite, legte sich nieder und ertrank in seinen Augen, Küssen, Händen, wurde umspült von einer Welle aus Verlangen und ließ sich von ihrer Hingabe und Sehnsucht nach immer mehr von ihm tragen. Unter seinen zärtlich streichelnden und tastenden Händen lösten sich ihre Ängste und Zweifel. All ihre Gedanken legten sich zur Ruhe, sodass sie nur noch Joseph und seine Liebkosungen wahrnahm. Mehr, immer mehr, nur kein Ende, kein Ende, für immer, immer mehr … Aber nicht alles. Noch nicht.

Irgendwann, Lichtjahre später, löste er sich von ihr. Schwer atmend stützte er sich auf seine Unterarme. Immer und immer wieder küsste er ihre Brüste. Er hob den Kopf und sein Blick traf ihren. Lustverhangen. Verklärt. Verzaubert. Entrückt, und tief mit ihr verbunden. „Helen …“, keuchte er, hob eine Hand an und fuhr ihr damit sanft über ihre beinahe wund geküssten Lippen. Sein weiches Haar war völlig verstruwwelt und seine Wangen gerötet. „Du machst es mir fast unmöglich, mich zu beherrschen.“

„W…“, begann sie automatisch, biss sich dann jedoch auf die Lippen und wandte den Blick ab. Tief atmete sie durch und schloss die Augen. Sie musste ihn nicht weiterlocken, sie musste nicht mit hoher Stimme und Wimpern klimpern und flöten: „Aber wozu denn auch?“ Sie musste nicht dabei mit der Fingerspitze über seine Brustwarzen streichen, ein Bein um seine Hüften schlingen und ihn in sich führen, um ihn zu halten. Und dann doch wieder zu verlieren. Sie musste es nicht, und sie wollte es nicht, weil es das nächste Mal, wenn sie mit einem Mann schlief, nicht nur etwas, sondern alles bedeuten sollte.

„Du mir auch“, flüsterte sie mit einer Stimme, die nicht ihre zu sein schien, schaute ihn wieder an und strich mit der Fingerspitze zart über seine Wange. Nun jedoch war das brennende Verlangen in ihren Augen matter und beide wussten, dass heute nichts weiter passieren würde. Und auf eigenartige Weise war der Entschluss, auf einander zu warten, beinahe das Allerschönste, was an diesem langen Tag geschah.

~Sechzehn~

„Helen? Erde an Helen?“

„Wie bitte?“ Helen blinzelte und brauchte einige Zeit, bis sie begriff, dass Claire vor ihr stand und mit ihr sprach. „Helen an Erde?“

„Mensch, dich hat’s ja noch viel mehr erwischt, als ich dachte!“ Claire lachte so heftig, dass ihre blonden Locken auf- und abfederten. „Wie schön, meine Liebste! Komm, lass dich drücken!“ Schon breitete sie ihre Arme aus und zog Helen an sich. „Endlich glücklich, was? Komm, erzähl: Was ist passiert?“

In groben Zügen schilderte Helen das Wesentliche des Abends, behielt die vielen innigen und zärtlichen Details jedoch wie einen kostbaren Schatz für sich.

Sie war fast am Ende angelangt, als Mina wie ein Wirbelwind hereinplatzte. Mit einem unüberhörbaren Hallo schwang sie ihren riesigen sonnengelben Shopper auf einen freien Tisch, fegte dabei fast eine Vase zu Boden, scherte sich jedoch nicht weiter darum, sondern sank in einem filmreifen Schwung auf den Stuhl, legte ein ausgestrecktes Bein über das andere, umfasste mit beiden Händen ihr Knie und strahlte ihre Freundinnen an, als hätte sie gestern Abend das schönste Date ihres Lebens gehabt. Moment: Wahrscheinlich hatte sie gestern Abend das schönste Date ihres Lebens gehabt! Denn als sie die geballte Aufmerksamkeit auf sich gezogen hatte, stieß sie mit angehaltenem Atem hervor: „Er. Ist. Der. Hammer. Mädels, ich sag’s euch! Marcus ist der absolute Wahnsinn! Ah!“, schrie sie spitz, spreizte die Finger, fächerte sich übertrieben Luft zu, sprang auf und hüpfte zur Theke. „Ah! Ich bin zwar hundemüde und kann kaum gehen, aber – ah, ich sag’s euch … Oh nein, ich sag’ nichts. Den Rest könnt ihr euch ja denken!“ Nun schloss sie wieder die Augen, neigte den Kopf zur Seite und schlang die Arme um ihren Bauch. „Ich war noch nie so verliebt. Noch nie. Er ist einfach … so … unendlich … göttlich.“

„Och Minnchen! Wie schön für dich“, freuten sich Claire und Helen, die ihre Verliebtheit so ganz viel leiser und zerbrechlicher empfand als Mina, deren Seele noch nie größeren Schaden genommen hatte.

„Ich freue mich riesig für dich“, sagte sie leise und drückte Mina kurz an sich.

„Und ich mich für dich! Sag, wie ist Joseph so?“, fragte sie und klimperte mit ihren langen Wimpern.

„Unglaublich“, seufzte sie, blickte verzückt zur Decke und faltete die Hände vor der Brust. „Einfach unglaublich. Ich war auch noch nie so verliebt wie jetzt. Und es fühlt sich so anders an – so ehrlich. Als ob er wirklich mich meint und nicht nur mein Aussehen oder den Sex.“

Sie verstummte, und als die anderen beiden ebenfalls schwiegen, schaute sie verunsichert von einer zu anderen. Hatte sie kompletten Unsinn geredet? Doch da bemerkte sie die glänzenden Augen der Freundinnen und dass beide ergriffen lächelten.

„Endlich“, seufzte Mina dann leise. „Ich habe auch das Gefühl, dass er es wirklich ernst meint und dich als ganze Person mag, nicht nur einen Teil von dir, mit dem er angeben kann.“

Helen errötete und lächelte verlegen.

„Früher hättest du einen Mann wie ihn gar nicht angeschaut“, warf Claire ein. „Sorry, wenn ich das so sage, aber dir war wichtig, dass er möglichst cool aufgetreten ist, viel verdient hat und sein Geld hergezeigt hat.“

Helen errötete noch mehr und grinste vor Anspannung breit. „Kann sein, ja …“

„Da ist Joseph mir wesentlich sympathischer als alle anderen Kerle zuvor“, fügte Claire hinzu.

„Und ganz besonders als der Kotzbrocken Stuart“, warf Mina giftig hinterher. „Sei froh, dass du den losgeworden bist, bevor ihr geheiratet habt!“

„Ja“, antwortete Helen und atmete tief durch. „Das bin ich. Das bin ich wirklich. Trotz Kellerwohnung und fast allem, was passiert ist.“

Claire und Mina traten näher zu ihr und drückten sie kurz an sich. Als Mina wieder von Marcus im Allgemeinen und Marcus im Besonderen zu schwärmen begann, klatschte Claire in die Hände und rief: „Okay, ihr zwei Verliebten! Könnt ihr bitte mal mit beiden Füßen auf der Erde bleiben? Diese Woche wird richtig stressig. Wir haben morgen meine Veranstaltung *Sizilianische Sommersünden*, am Mittwoch Minas *Blühende Phantasien* und am Donnerstag liest Lydia M. Summerhill aus *Der Duft von Sommer und Sandalen*, richtig?“

„Richtig“, bestätigten beide nickend.

„So toll die Lesung mit Jordan, – ähm, Joseph auch war: Wir können nicht an allen unseren Terminen gegenseitig teilnehmen. Sebastian beschwert sich zwar noch nicht, aber ich sehe ihn so gut wie gar nicht mehr, und wenn, bin ich völlig k. o. Ich will den Teufel nicht an die Wand malen, was unsere Gesundheit und meine Beziehung angeht, aber wir brauchen dringend eine Lösung für unser Zeitproblem!“

„Ich weiß“, murmelten die beiden anderen mit gesenkten Köpfen.

„Was tun?“

„Die selbe alte Frage. Meint ihr, wir bekommen noch einen Kredit, damit wir uns mehr Angestellte leisten können?“, fragte Mina.

„Nein, das glaube ich nicht, weil wir wenig Aussichten haben, dass sich dauerhaft etwas ändert, aber wir müssen es versuchen“, fand Claire.

„Und wenn wir die Preise um ein paar Cent anheben? Wir haben knapp kalkuliert und unsere Kundschaft schaut nicht aufs Geld“, schlug Helen vor.

„Ein paar Cent?“ Die beiden anderen schüttelten den Kopf.

„Nun ja, so fünf bis zehn Prozent.“

So überlegten sie hin und her, einigten sich auf einen kleinen Preisaufschlag und darauf, dass sie für das Café zwei und den Blumenbereich eine Kraft fest anstellen mussten. Einzig die Bücher konnten andere Angestellte nebenbei mit verkaufen. Koste es, was es wolle. Die Arbeitsbelastung war wesentlich höher, als sie sich in den kühnsten Albträumen ausgemalt hatten und obwohl der Laden brummte, blieb vom Umsatz zu wenig übrig, als dass alle drei gut davon hätten leben können. Nur wovon sollten sie die Hilfskräfte bezahlen?

Der schlimmste Ansturm der Mittagszeit hatte gerade nachgelassen, als Kitty O'Neill den Laden betrat und mit einer Filmdiva reifen Geste ihre dunkle und überdimensionale Sonnenbrille abnahm.

„Da seid ihr ja!“, trällerte sie über alle Stimmen hinweg in ihrem unüberhörbaren irischen Akzent und schüttelte ihr Haar in den Nacken.

Helen fragte sich gerade, wo sie denn sonst sein sollten, wenn nicht hier, schluckte ihre Vorurteile der Frau gegenüber aber rasch herunter. Vielleicht hatte sie letztes Mal einfach einen schlechten Tag gehabt. Freundlich grüßend ging sie zu ihr und reichte ihr die Hand.

„Schön Sie zu sehen, Kitty!“

„Ja, ganz meinerseits. Ich war gerade in der Gegend und habe nicht nur Hunger, sondern auch gleich den Artikel mitgebracht. Hätten Sie vielleicht Zeit, drüberzuschauen, während ich mir ein Sandwich mit Rucola und Pinienkernen gönne?“

„Selbstverständlich, gerne. Was darf ich Ihnen denn zum Trinken bringen?“

„Ein stilles Mineralwasser, bitte.“

„Kommt sofort. „

Während Kitty aß, las Helen den eineinhalb Seiten langen Artikel und nickte dabei immer wieder begeistert. „Sehr schön, sehr schön!“, sagte sie schließlich und gab der Journalistin den Artikel zurück. „Von mir aus kann das so in den Druck gehen.“

„Danke, dann tut es das auch! Am Donnerstag ist er drin. Fantastisch“, bedankte sie sich mit den für sie so typischen kurzen Sätzen. „Aber da ist noch etwas. Eine Neuigkeit. Etwas, von dem ich erst in der übernächsten Ausgabe berichten werde. Da mir ihr Geschäft aber so gut gefällt, wie kein anderes weit und breit, erzähle ich Ihnen gleich davon.“

„Ja?“, fragte Helen neugierig. „Worum geht es denn?“

„Also.“ Kitty O’Neill senkte dramatisch die Stimme und den Blick und machte dann eine theatralische Pause. „Also, in Zusammenarbeit mit der Frauenzeitschrift *Soft Flow* und der Fernsehsendung *Brilliant Businessminds* haben wir einen Wettbewerb ins Leben gerufen. Ich sehe gute Chancen für ihren Laden in der Kategorie ‚Best Local Female Start-up‘.“

„Ein Wettbewerb?“, fragte Helen mit krauser Stirn. „Und wir?“

„Ja, natürlich! Natürlich Sie! Sie sind neu. Sie sind brillant. Sehen Sie sich doch nur um! Ihr Laden ist wie geschaffen für den Preis. Das Konzept mit den Büchern, Kuchen, Blumen, dazu der Verzicht auf diese elenden Wegwerfkaffeebecher!“

Sie kniff Augen und Lippen zusammen und schüttelte den Kopf. Den schüttelte auch Helen, denn sie glaubte, die Frau nicht widerzuerkennen. „Und dass sie keine Kreditkarten akzeptieren und somit die Preise niedrighalten können." Hier durchzuckte es Helen heiß, denn genau das konnten sie ja nicht. „Und natürlich das *offline*. Die Ruhe ist einfach himmlisch. Man tritt ein und ist sofort tiefenentspannt. Sie sind doch jetzt schon eine Institution! In wenigen Wochen werden Sie sich von Nachahmern kaum noch retten können. Deswegen ist es wichtig, dass wir in Stein meißeln, dass Sie die ersten mit der Idee waren!" Die gute Frau übertrieb maßlos, stellte Helen schmunzelnd fest, aber dennoch tat es gut, diese Worte aus dem Munde einer der größten Skeptiker zu hören.

„Die Höhe des Preisgeldes steht noch nicht endgültig fest, aber eine Jahresmiete wird es schon sein."

„Eine *Jahresmiete*?", hauchte Helen mit weit aufgerissenen Augen. „Das ist ..."

„Sehr viel, ich weiß." Ernst und zugleich stolz nickte Kitty. „Ich weiß. Das ist es wirklich. Aber das ist uns und unseren Sponsoren die Förderung von Nachwuchs wert. Wir wollen sinnvolle Unternehmen fördern, und den Blick dafür schärfen. Also, achtet auf die Preisausschreibung! Die Bewerbungsfrist ist nicht sehr lange, da die Preisverleihung noch vor den ganzen anderen großen Preisverleihungen und vor den Weihnachtsfeiern, also allerspätestens Ende, aber vielleicht auch schon Anfang Oktober stattfinden soll. Ihr wisst ja, wie die Zeit verfliegt. Und im August passiert gar nichts. Gar nichts." Sie schüttelte langsam den Kopf und ließ den Blick hinaus auf die Straße wandern. „Da bin ich auch nicht in der Stadt." Ein seliges Lächeln schlich sich in ihr Gesicht und Helen fragte sich, von welchem Strand und welchem Mann sie wohl gerade träumte.

***

Die folgenden Tage vergingen mit viel Arbeit und ausverkauften Veranstaltungen, mit Pläneschmieden und vor allem mit viel *Amore*.

Während Claire und Sebastian ihr Möglichstes taten, um in dieser anstrengenden Zeit ihre langjährige Beziehung zumindest mit ein wenig Romantik anzuhauchen und aufrecht zu erhalten, so stellte sich diese Frage für die bis über beide Ohren verliebten Helen und Mina nicht im Entferntesten. Für sie war der Boden, auf dem sie gingen, aus weicher Watte und die Luft, die sie atmeten, aus lieblichem Rosenduft.

Wann immer Marcus‘ Zeitplan es erlaubte, kam er in der Mittagspause ins *Offline and other Lovestories* und erwarb eine Blume von seiner Angebeteten für seine Angebetete, was in diesem Falle glücklicherweise ein und dieselbe Person war. Dass dabei die Blume in einer offiziellen Verkaufshandlung zunächst von Minas in Marcus‘ Besitz überging, um dann als Geschenk an sie zurückzukehren, erheiterte sie täglich aufs Neue, was allgemein als eindeutiges Zeichen ihrer hochgradigen Verliebtheit gewertet wurde. Hatte Marcus jedoch bis vor Kurzem seine Mittagspause in dem Café verbracht, um Mina hier mit Blicken auszuziehen und sein Sandwich zu vernaschen, so suchten sie nun gemeinsam ein ruhigeres Plätzchen auf, um dort das Ausziehen und Vernaschen auf eine etwas andere Art zu gestalten. Zumindest konnte man leicht zu diesem Schluss gelangen, da Mina meist ein paar Minuten zu spät, aber stets mit zerzaustem Haar und verwischtem Lippenstift auf ihren entrückt lächelnden Lippen zu ihrem üppig blühenden und berauschend duftenden Arbeitsplatz zurückkehrte.

Auch Joseph besuchte Helen so oft er nur konnte und entführte sie ebenfalls bei jeder Gelegenheit aus dem *Other Lovestories* in die *einzig wahre Liebesgeschichte*, doch dank seiner wachsenden Berühmtheit wurde er unter anderem von einem interessierten Verleger zum Mittagessen eingeladen, dann musste er auf Handwerker warten, weil eine Sicherung ständig herausflog, dann musste er beim Zahnarzt zu lange warten und dann verbrachte er mehrere Tage in Wales. Fünf, um genau zu sein, und diese fünf Tage kamen Helen wie eine kleine Ewigkeit vor. Natürlich hatte sie keinerlei Erfahrung damit, wie es sich anfühlte, wenn einem ein Arm oder ein Bein fehlte, aber in etwa so, wie Tage ohne Joseph, musste es sein. Zumindest sprichwörtlich. Es war mit einem Wort: grauenvoll. Sie vermisste einfach alles von ihm. Seinen warmen Kuschelkörper, an den sie sich so gerne schmiegte. Seine Küsse auf ihrer Haut, seine Hände, die sie streichelten, seine Haare, die sie leicht kitzelten. Den Geruch seiner nackten Haut. Ach ... Einfach alles an ihm war wunderbar. Wie schnell sie sich doch an ihn und die der Welt entrückten Zärtlichkeiten und Liebkosungen gewöhnt hatte! Wie sein Herzschlag an ihrem Ohr klang, wenn sie ihr Gesicht auf seine Brust legte und er seine Hand auf ihre Schultern, und wenn die ganze Welt in Ordnung war. Wenn er doch nur da wäre!

Doch immer dann, wenn das Vermissen so unerträglich wurde, dass sie meinte, sich selbst in der Luft in Stücke zu reißen, rief er an, schrieb ihr eine Nachricht oder schickte eine altmodische Postkarte mit nostalgischen Bildern von Stränden, von Klippen, von glücklichen Paaren, deren Haar vom Wind zerzaust wurde. In diesen Momenten spürte sie ihn so nah bei sich, als wäre er tatsächlich bei ihr. Dann schloss sie die Augen, atmete tief ein und meinte, die Ewigkeit mit ihm und durch ihn in sich zu tragen.

Dann träumte sie davon, wie seine Hände über ihren Körper glitten und gemeinsam mit seinen Lippen jeden Winkel ihres Körpers erkundeten und verwöhnten. So voller Hingabe und Anbetung, dass ihr war, als würde er ihr Leben auf weiche Kissen betten und darüber eine samtige Schicht aus Rosenblüten streuen. Als würde er die ganze Welt in Samt und Seide hüllen und jeden Tag die Sonne scheinen lassen. Eine Welt, in der nur sie beide lebten und zu der kein anderer jemals Zugang hätte. Hier durchdrangen sie einander, verschmolzen miteiandern und fanden sich neu geschaffen. In diesem geschützten Raum der Verliebtheit, die noch keine Vergangenheit kennt und in der die Zukunft noch ohne Bedeutung ist, gab sie sich hin, ließ sich fallen und vertraute blind.

Doch diese, im wahren Sinne des Wortes, heile Welt war durch seine Abwesenheit vorrübergehend einsam, wenn auch nicht verlassen.

Helen verging beinahe vor Sehnsucht nach Joseph, als er am sechsten Tag endlich wieder vor ihr stand, seine kräftigen Arme ausbreitete und sie wie eine Decke um sie legte, während sie in dem warmen Blau seiner Augen versank.

„Ich habe dich so unendlich vermisst", flüsterte sie zwischen zwei hungrigen Küssen.

„Und ich dich erst", seufzte er und küsste sie mit unstillbarem Begehren weiter. Seine Hände glitten über ihre Brüste, drückten sie sanft und entlockten ihr ein sehnsüchtiges Stöhnen. Mit unendlicher Hingabe küsste er die Knospen, streichelte die weiche Haut, wanderte über ihren Körper, um in einem zeitlosen Rausch der Sinne ihre empfindlichsten und geheimsten Stellen zu liebkosen. Als ihr Verlangen immer stärker und fordernder wurde, rang auch er schwer nach Atem, unterbrach sein Liebesspiel und raunte heiser, und mit unüberhörbarer Selbstbeherrschung, in ihr Ohr: „Ich würde so gerne mit dir schlafen, Helen. So gerne. Aber ich will, dass du dir ganz sicher bist. Dass du zuerst spürst, wie sehr ich dich, dein Herz und deine Seele, dein gesamtes Wesen liebe." Aus Lust verschleierten Augen sah er sie an, fasste ihre Brüste und drückte sie schwer atmend sacht. „Alles an dir. Jede Faser. Ich will, dass du über jeden Zweifel erhaben bist, dass du spürst und weißt, wie sehr ich will, dass du keine Angst mehr haben musst, dich in mir, und mich zu verlieren."
Helens Herz schlug laut und dumpf. Ihr Blut kochte, und ihr

Brustkorb hob und senkte sich mächtig. Ihre Lippen lagen auf seiner heißen Haut. Ihre Zähne drückten sanft in das weiche Fleisch und hinterließen einen feinen Abdruck. Sie wollte ihn in sich spüren. Jetzt und hier. Jede Zelle schrie nach Erfüllung ... Sie raste vor Verlangen, sie keuchte auf, strich sich mit der flachen Hand über das Gesicht. Alles in ihr brannte nach ihm, so stark, dass sie meinte, zu vergehen. Und dennoch – sie wartete. Sie zwang sich, zu warten und ihr Herz über ihren Körper zu stellen. Warten. Vertrauen. Ihm und sich selbst. Nackt sein, ohne Ablenkung, nackt vor sich selbst. Zum ersten Mal in all den Jahren mit Männern war sie vollkommen ehrlich zu sich selbst und endlich stark genug, zu ihren Gefühlen und Ängsten zu stehen, und sich selbst in einer Beziehung mit dem Mann ebenbürtig zu verstehen. „Dann warte bitte noch", flüsterte sie entgegen all der lodernden Lust, die die Angst, der Sex könne sich wie ein Schleier über alles, was sie nicht sehen wollte, legen, sie täuschen, sie unterwerfen, ihr ihre Stimme und Selbstbestimmung nehmen.

Noch ein paar Tage, nicht viele, nur ein paar. Weniger, immer weniger, bis sie eines Abends keinen Hauch von Widerstand, Angst oder Bedenken mehr in sich spürte und sich ihm hingab. Restlos, vollkommen und mit jeder Faser ihres Körpers und ihrer Seele strebte sie nach ihm. Zitternd und bebend vereinigten sie sich in einer Zeit, die außerhalb der irdischen zu existieren schien. Jede Berührung war wie ein Flügelschlag der Ewigkeit. Überwältigt und mit Tränen in den Augen erlebten sie einander und sich selbst in einer nie geahnten Verbundenheit. Er in ihr, sie um ihn, er um sie. Überall, endlos. Es war, als würden sie sich zu einem die gesamte Welt umspannenden Ozean vereinen, über den zeitweise laue Winde strichen, die die Oberfläche sanft kräuselten und kleine Wellen formten. Getragen und gewogen. Doch dann wiederum schwoll der Wind zu einem Sturm an; stärker wurden die Strudel, die sie in die Tiefe zogen und wieder hochwirbelten, die ihnen jede Orientierung und jeden Halt außer einander nahmen. Kein Anfang und kein Ende, nur immerzu und allerorts er und sie, sie und er, beide, zusammen, ineinander, miteinander, füreinander. Ohne Ende und ohne Anfang. Ewig.

Von da an lebte Helen ein anderes Leben. Sie war groß geworden. Wenn sie sich vorstellte, sie stünde neben Joseph und würde ihn anschauen, dann befanden sich ihre Augen auf gleicher Höhe, obwohl er sie in Wirklichkeit um mehr als einen Kopf überragte. Wenn sie hingegen an Stuart dachte, und die Vorstellungen, die sie wie Fotos in ihrem Gedächtnis gespeichert hatte, blickte immer sie zu ihm auf und er zu ihr herab.

Wenn sie an Stuart dachte, was zurzeit selten, aber gelegentlich doch der Fall war, dann sah sie immer noch das Bild der fremden Frau in ihrem gemeinsamen Bett vor sich. Wie Stuart sie von hinten nahm, ihre langen Haare um seine Faust geschlungen, wie er ihren Kopf in den Nacken zog und mit der anderen auf ihre Schenkel schlug. Das Grausamste war, dass sie sich in dem Bild selbst erkannte. Sie hörte die Namen, mit denen er sie anfeuerte, und mit denen er auch sie gerufen hatte. Namen, die sie als intime Verbindung und besondere Ehrung empfunden hatte. *Schlampe. Luder. Geiles Stück*. Namen, die sie zu dem gemacht hatten, was sie für Stuart und sich selbst am Ende war. Namen, die ihr jetzt wie Messerstiche ins Herz vorkamen. Jetzt, Jahre später, wo ihr Herz durch Josephs Liebe endlich genesen konnte.

~Siebzehn~

„So, ihr drei Hübschen. Stellt euch noch mal alle zusammen vor die Kuchenvitrine ... Ja, genau so! Und die Vase mit den Gerbera ein bisschen weiter nach links ... Peeerfekt! Und jetzt alle lääächeln, jawohl! *Cheese!*“

Gordon, ein guter Freund von Sebastian und beruflich auf dem Weg, der nächste Starfotograf der Nation zu werden, war ganz in seinem Element. Schon seit mehr als einer Stunde schoss er aus allen möglichen Winkeln und erdenklichen Posen Fotos und machte Filmaufnahmen von den drei Freundinnen, ihrem Reich und seit wenigen Minuten auch von den Gästen, die pünktlich bei Ladenöffnung wie jeden Tag in Scharen hereinströmten. Aus dem Material würde er ein Video kreieren, das ihnen hoffentlich zu dem so ersehnten Sieg verhelfen würde. Denn so gut der Laden auch lief, so wenig warf er unterm Strich noch immer ab. Zudem waren weitere Aushilfskräfte mehr als nötig, wenn sie nicht vorzeitig von grauem Haar und Falten heimgesucht werden wollten. Überdies hinaus war eine Erweiterung unvermeidbar. Trotz, oder möglicherweise gerade wegen der Unvermeidbarkeit der selbst mitzubringenden und wieder verwertbaren Kaffeebecher drängten sich zu den Stoßzeiten viel zu viele Menschen vor der Kaffeetheke, als dass ein gemütliches Sitzen und Plaudern im Café noch möglich wäre. Deswegen erschien es wie ein Geschenk des Himmels, dass direkt gegenüber ein *Schuhschachtelladen* frei wurde. Claire bezeichnete den schmalen Raum deswegen so, weil er wenig größer als eine Schachtel war und sich von daher hervorragend für den Straßenverkauf eignete.

Wären Mina und Helen nicht so verliebt gewesen, hätte ihnen die hohe Arbeitsbelastung bestimmt genauso zugesetzt wie Claire, die zwar nicht murrte, aber deren Haut, trotz teurer Pflegeprodukte, fahl wirkte und deren dunkle Augenringe sich nicht mehr kaschieren ließen.

Es war Montagmorgen, der Tag, an dem Helen eigentlich frei haben sollte, aber da Andy seit Samstag bei Joseph war, hatte sie beschlossen, durchzuarbeiten, um ab Mittwoch, wenn der Kleine wieder weg war, Zeit mit Joseph allein zu verbringen. Helen hatte gehofft, dass Joseph ein Kennenlernen mit Andy arrangieren würde, aber da der Sohnemann den Tag im Zoo verbringen und andere Freunde von Joseph mit Kindern treffen wollte, hatten sie bislang keine Zeit dafür gefunden. Außerdem wollte Joseph, dass sie sich das erste Mal ganz unverbindlich sahen, um Andy allmählich mit der Tatsache anzufreunden, dass es eine neue Frau im Leben seines Vaters gab. So hatten sie vereinbart, dass die beiden einfach ins *Other Lovestories* kämen, und so wartete Helen schon den ganzen Tag über gespannt darauf, rechnete aber damit, dass sie in den ruhigeren Nachmittagsstunden vorbeischauen würden.

Sie war gerade dabei, einer glücklich strahlenden Kundin die gesamte, mindestens drei tausend Seiten umfassende, Lektüre für zwei Wochen auf Sizilien in eine fliederfarbene Stofftasche zu packen und diese mit einem glücklichen Lächeln zu verabschieden, als sie plötzlich eine helle Kinderstimme hörte. Für einen Moment stand die Welt still. Helen hielt die Luft an und ihr Herz setzte einen Schlag aus. Kinder waren höchst seltene Gäste, also musste das Andy sein! Noch dazu, wenn er „Papas Buch“ brabbelte.

Wie in Zeitlupe drehte sie sich zu der Stimme um. Und blickte in das herzigste Bubengesicht, das sie jemals gesehen hatte.

Georgie. Andy. Georgie. Andy.

Der Junge sah so aus, wie ihr Sohn in ihrer Vorstellung aussah.

Ihr Blick verschwamm für einige Augenblicke, bevor sie sich fing und wieder nur den real existierenden Knaben sah.

Sein seidiges, dunkelblondes Haar glänzte in den Sonnenstrahlen, die durchs Fenster fielen, und seine Augen waren von einem so intensiven und warmen Blau, dass er nur einen Vater haben konnte. Zielstrebig steuerte er mit seinem noch leicht kindlich unbeholfenen Gang direkt auf eine Vase mit Sonnenblumen zu, die ihn um einiges überragten.

„Ha– Hallo!“, stotterte sie ergriffen und mit flatterndem Herzen, und widerstand ihrem drängenden Impuls, zu dem Kind zu stürzen, in die Hocke zu sinken, ihn an sich zu drücken, zu knuddeln und abzuküssen.

Andy. Georgie. Andy. Georgie.

Sie hob ihren entgeisterten Blick und starrte in Josephs Augen, der unbemerkt ganz nah zu ihr gekommen war. Tonlos formten ihre Lippen „Hallo“, und nur ein heiseres Krächzen kam heraus.

Joseph schielte auf Andy, dann beugte er sich vor, nahm ihre Hände, drückte sie sanft und hauchte ihr zwei Küsse auf die Wangen. „Hallo mein Schatz“, flüsterte er und lächelte sie glücklich an. „Das ist Andy, mein Sohn“, fügte er etwas lauter hinzu, wandte sich dem Buben zu und ließ Helens Hände aus seinen gleiten.

„Hallo Andy“, brachte sie aufgeregt hervor und konnte sich an seinem süßen Gesicht und den kleinen, patschigen Händen nicht sattsehen.

„Hallo“, sagte er mit großen Augen und blickte ein wenig schüchtern zu ihr hinauf, wobei er mit beiden Ärmchen das Bein seines Vaters umklammerte. Dann drehte er sich mit einem Ruck weg und verbarg sein Gesicht in der Hose. Nun beugte Joseph sich ebenfalls zu seinem Sohn, streichelte ihm liebevoll über den Kopf und sagte in beruhigendem Tonfall: „Das ist Helen, eine ganz liebe Freundin von mir.“ Bei den Worten schielte er wieder zu Helen und seine Augen blitzten verschmitzt auf. „Sagst du ihr Hallo?“

„Hallo Helen", sagte Andy leise und mit einem halben, aber so offenherzigen Blick, dass Helen glaubte, vor Glück zu zerbersten. Josephs Mund war ihrem ganz nahe, und da Andy gerade wieder wegschaute, schürzte der Vater seine weichen Lippen und drückte ihr blitzschnell einen Kuss auf den Mund, der wie heißes Glück durch ihre Adern floss.

Ihr Blick haftete noch an seinem, als Andy auf einmal seine Schüchternheit über Bord warf und in seiner süßen, hohen Kinderstimme verkündete: „Papas Buch! Hier gibt's Papas Buch!"

„Ja, das stimmt! Willst du es suchen?", fragte Helen vollkommen verzaubert.

„Ja!", rief Andy und lief auf seinen kurzen Beinchen mit unglaublich goldig vor sich ausgestreckten Armen los.

„Ach Gott, ist der süß", seufzte Helen, die neben Joseph stand und dabei zuschaute, wie er von einem Bücherstapel zum anderen watschelte, vor jedem stehen blieb und sich auf die Zehenspitzen stellte, um nach dem Titelbild, das er wohl kannte, zu spähen.

„Oh ja, das ist er", seufzte auch Joseph, drückte kurz ihre Hand und schaute seinem Sohn nach. Schweigend verfolgten die zwei Erwachsenen sein Suchen, als er zu dem Tischchen kam, auf dem unter einer Vase mit orangen und weißen Landrosen die Bücher lagen. „Rosen!" rief er entzückt und lachte blubbernd, streckte einen Arm aus und zeigte auf den Tisch. Dann wuselte er zur Kante, zog sich daran hoch, und als er das Buch erkannte, begann sein Gesicht wie ein Stern zu leuchten. „Da ist es! Das da ist von Papa!", rief er so laut, dass alle Anwesenden zuerst zu ihm, dann zum Buch und schließlich zu Joseph und Helen schauten, die verzückt lächelnd bei ihm standen. Es dauerte einen Moment, bis der Groschen gefallen war, dann riefen und kreischten die Frauen in den höchsten Tönen durcheinander: „Was für ein süßes Kind!", „Ach Gottchen! Wie goldig!", „Sie sind der Vater? Jordan Travers?" und an Helen gewandt: „Sind Sie die

Mutter?“ Stühle wurden gerückt, alle standen oder sprangen auf, zückten ihre, eigentlich verbotenen, Handys, baten um Fotos, Autogramme und kauften noch mehr Bücher. Es dauerte fast eine Stunde, bis Joseph und Andy ihren Dienst getan hatten und es sich endlich mit einer kalten Schokolade, Eiskaffee und mehreren süßen Obsttörtchen auf der Terrasse bequem machen konnten.

Sind Sie die Mutter, hallte die Frage immer wieder in Helen nach. *Nein. Leider nein.* Oh, wie sehr sie es wünschte! Ihr Blick wanderte durch die breite Fensterfront nach draußen, wo Joseph ihr den Rücken zukehrte. Dafür konnte sie aber Andys Gesicht sehen. Er drückte gerade die Augen zusammen und wartete geduldig, bis sein Vater die Reste der Trinkschokolade aus seinen Mundwinkeln und von seinem Kinn weggewischt hatte. Helen war sich sicher, dass Joseph lachte, als er seinem Sohn zunächst einen zärtlichen Nasenstüber verpasste und ihm dann einen dicken Kuss auf den Mund drückte. Der Kleine zog die Schulter hoch und zog sich zusammen; offenbar kitzelte ihn etwas. Daraufhin hob Joseph ihn aus seinem Stuhl und setzte ihn dann mit einem Schwung auf seinen Schoß. Da saß nun der kleine Junge ganz aufrecht und stolz auf dem Oberschenkel seines Vaters. Wie klein er dabei aussah, und wie groß und beschützend Joseph! Allein in dem Bild lag so viel Liebe und Vertiefung in einen Menschen, dass Helens Herz zunächst ganz weich und weit wurde.

Doch dann bekam sie plötzlich kaum noch Luft und ihre Brust wurde eng. Panisch griff sie sich an die Kehle und stürzte in den Hinterhof. Nach Atem ringend ließ sie sich an die kühle Hauswand sinken, schaute schutzlos in den blauen Himmel und zwang sich, ruhig zu atmen. Doch so sehr sie sich auch bemühte, so wenig gelang es ihr. Denn immer wieder tauchte der kleine Andy in ihren Gedanken auf … Georgie wäre fast genauso alt. Ob sie … Helen spürte ein Zittern am Körper, das sie nicht hatte kommen sehen. Georgie. So lange schon hatte sie nicht mehr an ihn gedacht! Oh Georgie. Wenn sie ihn jetzt nur in die Arme schließen könnte. Ihren Sohn. Aber nein. Er war tot. War nie geboren worden. Und warum? Warum!? Wegen Stuart, diesem rücksichtslosen, sexbesessenen Egomanen!

Rasend vor Wut über die Ungerechtigkeit in ihrem Leben trat sie gegen eine Tonne, die daraufhin laut schepperte, und stapfte vor Wut kochend mit dem Fuß auf. Dieser Mistkerl! Dieses Schwein! Er hatte sich nicht einmal bei ihr entschuldigt. Oder zumindest nicht richtig. Nicht genug auf alle Fälle! Nicht genug! Niemals! Nichts und niemand konnte Georgie zurückbringen. Nichts. Sie zitterte am ganzen Leib, ballte die Fäuste und stieß einen unterdrückten Schrei aus.

„Ich hasse dich so sehr, Stuart Hamilton! So sehr, dass ich es keinem Menschen sagen kann!", fluchte sie mit Tränen in den Augen und trat erneut gegen die Tonne.

Dass diesmal ihr Fuß davon schmerzte, hatte den Vorteil, dass sie sich ein wenig beruhigte. Von dem Kerl würde sie sich den Tag nicht verderben lassen! Da drin warteten Joseph und Andy, und außerdem ihr Job, und nichts von alledem würde sie sich von Stuart nehmen lassen. Nichts!, dachte sie wütend, wischte sich mit den Fingern über das Gesicht, als könne sie so den Ärger abstreifen, und humpelte zurück.

***

„Oh! Mädels, das Video ist da! Schaut mal", kreischte Claire ein paar Tage später völlig aus dem Häuschen. „Es ist – wartet … Oh wow …" Ihre Stimme sackte andächtig in dem Maße in den Keller, in dem sie auf den Hocker sank, der glücklicherweise hinter ihr stand.

„Das sind ja wir!", „Oh … das ist unsere Kaffeemaschine!", „Da ist ja Stephanie Marylebone!", „Die Blumen! Ha! Und Josephs Buch!", schrien sie durcheinander, bis sie den Clip zu Ende gesehen hatten. Dann fielen sie sich jubelnd in die

Arme und schauten ihn noch einmal von vorne an und anschließend noch einmal.

„Das Video ist der absolute Hammer!“, rief Helen triumphierend, legte den Kopf in den Nacken und streckte die Arme in die Luft.

„Ja, nicht wahr? Gordon ist eben ein echtes Genie“, lobte Claire den Freund ihres Freundes mächtig stolz.

„Der Farbfilter und die Musik ... Wow, oh *megawow*!“ Mina konnte sich kaum noch beruhigen vor Begeisterung.

„Aber nun, kommt! Wo sind die restlichen Unterlagen?“, bremste schließlich Claire die Euphorie ein wenig und speicherte den Clip auf einem USB-Stick, auf den sie schon vorsorglich ihren Schriftzug geklebt hatte.

„Eine Sekunde!“, rief Mina, tippelte in ihren himbeerroten Schühchen, die leider eine Nummer zu klein waren, ins Lager und kam mit einer rosaroten Papiertüte zurück. Aus dieser zog sie mit einer feierlichen Geste eine weitere Tüte, und aus dieser schließlich die Unterlagen, die ebenfalls in einem dicken, wasserdichten Plastikordner fein säuberlich aufbewahrt waren, als müsste man mitten in London jederzeit mit einer Überschwemmung biblischen Ausmaßes rechnen.

„Hier“, wiederholte sie andächtig und breitete alles vor ihnen aus. „Hier haben wir die Mappe mit den Fotos, Collagen, kurzen Texten. Die Vorstellung des Konzepts, auf Papier und als Powerpoint-Präsentation. Nur Bares ist Wahres. Umweltschutz. Der Mehrwert für die Gesellschaft und so weiter. Es ist alles da.“

Ehrfürchtig hielten alle die Luft an, Claire legte in einer langsamen, gezielten Bewegung den Stick dazu, dann schob Mina die Mappe in einen ebenfalls schon vorbereiteten gefütterten Umschlag, klebte ihn zu, schaute alle an und nahm mit einem bedeutungsschweren Blick ihr Smartphone in die Hand.

„Ich rufe jetzt den Fahrradkurier, der diesen Umschlag in die Redaktion bringen wird, wo man über unsere Zukunft entscheidet“, gab sie dramatisch kund.

„Ja“, piepsten die anderen und nickten angespannt.

„Jetzt hilft nur noch Beten“, murmelte Claire, als der Bote den Umschlag nach dem Ansturm der Mittagspause abholte und sie ihm nachschauten, als hinge die Entscheidung der Jury von seinen Zustellkünsten ab.

~Achtzehn~

So himmelhochjauchzend Helen und Mina auch verliebt waren, so sehr setzte ihnen doch im Laufe der Wochen allmählich die permanent hohe Arbeitsbelastung zu. Claire hatte sich bereits ein paar Tage frei genommen, da sie als Konditorin ja noch früher anfing als die anderen. Die Erholung auf dem Landsitz ihrer Familie war bitternötig. Tage, an denen sie nichts anderes tat, als zu schwimmen, spazieren zu gehen und sich von vorne bis hinten bedienen zu lassen.

Mina und Marcus würden im September verreisen, wenn er von einem mehrwöchigen Aufenthalt in Bukarest zurück war. Nur Helen und Joseph hatten noch keine derartigen Pläne geschmiedet.

Das Ausweglose an der Situation war, dass sie zu viel Arbeit für sie drei, aber zu wenig, für ein oder zwei fest angestellte, und ausgebildete, Vollzeitkräfte, auf die man sich beinahe blind verlassen konnte, hatten.

Da war es wie ein Wunder, dass eine ihrer Stammkundinnen, Yael Meir-Shalev, ihrem Ehemann Amir Blumenschmuck für seine Immobilienagentur ans Herz legte, um den Kunden und Angestellten ein noch behaglicheres Ambiente zu bescheren und ihnen somit noch mehr Geld für noch größere Luxuswohnungen aus der Tasche zu ziehen. Da dem gutmütigen und nach Erfolg strebenden Gatten jede Hilfe seiner kreativen, aber weitgehend unausgelasteten, Frau recht war und da zudem über seinem Büro noch eine Steuer- und Wirtschaftsberatung ansässig waren, erhielt Mina aus heiterem Himmel einen enormen Großauftrag. Ab sofort sollte sie nämlich den gesamten Blumenschmuck für die Foyers,

Besprechungszimmer und Büros liefern. Und das alles bei einem minimalen Verhandlungsaufwand!

„Ich weiß echt nicht, was ich sagen soll“, schluchzte sie fassungslos vor Glück. „Das ist es, wovon ich immer geträumt habe! Vor lauter Arbeit bin ich aber gar nie dazu gekommen, dafür Werbung zu machen. Und nun kommen sie einfach so zu uns! Das ist alles wunderschön, aber ich schaffe es nicht. Echt nicht.“ Verzweifelt schüttelte sie den Kopf. „Ich muss ihnen absagen.“

„Aber Mina!“, riefen Claire und Helen entsetzt. „Das geht doch nicht! Komm! Es muss doch eine Lösung geben!“

„Na ja, die kennt ihr ja“, seufzte sie.

„Ja schon, aber meinst du nicht, dass sich die Angestellte durch den Auftrag finanzieren würde?“

„Hm ... Meint ihr? Lass mich mal rechnen ...“ Und Mina rechnete. Auch Claire rechnete, und Helen rechnete nach. Alle drei kamen zu dem gleichen Ergebnis: Die neue Kraft würde sich über den Auftrag beinahe vollständig finanzieren. Überdies läge der Zeitaufwand bei rund zwanzig Stunden pro Woche, was bedeutete, dass sie andere Arbeiten übernehmen könnte und die drei Frauen endlich wieder von ein bisschen mehr Freizeit träumen durften.

Die Glückssträhne war hier jedoch noch nicht zu Ende, denn als die rundliche Chefin eines Marketingunternehmens, mit winzig kleinen wippenden Löckchen und einem Kirschfarbenen Nagellack, der genau zum Lippenstift passte, von Claires Gebäck probierte, erhielt auch diese, von zahlreichen Begeisterungsrufen unterbrochen, ungefragt den Zuschlag, täglich eine große Auswahl für die Klienten sowie einen Lunch-Service für die Angestellten zu liefern. Und da zwei weitere, wenn auch kleinere Büros, mit dem gleichen Wunsch vom Himmel fielen, bot sich für Claire die gleiche Lösung an.

„Jetzt müssen wir nur noch zwei Personen finden, die diese Arbeiten übernehmen können! Ich habe da auch schon eine Idee …“, sagte sie, griff zum Hörer und rief zuerst Kitty, dann Meg an und als sie ihre Gespräche beendet hatte, hatte auch Helen schon eine Anzeige auf der Facebook-Seite des *Offline* geschaltet. Und siehe da – drei Tage später schon saßen sie über einem Haufen von Bewerbungen, wählten die ansprechendsten aus und luden die Damen zu Gesprächen ein. Da die rothaarige Charlotte aus York und die braunhaarige Laetitia aus Perpignan in Frankreich „sofort“ beginnen konnten, durften sie dies von den drei Freundinnen aus nur zu gerne schon am nächsten Tag. Aus dem silbernen Streifen am Horizont war plötzlich eine halbe Sonne geworden.

***

„Oh wow! Endlich, Mensch, Helen! Ich freue mich ja so für euch, dass ich es dir gar nicht sagen kann!“, jubelte auch Joseph und seine meerblauen Augen strahlten vor Freude, als Helen ihm die Neuigkeiten mitteilten. Dabei wirbelte er sie so schwungvoll in dem engen Eingangsbereich seines Hauses durch die Luft, dass eine Kerze, die zum Glück gerade nicht brannte, zu Bruch ging. Dabei lachte er befreit auf und drückte sie fest an sich. „Wir können wegfahren! Irgendwohin. Nur wir zwei. Lissabon, Madrid, Barcelona, Rom – sag, wohin willst du?“, sprudelte es aus ihm heraus. „Sei mein Gast, ich lade dich ein. Sag einfach, wohin du willst! Wir gönnen uns ein richtiges Luxuswochenende, hm?“

„Oh ja …“, seufzte sie und sah sich bereits auf einer großen Terrasse liegen, an einem ruhigen Pool mit Blick aufs offene Meer. Überall blühten Bougainvilleas, die Luft war warm, und um sie herum war das einzige Geräusch das Plätschern eines Brunnens und das Zwitschern von kleinen Vögeln. „Oh ja …“, seufzte sie glücklich, legte die Hände in seinen Nacken und ihren Kopf in ihren und küsste ihn hingebungsvoll. „Oh ja, nur du und ich …“

„Mhm, Süße … wenn du jetzt so rangehst, kommen wir aber nicht zum Planen und müssen hierbleiben!“, murmelte er in ihren Mund und strich selbst mit sanftem Druck von ihrem Rücken über ihren Po.

„Wenn du das so sagst“, nuschelte sie zurück, „dann bleiben wir eben hier. Der schönste Platz auf Erden ist ohnehin immer da, wo du bist.“

„Oh Helen … Das ist das Schönste, was ich mir vorstellen kann. Danke!“ Joseph lachte weit hinten in seiner Kehle, tief, warm und glücklich. Nach einem weiteren Kuss hob er sie mit einem Schwung hoch, und trug sie auf die breite Couch, wo er sie sanft absetzte. Dann holte er seinen Laptop, der aufgeklappt auf dem großen Tisch gestanden hatte. Gerade als er sich mit dem Internet verbinden wollte, gefror der Bildschirm und zeigte „Keine Rückmeldung“ an. Ein kleines Rädchen drehte sich pausenlos. „Das dauert bestimmt nicht lange. Muss an dem Update liegen, das ich gemacht habe. Sag, wonach sollen wir als Erstes suchen?“

„Hm … ich weiß nicht. Vielleicht Lissabon? Da war ich noch nie und es soll wunderschön sein.“

„Das ist es auch“, seufzte er verträumt. „Es ist ein Traum … Für mich ist es die schönste Stadt Europas.“

„Ach. Wann warst du denn dort?“, fragte sie, und er konnte gerade noch „Interrail; Jahre her“ nuscheln, als beide verwundert innehielten, da Josephs Telefon klingelte. Das verwunderte sie deshalb so sehr, weil es das noch nie getan hatte, zumindest nicht, wenn sie bei ihm war. Gleichfalls verwundert reagierte auch er, als er es aufhob und auf das Display schaute.

„Nanu? Mein Vater? Der ruft mich fast nie an. Sorry, da muss ich schnell rangehen. … Hallo. Ja, hallo, Dad? … Was?“, stieß er erschrocken hervor. „Mist, mal wieder der

Akku leer! Tut mir leid, es ist dringend. Ich muss mal schnell vom Festnetz zurückrufen. Bin gleich wieder da!“

Damit ging er aus dem Zimmer und ließ Helen allein auf der Couch sitzen. Angespannt sah sie sich um, wobei ihr Blick wieder auf den Bildschirm fiel. Dort hatte sich das Internetfenster geschlossen, dafür zeigte sich ein Text-Dokument. War das Josephs neuer Roman? Er sprach nicht darüber, sondern hütete alles wie einen Schatz, der sich selbst zerstörte, wenn jemand vor Vollendung einen Blick darauf werfen würde. Aber durfte sie darin lesen? Nur das, was auf dieser Seite stand und sich ihr quasi anbot? Ja, bestimmt, dachte sie. Sie würde den Cursor nicht bewegen. Nur das lesen, was unmittelbar vor ihr stand.

Aber was war das?

nicht, dass ich getröstet werde, sondern dass ich tröste,
nicht, dass ich verstanden werde, sondern dass ich verstehe,
nicht, dass ich geliebt werde, sondern dass ich liebe,

Wie bitte? Das war kein Roman. Eher ein Gedicht. Das war – bestimmt nicht von Joseph, denn das alles ergab überhaupt keinen Sinn. Jeder wollte doch verstanden und geliebt werden!

Eigenartig, und schade, dachte sie, *ich hätte so gerne gewusst, was er den ganzen Tag so denkt und tippt!*

Doch da wurde sie aus ihren Gedanken geholt, denn Joseph kam mit dem tragbaren Telefon in der Hand zurück, kratzte sich am Kopf und setzte sich mit besorgter Miene neben sie, sodass sie Gesprächsfetzen mithören konnte.

„Nein ... Wie das denn? ... Andy ist nichts passiert? Gott sei Dank. Nur ihr Bein ... Oh ... Liegen? Ja, ja, natürlich. Selbstverständlich. ... Soll ich ihn holen? ... Das wäre natürlich noch besser, ja. Sicher. Morgen? Übermorgen? Warum erst übermorgen? Okay. Morgen. Verstehe. Ist gut. Wie du meinst. Ja. Bis nachher.“ Damit legte er auf, atmete tief durch, schaute Helen ernst an und nahm ihre Hand in seine.

„Liebling, es ist etwas passiert. Nichts wirklich Schlimmes, aber doch etwas, das unsere Lissabon-Pläne beeinflusst, zumindest vorläufig. Meine Mutter ist heute gestürzt und hat sich einen Bänderriss zugezogen, sodass sie liegen muss. Alleine kann sich mein Vater nicht um Andy kümmern. Ich meine, der Knabe ist zwar viel bei meiner Schwester Liz, den Nachbarn und bei anderen Freunden, aber – lange Rede kurzer Sinn, ich werde wohl morgen nach Wales fahren müssen. Es ist aber sehr schön dort und, wie du weißt, habe ich dort ein Häuschen für mich allein. Na ja, also für Andy, dich und mich allein“, fügte er grinsend hinzu. „Sag, hättest du nicht Lust, mitzukommen? Nach Lissabon fliegen wir einfach in ein paar Wochen, was meinst du?“

Helens Kehle wurde trocken und ihre Arme spannten sich an. „Ich – nach – zu dir nach Hause?“, fragte sie mit trockener Kehle. Zu seinen Eltern und seinem Sohn? Offiziell, als seine Freundin? Und quasi jetzt sofort?

„Ja. Zu mir nach Hause„, bestätigte er und nickte.

„Ja, natürlich! Sicherlich komme ich mit!“, rief sie aufgeregt und ihre Gedanken überschlugen sich ebenso wie ihre Stimme. Wales war noch besser als Portugal, weil es bei ihm war! Er wollte sie in sein Leben lassen, und warf dafür sogar seine Vorsätze von dem „schrittweisen Kennenlernen“ zwischen Andy und ihr über Bord. Nervös schluckte sie, legte die Hände ineinander und fragte heiser: „Wann soll‘s denn losgehen?“

„Am besten gleich morgen.“

„Morgen schon?“ Ihre Gedanken rasten wild durcheinander. Wie sollte sie das alles hinbekommen?

„Morgen Abend. Man fährt nur zweieinhalb Stunden, die Züge nach Cardiff gehen alle dreißig Minuten von Paddington Station weg.“

„Oh, ja, ich erinnere mich, als du letztes Mal dort warst. Gut, ja sicher, gerne. Ich muss nur Mina und Claire Bescheid sagen. Wenn ich noch bis zum frühen Nachmittag arbeite, sollte es für sie okay sein. Morgen fangen ja zum Glück auch die zwei Neuen an."

„Morgen, oh ... aber ist das nicht erstmal mehr Arbeit?"

„Ja, schon, aber – was sollen wir denn tun?"

„Ich könnte vorfahren und du kommst nach."

Helen überlegte kurz, nickte, schüttelte den Kopf, doch Joseph kam ihr zuvor. „Doch, doch. Ich fahre vor und du kommst nach, wenn es dir in ein oder zwei Tagen passt."

Und so vereinbarten sie, dass Helen einen Tag später, am Freitagabend, nachkäme.

***

Helen saß bereits auf gepackten Koffern, das heißt, ihre Reisetasche stand im Lager bereit und wartete ebenso wie ihre Besitzerin darauf, dass es endlich 15:50 Uhr würde. Dann nämlich würde sie den Laden verlassen und in das lange Wochenende bei Joseph aufbrechen.

Noch drei Stunden, dachte sie mit einem Blick auf die Uhr und wartete auf die Bestätigungs-Mail, dass die Buchbestellung, die sie soeben aufgegeben hatte, den Empfänger erreicht hätte. Da betrat eine ihr unbekannte Frau Mitte fünfzig den, aufgrund der Augustferien, ruhigen Laden. Sie stellte sich als eine Schmuckverkäuferin vor, die ihren Laden ein paar Türen weiter hatte. „Wisst ihr, meine Lieben", begann sie, nachdem sie eine Vanilla Chai auf Eis bestellt hatten „ich wollte euch schon längst mal besuchen kommen. Was ihr vollbracht habt, ist einfach großartig. Ich bin euch unsagbar dankbar. Nicht nur ich! Nein, fast alle in der Straße!", rief sie begeistert und schleckte die geschäumte Milch von ihrem langstieligen Löffel.

„Oh, danke, aber warum denn?“, erkundigte Helen sich mit einem neugierigen Lächeln.

„Warum? Das wisst ihr nicht? Na, aber, das mit dem Barbezahlen hat doch bei Ihnen hier begonnen, oder? Das haben doch Sie eingeführt, nicht wahr?“

„Ja, schon, das haben wir. Aber was ist damit?“
„Also!“, rief die Frau theatralisch und sperrte ihre Augen weit auf. „Das wissen Sie wirklich nicht? Haben Sie nicht mitbekommen, dass seit ein paar Wochen immer mehr Leute bar bezahlen? Es ist ein richtiger Trend, den Sie ausgelöst haben!“

„Tatsächlich? Die machen das freiwillig auch woanders?“, rief Helen staunend und starrte nun ihrerseits mit sperrangelweit geöffnetem Mund die Schmuckverkäuferin an.

„Oh ja! Es ist wie eine Sucht. Niemand will mehr seine Daten preisgeben, alle zeigen Verständnis für die hohen Gebühren und plötzlich sind die abgegriffenen Banknoten mit dem Konterfei unserer Majestät wieder richtig en vogue! Hach! Es ist wie in den guten alten Zeiten!“

„Nein, im Ernst?“ Auch Mina, die sich unbemerkt dazugesellt hatte, schien das Gehörte nicht glauben zu können.

„Ja! Ich weiß es von mehreren Geschäftsleuten. Sie haben damit etwas ins Bewusstsein gerufen, was uns unendlich viel Geld spart! Bei mir zum Beispiel sind es zwischen sechs und sieben Prozent! Das muss man sich mal vorstellen! So viel Geld für nichts, außer dafür, dass man bezahlen beziehungsweise kassieren darf!“ Sie lachte und schüttelte ungläubig den Kopf.

Vielleicht würde das die Entscheidung der Jury beeinflussen, sie in die Endrunde aufzunehmen, überlegte Helen hoffnungsfroh, bis es Zeit war, sich von der begeisterten Schmuckverkäuferin und Mina und Claire zu verabschieden, um in den Bus nach Paddington zu steigen. Oder eher springen, denn er kam gerade in dem Moment an der

Haltestelle zum Stehen, als Helen um die Ecke bog, lossprintete und mit einem großen Satz, die Tasche hinter sich her schwingend, an Bord landete. Dass ihr das entrüstete Blicke seitens wohl situierter Fahrgäste und der Fahrerin einbrachte, kümmerte sie nicht weiter, denn sie war sich sicher: *Das war ein gutes Zeichen.*

Dachte sie.

~Neunzehn~

„Willkommen in Cardiff, der Stadt mit der höchsten Lebensqualität des gesamten Vereinigten Königreiches!“, rief jemand über den Bahnsteig, als Helen gerade aus dem Waggon stieg und sich suchend nach Joseph umschaute. *Die Stadt mit der höchsten Lebensqualität des gesamten Vereinigten Königreichs?* Das klang ja geradezu fantastisch! Als ob die Aussicht, ein paar Tage ohne Arbeit, dafür aber mit Joseph und seinem knuddeligen Sohn zu verbringen, nicht an sich schon himmlisch gewesen wäre! Aber wo war er nur? Sie stellte sich auf die Zehenspitzen und spähte den belebten Bahnsteig hinauf und hinab.

„Helen!“, ertönte da seine geliebte Stimme über den inzwischen halbwegs menschenleeren Bahnsteig. Schon sah sie seinen braunen Schopf und seine winkende Hand. In einem Affenzahn kam er auf sie zugesprintet, hob sie hoch, wirbelte sie durch die Luft und drückte sie mit einem Strahlen, das heller als die Sonne an diesem schönen Augusttag war, an sich. „Willkommen in meiner Heimat! Wie schön, dass du da bist“, murmelte er immer leiser, während sein Mund ihren suchte und fand und sie so lange nicht zum Sprechen kamen, bis sich der schmale Bahnsteig beinahe geleert hatte. „Mhm, tut das gut, dich endlich wieder zu spüren“, flüsterte er, hauchte ihr noch einen Kuss auf die Lippen, fasste mit einer Hand den Griff ihrer Tasche, mit der anderen ihre Hand und so gingen sie durch die hohe, helle und schmucklose Halle hinaus ins Freie. In Wales war die Luft eindeutig frischer als in London, eine kühle Brise verwuschelte Helens Haar, und bildete sie es sich nur ein, oder roch die Luft tatsächlich nach Salz? Gemeinsam gelangten sie auf den großen Vorplatz, auf dem ein paar schlanke Bäume gepflanzt waren.

„Na du? Was ist denn hier los? Ist das immer so leer?“, fragte sie verblüfft, woraufhin Joseph eifrig nickte.

„Oh ja, das ist es. Heute, um die Zeit, ist sogar mehr los, als es normalerweise der Fall ist."

„Wirklich?", fragte Helen überrascht. „Auf mich wirkt es wie ausgestorben!"
„Kannst du dir jetzt vorstellen, wie London auf mich wirkt?", fragte er lachend und seine blauen Augen blitzten. „Dort meine ich die ganze Zeit, dass ich zertreten werde und manchmal möchte ich einfach nur auf und davon laufen, so zu eng ist es mir."
„Im Ernst?" Helen kam aus dem Staunen nicht mehr heraus. „Das hast du mir noch gar nie gesagt."

„Nein? Sorry, war keine Absicht. Das ist so, ja. Ich hoffe, dir gefällt es trotzdem, wenn es mal ein wenig ruhiger ist."
„Bestimmt, ganz gewiss!", versicherte sie eilig und sah sich um. Die meisten Gebäude waren sehr neu und hätten überall auf der Welt stehen können. „Es tut bestimmt ganz gut."

„Willst du erst mal etwas in der Stadt trinken und essen, bevor wir rausfahren? Wir brauchen rund zwanzig Minuten, bis wir daheim sind."

„Hm ... So ein Stadtbummel wäre sicherlich sehr schön", wisperte Helen und strich dabei langsam mit den Fingerspitzen über Josephs Brust. „Aber wenn ich richtig denke, ist Andy momentan noch bei deinen Eltern ...?" Unter gesenkten Lidern schaute sie zu ihm auf und schenkte ihm ein becircendes Lächeln.

„Oh ... ja, ja, bei meiner Schwester ...", begann er täuschend echt nachdenklich, aber das schelmische Blitzen in seinen blauen Augen und die verschmitzten Grübchen verrieten, dass er scherzte: „Wenn du das so sagst, dann nichts wie los!", rief er und lief los zum Parkplatz.

„Dass Andy bei uns ist, wird natürlich einiges im Vergleich zu London ändern", begann er, als sie im Wagen saßen und aus der Stadt fuhren. „Ich hoffe, er stört dich nicht."

„Mich? Nein. Bestimmt nicht! Im Gegenteil. Ich freue mich schon riesig auf den Kleinen. Er ist ja so süß!“

„Das sagst du jetzt. Schauen wir mal, was du morgen Abend sagst. Er kann nämlich auch tierisch anstrengend sein. Da ist es echt gut, dass er seine Spielgruppe und viele Freunde hier hat.“

„Das glaube ich gerne.“

„Wir werden schon Zeit für uns haben. Versprochen. Wir können schön essen oder zu einer großen Ü-30-Party gehen, wo auch Freunde von mir sind, ganz wie du willst. In den vier Tagen wird dir bestimmt nicht langweilig werden!“

„Mit dir? Niemals!“, flüsterte Helen, nahm seine Hand, küsste sie und schaute dann verträumt aus dem Fenster, vor dem hübsche Einfamilienhäuschen mit Garten und allem Drum und Dran vorbeizogen. „Schön ist es hier, sehr sogar.“

„Warte erst mal, bis du das Meer siehst!“, meinte er lachend, öffnete das Fenster und legte den Unterarm auf die Tür. Das Bild, das er Helen bot, zeigte ihr einen Joseph, den sie bislang noch nicht gesehen hatte. Er war noch schöner, noch freier und irgendwie selbstsicherer, oder natürlicher.

„Und das ist dein Haus?“, wollte sie mit weit aufgerissenen Augen wissen. „*Häuschen* nennst du das?“

„Na ja, es ist nicht wirklich groß.“

„Nicht groß? Also, ich finde es groß, und wunderschön obendrein!“, rief sie begeistert, als sie vor einem quadratischen Haus hielten und durch einen bunt bepflanzten Garten darauf zu gingen. Auch im Inneren war alles sehr ordentlich und zudem duftete es herrlich frisch; bestimmt hatte er extra für sie geputzt, dachte sie und musste grinsen. Wie in London war auch hier die Küche sehr modern, aber in einem sehr warmen Gelb gestrichen. An den Wänden hingen Fotos von Joseph mit Andy und Menschen, die sie nicht kannte, dazwischen malerische Landschaftsaufnahmen. Die Einrichtung selbst war schwer zu beschreiben, denn sie war bunt zusammengewürfelt, aber irgendwie, auf eigene Art, fügte sich alles zu einem harmonischen Ganzen, in dem Helen sich augenblicklich wohl fühlte.

„Madame möchten vielleicht zuerst das Bad und dann … den Liegeraum sehen?“, fragte er schelmisch mit hochgezogenen Augenbrauen und einem spitzbübischen Lächeln.

„Den *Liegeraum*?“, prustete sie los. „Oh ja, Mylord, selbstverständlich, mit dem allergrößten Vergnügen! Ich pudere mir nur schnell die Nase.“

„Dein *Liegeraum* gefällt mir“, kicherte Helen eine gute halbe Stunde später und räkelte sich genüsslich auf dem breiten, weichen Bett, das mit einem leuchtend grünen Spannbetttuch bezogen war, auf dem in geschwungenen Buchstaben „leuchtend grün das Lager“ stand.

„Das freut mich zu hören. Ich hoffe, das liegt nicht nur an der Einrichtung“, erwiderte er schmunzelnd.

„Oh, aber keineswegs. Eher am – belebten Mobiliar.“

„*Belebtes Mobiliar?*“, gab er zurück und zog sie gluckernd auf sich. „Ich glaube, ich muss dir noch mal in aller Deutlichkeit zeigen, was genau den Reiz des Zimmers ausmacht!“

„Mhm, das glaube ich auch …“, stöhnte Helen auf. „Vielleicht gibt es da noch einiges zu erkunden …“ Keinen einzigen Tag in ihrem Leben mehr wollte sie ohne ihn sein, nie mehr wollte sie auf seine Zärtlichkeiten, seine geraunten Worte und seine herzliche Wärme verzichten. Immer würde allein die Erinnerung an sein leises Stöhnen wohlige Schauer über ihre Haut schicken. Und immer würde sie seine Berührungen spüren und den herben Duft seiner weichen Haut riechen.

„Am liebsten würde ich den ganzen Tag mit dir in meinem *Liegeraum* verbringen“, wisperte er nach einer Weile zwischen zwei trägen Küssen auf ihre Schulterblätter, „aber ich glaube, wir müssen unser Schäferstündchen leider allmählich beenden."

„Oh ... schon?"

„Leider ja. Aber vielleicht schläft Andy heute noch bei meinen Eltern"

„Na, das sind ja verlockende Aussichten!", rief sie. „Dann mal los, in weniger als zehn Minuten bin ich startklar."

„Spätestens. Hier brauchst du nämlich nicht viel Schminke."

„Oh, und wenn Andy bei deinen Eltern schläft, soll das nicht heißen, dass ich mich nicht auf ihn freue!", fügte sie nach einer Weile ihren Gedanken hinzu und ließ sich von Joseph das Badezimmer zeigen, wo er bereits in liebevoller Voraussicht flauschige himmelblaue Handtücher für sie bereitgelegt hatte.

„Das weiß ich doch. Aber ich weiß auch, dass du nach ein paar Tagen mit ihm froh sein wirst, wenn er die Augen schließt und sie erst zehn Stunden später wieder aufmacht. Bei aller Liebe zu dem kleinen Racker."

„Wart's ab!", gab sie lachend zurück, stieg in die Dusche und verteilte herrlich frisch duftendes Duschgel auf Josephs Rücken.

„Wie weit ist es denn?", erkundigte sie sich, als sie vor seinem Haus standen und sie den Reißverschluss ihrer Jacke zuzog, da eine leichte Brise wehte.

„Keine hundert Meter. Schau, gleich dort drüben, da wohnen sie."

„In dem riesigen Haus?"

„Ja! Praktisch, nicht wahr?"

„Wenn man sich gut mit den Eltern versteht, dann schon ...", begann sie und dachte kurz an ihre eigenen, mit denen sie seit Jahren so gut wie keinen Kontakt mehr hatte. „Das ist natürlich Voraussetzung. Aber sie kommen nie unangemeldet vorbei, wenn du das meinst. Eigentlich könnte Andy alleine zu uns kommen, aber ich will, dass du alle kennenlernst.“

„Mhm“, war alles, was Helen herausbringen konnte, denn nun machte sich die Nervosität gewaltig in ihr breit.

„Aufgeregt?“, fragte Joseph und neigte den Kopf zu ihr. „Deine Hand ist ganz schön nass.“

„Kann man so sagen.“

„Och, das ist doch nicht nötig. Dir passiert doch nichts! Alle freuen sich auf dich“, versicherte er, drückte zuerst ihre schweißnasse Hand, die sie ihm entzog, um sie an der Jeans abzuwischen, und dann den Klingelknopf, um danach die schwere Tür aufzustemmen.

„Hallo!“, rief er in den Raum. „Wir sind’s!“

„Joseph! Wie schön! Hallo, kommt rein!“, hörte Helen eine angenehm ruhige Frauenstimme. „Du weißt ja, wo ihr mich findet.“

Joseph führte Helen durch einen breiten und etwas dunklen Gang in ein großes, und dafür umso helleres Zimmer, durch das die Abendsonne schien und sie so stark blendete, dass sie zunächst gar nichts und niemanden erkennen konnte.

„Hallo Mom, darf ich vorstellen? Das ist meine Freundin Helen, Helen – das ist meine Mutter Erica.“ Die beiden Frauen schüttelten sich herzlich die Hände und Helen wollte gerade mit Blick auf den auf einem mit königsblauem Samt gepolsterten Schemel hochgelagerten Fuß fragen, ob es noch wehtäte, da unterbrach Joseph ihre Gedanken. „Ach, und da kommen ja auch mein Vater Bryn, meine Schwester Liz und … hallo mein Sonnenschein!“, rief er, ging in die Knie, breitete seine Arme aus und fing Andy auf, der wie ein junger Windhund auf ihn zu geflitzt kam. „Und Andy, du erinnerst dich doch an Helen, die Frau aus dem Café, wo du mein Buch entdeckt hast?“

Mit großen Augen schaute er zu ihr hoch, seine großen Augen blitzten auf und freudig nickte er. Helen erwartete nicht, dass er etwas sagen würde, und war umso überraschter, als er unvermittelt in seiner glockenhellen Kinderstimme „Hallo liebe Helen“ sagte. Dass er dabei sprudelnd lachte, ergriff sie noch mehr. Dann aber drehte er sich abrupt um und versteckte sein Gesicht am Bein seines Vaters. Doch diesmal schaute er von selbst immer wieder zu Helen, wobei er jedes Mal gluckernd lachte.

Helen ging ebenfalls in die Hocke und sagte mit einem Kloß der Rührung im Hals: „Hallo lieber Andy.“ Daraufhin lachte er noch freudiger auf und schaute sie lange strahlend an.

„Hallo Helen. Willkommen bei uns!“, machten sich die Erwachsenen der Reihe nach bekannt und da alle so herzlich und ungezwungen wirkten, fühlte Helen sich sofort wohl.

„Heute wird gegrillt. Das Wetter müssen wir ausnützen! Joseph hat mir gesagt, dass du Fleisch isst, das stimmt doch, nicht wahr?“, erkundigte sich Liz, die Joseph wie aus dem Gesicht geschnitten ähnlich sah. Sie hatten die selbe herzförmige Gesichtsform, die gleichen großen Augen, die gleiche gerade Nase und die gleichen vollen Lippen.

„Ja, gerne“, nickte Helen. „Ich habe auch schon richtig großen Hunger.“

„Das ist bei uns nie verkehrt! Wir sind nämlich landauf, landab bekannt dafür, immer viel zu große Mengen vorzubereiten. Es soll ja keiner hungrig vom Tisch aufstehen!“

„*Hungrig* ist gut“, murmelte Joseph. „Das Ziel ist eher, auszutesten, wie viel eine Person essen kann, bis sie platzt!“

Blitzschnell schlug Liz mit der rechten Hand nach ihm, doch er wich ihr blitzschnell lachend aus.

„Immer noch wie die Kinder“, entschuldigte Bryn die zwei Kopf schüttelnd und zuckte grinsend die Schultern.

Helen musste ebenfalls lächeln. Sie freute sich, dass Joseph sich so gut mit seiner Familie verstand und bot ihre Hilfe an, die aber gar nicht mehr nötig war, da Liz bereits alles mit viel Liebe vorbereitet hatte. Der große ovale Tisch auf der Terrasse war wunderschön mit einem weißen Geschirr gedeckt, um dessen Rand sich unzählige kleine Wiesenblumenblüten rankten. Zwischen den farbigen Wein- und den transparenten Wassergläsern lagen Rosenblätter und -blüten, die Helen sofort schmunzeln und Liz in entsetzter Erkenntnis schreien ließen. „Nein! Nein, sooo war das nicht gemeint! Aber schau: Dir geht es schon genau so! Du hast den Rosen die Unschuld genommen, wertes Bruderherz!“ Theatralisch stemmte sie die Hände in die Hüften, knickte ein Bein ein, tippte mit der Fußspitze auf und ab und grinste ihn breit an, dann lachte sie keck und forderte alle auf, Platz zu nehmen.

Der Abend mit der Travers-Familie wurde sehr lustig und unterhaltsam. Eine Weile spielten Helen und Andy sogar zusammen mit seinen Bausteinchen und Autos, bis er in das Bettchen bei seiner Oma schlafen ging, damit man das Babyfon hören konnte.

Liz und Joseph verstanden sich blendend, und blind, wie Helen zu ihrer großen Freude feststellte. Von ihrer eigenen Schwester hörte sie kurz an Weihnachten und an den beiden unmittelbar davor und danach gelegenen Geburtstagen. Sie wusste nicht einmal, wo auf der Welt sie gerade steckte. Es konnte London genauso gut wie Buenos Aires, Kinshasa oder Shanghai sein. Schade, eigentlich, dachte sie und spürte zum ersten Mal eine Traurigkeit darüber aufsteigen, dass sie überhaupt keinen Kontakt zu ihrer Familie mehr hatte.

Umso schöner war es für sie, im Kreise von Josephs Familie bis weit nach Mitternacht zu lachen und zu trinken.

~Zwanzig~

Als sie am nächsten Morgen erwachten, schien die Sonne von einem beinahe wolkenlosen Himmel. „Das ist genau das richtige Wetter für einen schönen langen Strandspaziergang. Hast du Lust dazu?“, fragte Joseph und wollte sich gerade die Jacke überziehen, um Andy abzuholen, als der kleine Mann schon an der Tür klingelte. Er war ganz alleine zu ihnen gekommen und sah so goldig aus, wie er da stand, ordentlich gekämmt, mit seinen marineblauen Shorts, dem weißen T-Shirt und einer blau gepunkteten weißen Schüssel voll saftig roter Erdbeeren, die er wie einen Schatz an sich drückte. Am liebsten hätte Helen ihn hochgehoben und abgeknuddelt, aber statt ihr tat Joseph genau das. Er hob ihn so schwungvoll hoch, dass seine Füßchen nach hinten wegflogen, dann küsste und streichelte und drückte er ihn, bis der Kleine vor Glück lachte und Helen mit den Erdbeeren in der Hand dastand. Ob er sich gut mit Georgie verstanden hätte? Bestimmt. Georgie ... Wie sehr sie wünschte, er wäre da! Wie konnte man einen Menschen nur so vermissen, noch dazu, wo man ihn gar nicht richtig gekannt hatte. So dringlich, so greifbar. Wenn sie ihn jetzt doch nur hätte an sich drücken können, seine weiche Haut küssen, sich an ihm satt riechen ... Wenn sie Stuart nur erwischt hätte, aber nicht gestürzt wäre, könnten die zwei Jungs jetzt beste Freunde werden, dachte sie schmerzlich. Wenn, ja wenn ... aber es war nicht. Aber vielleicht konnte Andy ... eines Tages? Mit etwas Geduld?

Schnell drehte sie sich um und stellte die Schüssel mit den frischen Früchten auf den Tisch. Dann wischte sie sich mit dem Handrücken die Tränen von den Augen.

„Wir frühstücken draußen, nicht wahr?“, fragte Joseph an Andy gewandt, der daraufhin in begeistertes Jubeln ausbrach und mit seinen kleinen Händchen begeistert klatschte. Joseph setzte seinen Sohn ab und bat ihn, Helen beim Tischdecken zu helfen, was er mit einem zögerlichen Nicken tat. Das heißt, er trug seine Winnie-the-Pooh-Tasse mit dem dazugehörigen Teller in den Garten und holte dann noch das Glas Erdbeermarmelade.

„Willst du, dass Helen dir dein Toastbrot streicht?", fragte Joseph, als alle saßen. Erwartungsvoll schaute Helen zu ihm und hoffte inständig, er würde ja sagen. Doch nachdem er sie lange angeschaut hatte, drehte er sich zu seinem Vater und sagte kurz und schnell, so, als müsse er sich dafür schämen. „Du."

Helen setzte ein Lächeln auf und schmierte sich selbst ein Brot, das sie eigentlich gar nicht essen wollte, es dann aber doch tat, nur um irgendwas zu tun, das über die Enttäuschung hinwegtäuschte.

„Also, noch mal: Habt ihr Lust auf Strandspaziergang, meine zwei Liebsten, oder eine kleine Tour durch Cardiff?", fragte Joseph und streckte sich genüsslich in seinem Stuhl.

„Jaaa!", krähte Andy, hopste in die Luft und lachte blubbernd. „Strand! Und Ca'diff!"

Joseph lachte ebenfalls und zog Helen an sich, um ihr mit Verschwörerstimme und einem dazu passenden Blick ins Ohr zu flüstern. „Dort gibt es nämlich einen Laden mit Fruchteis in Tierform!"

„Verstehe!", gab Helen ebenso ernst zurück und nickte andächtig. „Dann will ich ein Krokodil in Kiwi. Gibt's das dort?"

„Krokodil?", fragte Andy erschrocken, bevor er kicherte. Dann aber schaute er sie ohne Scheu an und behauptete todernst: „Kein Krokodil. Gibt's nicht!"

„Was, kein Krokodileis?", fragte sie gespielt entsetzt zurück.

„Nei-hein!“, behauptete Andy mit weit aufgerissenen Augen und schüttelte heftig den Kopf.

„Ach, und ob, du kleiner Lauser! Natürlich gibt es Krokodileis, nur du isst es nie!“, schaltete Joseph sich ein und strich ihm über den Kopf. „Aber wenn Helen sich traut und eins isst, dann können wir ja mal schauen, ob es zuschnappt? Hm? Was meinst du?“

„O-kay!“ Ehrfürchtig nickte Andy.

„Na dann aber mal los!“, rief Joseph, stand voller Elan auf, räumte den Tisch ab und rief dem davonlaufenden Andy nach: „Hol mal deinen Sonnenhut und die Sandspielsachen!“

Helen schaute ihm zu, wie er sofort die Richtung wechselte, um ein paar Formen und Autos heranzuschleppen, die er eifrig in einen großen, blau-weiß gestreiften Rucksack packte. Sie musste sich immer wieder davon abhalten, ihn nicht einfach zu packen, an sich zu drücken und nie mehr loszulassen.

„Ich hätte nie gedacht, dass es so wunderschön hier ist! Die Stadt ist ein einziger Traum“, dachte sie ein ums andere Mal und sprach es gelegentlich in einem seligen Flüsterton aus, wenn Joseph in der Nähe war.

„Es ist einfach entzückend!“, rief sie sogar mehrmals laut, als sie durch die verkehrsberuhigte Hauptstraße zu dem Eisladen schlenderten. Und dann zog entweder Joseph sie oder sie Joseph an sich und alle drückten und herzten Andy, der einfach nicht glauben wollte, dass das Krokodil Helen nicht biss.

***

Am nächsten Tag fuhren sie zu einem beinahe blütenweißen und schier endlos langen Strand, um dort endlich die Sandburg zu bauen, von der Joseph und Andy die ganze Zeit über oft gesprochen hatten. Sie setzen sich auf mitgebrachte Kissen und Andy verteilte mit ernstem Gesicht seine Schaufeln und Formen. Er erklärte auch, wie die fertige Burg aussehen sollte und hatte seine Playmobil-Männchen, die bald dort einziehen sollten, schon in Stellung gebracht. Als Helen einen hohen Turm mit besonders schönen Zinnen fertigstellte, stand er auf, ging zu ihr hin, schlang seine sandigen Ärmchen um ihren Hals und drückte seinen Kopf fest an ihre Wange. In dem Moment war ihr, als würde sie vor Glück zerplatzen. Sie legte ihre Arme um ihn und hielt ihn selig. Nur einen Augenblick. Dann lief er wieder los und baute weiter an seiner Burg. Er lief zu Joseph und nannte ihn Papa. Er schaute zu ihr und sagte Helen. Vielleicht würde sich das eines Tages ändern. Vielleicht würde er, oder ein anderes Kind, sie irgendwann Mama nennen.

In Gedanken versunken betrachtete Helen die zwei, wie sie miteinander lachten, wie Andy sich an seinen Vater schmiegte und wie schmutzig Joseph sich beim Spielen machte. „Na, woran denkst du Schönes?“, fragte er und drückte ihr einen sandigen Kuss auf die Lippen.

„Och, an nichts Bestimmtes eigentlich. Ich dachte nur gerade daran, dass es wunderschön mit dir ist. Viel schöner, als es mit Stuart jemals hätte sein können. Der hätte sich nie so ...“ Sie verstummte, als sie den verletzten Ausdruck in Josephs Augen sah. Wie ein dunkle, unheilvolle Welle rollte die Erkenntnis darüber heran, was sie gerade gesagt hatte.

„Stuart?“, fragte Joseph mit einer merkwürdig fremden Stimme und dusteren Augen. „Was hat der denn hier verloren?“

***

Helen saß allein mit einem Glas Wein in der Hand auf der Terrasse und hing ihren Gedanken nach, während Joseph eine Gute-Nacht-Geschichte vorlas.

Eine schwarze Schwermut breitete sich immer weiter in ihr aus, eine unergründliche Traurigkeit, unter die sich rote Wut und weißer Zorn wie waberndes Gift mischten. Es dauerte eine Weile, bis sie Josephs Hand bemerkte, die sanft auf ihrer Schulter lag. Was sagte er da? *Schöner Abend?*

„Ja, wunderschön“, hörte sie sich selbst erwidern. Dann erst drehte sie sich um und lächelte ihn an.

„Hast du noch Wein? Willst du eine andere Musik, oder etwas zum Knabbern?“, fragte er. „Oder brauchst du noch eine Decke?“

„Nein, danke, alles okay. Nur du fehlst. Komm her.“

Er lächelte, schenkte sich selbst auch Wein ein, hob sein Glas und schaute sie eindringlich an. „Na denn, auf dich, auf uns!“, sagte er mit einer ernsten Stimme, welcher der sonst so heitere Unterton fehlte.

„Auf uns“, wiederholte sie und hoffte, dass nur sie das Schwanken in ihrer Stimme hörte.

„Du kannst wirklich großartig mit Kindern umgehen, Andy mag dich echt“, sagte er nach zwei Schlucken mit einem warmen Lächeln, das wieder seine Augen erfasste und dennoch an ihr abprallte.

Die Worte erwischten sie eiskalt.

„Mit Kindern? Danke. Es ist schön, natürlich. Anstrengend auch, wie du gesagt hast“, sie lachte forciert, „aber schön, ja, auf alle Fälle schön. Warum?“

„Nur so, weil es für dich doch ungewohnt sein muss.“

Helens Hände schlossen sich um die Enden der Sitzlehnen. Sie klammerte sich daran fest, als wäre es der letzte Halt. Dabei sog sie die Lippen nach innen, bevor sie hervorbrachte: „Ja, aber ich wollte immer Kinder. Seit ich denken kann, wollte ich Mutter sein.“

„Ich weiß.“ Seine Stimme war samtig weich. Er richtete sich auf, drehte sich zu ihr und legte seine Hand auf ihre. „Es wird wohl nicht leicht sein für dich, hm? Aber wer weiß, was kommt ...“

„Ach! Was kommt! Wer weiß das schon. Unter normalen Umständen hätte ich das auch alles längst, und die zwei hätten zusammen spielen können!“, brach es zischend aus ihr hervor. Ihr Oberkörper kippte nach vorne, als wolle er den Worten nacheilen, um sie wieder einzufangen.

„Aber –“ Joseph versteifte sich vor Schreck, dann nahm er ihre Hand und sprach leise und einfühlsam auf sie ein. „Das tut mir so leid, Helen! Ich würde mir so sehr wünschen, dass die Wunde in dir heilt und du nach vorne schauen kannst …“

Anstatt einer Antwort gab sie nur einen barschen Laut von sich.

„Warte doch ein bisschen. Das alles kannst du doch noch immer haben“, sagte er schließlich leise und mit einer verletzten Hoffnung in der Stimme. „Ich will genauso gerne noch Kinder und Andy hätte bestimmt auch noch gerne Geschwister … Ich weiß, dass wir noch nie darüber geredet haben … Eben, weil es für dich ein wunder Punkt ist …“ Helen hörte nicht mehr alles, was er sagte. Sie schien zu ertrinken wie in einem Ozean aus Schmelzwasser. Dumpf und verzerrt schwappten seine Worte in ihr Bewusstsein, berührten sie jedoch nicht mehr. „… erst zwei Monate zusammen …“, war das nächste, was sie hörte. „Wir können doch immer noch alles haben.“

„Nein, Joseph“, sagte sie apathisch, denn eine andere Wirklichkeit, die sie lange Zeit ausgeblendet hatte, öffnete sich. Noch immer war ihr, als gehöre sie nicht mehr zu dieser Welt. „Das können wir nicht. Wie denn auch. Ich dachte immer, du würdest in London bleiben, aber jetzt, wo ich dich hier sehe, kommen mir Zweifel, dass du dort bleiben willst.“

„Nein. Natürlich will ich das nicht. davon war nie die Rede“, gab er verblüfft zurück.

„Nein?“, stieß sie spitz hervor. „Dann muss ich mich wohl getäuscht haben.“

Joseph rutschte in seinem Stuhl nach vorne und drehte sich so weit es ging zu ihr. „Das musst du bestimmt. Ich will hier nicht weg. Du siehst doch selbst, wie glücklich und verbunden sowohl Andy als auch ich hier sind. Er hat hier Freunde, meine Eltern und meine Schwester kümmern sich um ihn, wir haben ein Haus … Die Schule hier ist erschwinglich und gut. Ich habe auch nie gesagt, dass ich nach London ziehen will.“ Verzweifelt hob er die Schultern und Hände.

„Ja, das schon. Aber sind die Schulen in London nicht vielleicht besser? Und du verdienst doch jetzt gut?“, fragte sie mit einem Schimmer Hoffnung und viel Bockigkeit in der Stimme.

Joseph schnaubte kurz, bevor er weiter seine Ansichten erklärte: „Dass *ein* Buch super gut lief, heißt doch noch lange nicht, dass es so weitergeht! Der Erfolg hängt von so vielen Faktoren ab! Und selbst wenn: Ich würde nicht wollen, dass Andy als Idiot mit Waliser Akzent in einer versnobten Londoner Gegend aufwächst und dort mit lauter Milliardärskindern zur Schule geht!“ Entgeistert schaute er sie an und wartete scheinbar auf etwas, das den ungeheuren Verlauf der Diskussion noch wenden würde.

„Ts“, machte Helen nur, drehte sich weg und zeigte ihm die kalte Schulter.

Es vergingen einige Atemzüge, bis er mit beiden Händen nach ihrer Rechten griff und sie versöhnlich an sich zog. „Aber Helen, schau, hier sind meine Eltern und Liz, Nachbarn, Freunde, die Andy alle mag und die alle Andy mögen und gerne auf ihn aufpassen. Ich schaffe das alleine nicht. Und du arbeitest doch auch Vollzeit …“ Während er sprach, schaute er sie aus großen, traurigen Augen, die um Verständnis flehten, an.

„Ja, natürlich!“, rief sie entgeistert und entriss ihm ihre Hand. „Natürlich! Das verstehe ich ja alles. Aber …“

„Ja – eben. Also“, murmelte er sichtlich verletzt. „Ich meine, wie würden wir es denn dann mit Andy machen? Wer würde auf ihn aufpassen? Abgesehen davon, dass ich nicht will, dass er in einer Welt aufwächst, in der lauter Dinge zählen, die mir nicht wichtig sind.“

„Dir – nicht wichtig sind?“, fauchte sie böser als sie wollte und schaute ihn entrüstet an.

„Ja, Geld, Ansehen, schicke Klamotten, im richtigen Sportclub sein etc.“

„Ha. Ha. Ha. Bin ich so für dich?“

„Nein, natürlich nicht, aber das meine ich nicht. Ich rede von der Schule und seine künftigen Klassenkameraden.“

„Na, da bin ich aber froh“, gab sie spitz zurück.

„Ich dann auch. Und außerdem will ich selbst nicht in London leben. Ich bin ein Landmensch. Schau, wie schön es hier ist! Die frische Luft, die Wiesen und Felder, das Meer ...“

„Ja, das sehe ich. Es ist wirklich wunderschön hier. Aber ich – ich kann doch nicht aus London weg! Wie stellst du dir das denn vor?“ Fassungslos starrte sie ihn an. Hatte er sie nie ernst genommen? Hatte er nicht begriffen, wie viel ihr am *Other Lovestories* lag? Dass es ihr Lebenswerk war, mit dem sie sich aus allem, was Stuart angerichtet hatte, herausziehen wollte? Wie wichtig es ihr war, finanziell unabhängig zu sein und für sich selbst sorgen zu können? Wie viel Arbeit und Liebe in dem Laden steckte.

Joseph schwieg. Lange, sehr lange. Im Kerzenschein sah sie, dass er auf seiner Unterlippe herumnagte und die Hände ineinander krallte. „Ich – ich weiß es ehrlich gesagt nicht“, gestand er kleinlaut. „Ich habe immer gedacht, dass die Lösung einfach zu uns kommt.“

„Du hast gedacht, dass ich hierherziehe, nicht wahr?“, fragte sie mit einer plötzlich unterkühlten Stimme.

„Vielleicht, ja“, gestand er.

Wortlos schüttelte sie den Kopf und starrte zu den Sternen hinauf. Es wunderte sie nicht, dass auch von dort keine Antwort zu ihren Füßen fiel.

„Helen, es tut mir leid. Ich habe es gehofft, aber die Frage einfach verdrängt. So wie du gehofft hast, dass ich nach London komme. Die Zeit dort mit dir war so wunderschön, aber ..."

„Was? *War*? Und was *aber*?"

„Ist!", verteidigte er sich aufgebracht. „Ich meinte, aber jetzt sind Ferien, wir sind frisch verliebt, es ... ach! Müssen wir das jetzt klären?"

„Ja, ja. Schon gut. Wir werden es jetzt ohnehin nicht klären können, das wäre ja auch zu einfach", antwortete sie kraftlos. „Es ist ja immerhin einfacher für dich, weil du von überall arbeiten kannst und Andy noch nicht mal in die Vorschule geht. Und anscheinend hast du die Zeit in London ohne Kind ja auch genossen."

Seine Augen wurden schmal. An seinem Adamsapfel konnte Helen erkennen, dass er schluckte, bevor er kaum hörbar sagte er. „Das stimmt nicht. Ich dachte, du weißt das. Ich bin wegen dir viel länger in London geblieben, als ich vorhatte. Weil ich jede Minute genossen habe. Weil es wunderschön war, und ist! Aber wenn ich dich nicht kennengelernt hätte, wäre ich viel öfter zu Andy gefahren, das muss dir doch klar sein! Meinst du, ich würde ihn sonst wochenlang bei meinen Eltern lassen? Meinst du, er fehlt mir nicht? Und meinst du nicht, dass es für meine Eltern eine enorme Belastung ist, Tag und Nacht auf ein kleines Kind aufzupassen?"

Ein kalter Schauer lief über Helens Rücken. Auch sie schluckte trocken und suchte nach einem neutralen Punkt, den sie ansehen und bei dem sie sich vor Josephs verletzten und gleichsam anklagenden Blick verstecken konnte. Sie fand jedoch keinen. Stattdessen schien alles um sie herum zu wanken und zu schwanken. Was er sagte, ergab durchaus Sinn, so viel konnte sie erkennen. Nur passte es überhaupt nicht in das Bild, das sie sich von ihm und von ihrer gemeinsamen Zukunft erträumt hatte. Was war nur mit ihr los gewesen? Mit einem lauten Krach fiel der Traum von einem gemeinsamen Leben wie ein blinder Spiegel von der Wand und zerschellte in tausend Splitter.

Eine Weile schwiegen beide und starrten in den Sternenhimmel, über den immer schwerere Wolken zogen.

„Wo würdest du denn deine Kinder großziehen wollen?“, fragte er schließlich mit versöhnlich sanfter Stimme und versuchte ihre Hand zu nehmen.
„Meine Kinder?“, fragte sie überrascht. „Welche Kinder denn?“ Etwas geschah in ihr, von dem sie selbst nicht erklären konnte, was es genau war und woher es kam. Hass. Hass und Wut, und so stark, dass sie zu zittern begann.

„Nun, die ... uns..." Er schluckte beim Anblick ihres zu einer Grimasse verzerrten Gesichts.

„Welche. Kinder“, wiederholte sie. „Georgie? Georgie ist tot!“, schrie sie und sprang auf „Tot!“

Auch er sprang auf und versuchte, sie zu beruhigen. „Ich weiß, Liebes, ich weiß“, flüsterte er. „Es tut mir unendlich leid. Aber Andy – und vielleicht werden wir eines Tages ...?“

Er ließ den Satz unvollendet und sie ließ ihn nicht mehr zu Wort kommen, als sie ihm scharf den Atem abschnitt: „Dazu müssten wir ja erst einmal zusammenwohnen können. Und abgesehen davon, bist du immer noch verheiratet! Und das nicht mit mir!“

Brodelnd vor Wut drehte sie sich zur Seite und presste die Faust an den Mund.

„Ja – ich weiß. Helen, da ist noch etwas, was ich dir schon seit Tagen sagten wollte ...“, begann er zögerlich. „Aber dann war ich hier, und es ist immer etwas dazwischengekommen.“

„Ach ja? Und was wäre das?“, fragte sie schnippisch.

„Alexa – nun, sie will im Herbst hierher kommen …“

„Waaas?“, japste Helen, riss den Mund sperrangelweit auf und starrte ihn entsetzt an. „Und wann, bitte schön, wolltest du mir diese nicht unwesentliche Neuigkeit mitteilen?“, fragte sie gepresst ruhig, bevor sie blitzschnell zischte. „Kein Wunder, dass du hier nicht weg willst!“

Völlig ziellos stürmte sie aus dem Garten, riss sich immer wieder von Joseph los, der „jetzt warte doch“ rief und immer wieder versuchte, ihre Hand zu fassen. Sie schlug ihn weg, bis er endlich von ihr ließ und sie zum Strand laufen konnte. Es war dunkel und es war kalt. Draußen wie in ihr drin.

Eine Zeit lang dachte sie, dass Joseph in einigem Abstand hinter ihr wäre und sich ebenfalls auf den kalten Sand setzte. Dort weinte und schluchzte sie bitterlich. Ihr Körper zuckte und krümmte sich in Höllenqualen. Sie weinte, bis keine Tränen mehr kamen und ihr Kopf dröhnte.

Als sie völlig verheult und durchfroren aufstand und aus Mangel an Alternativen den Rückweg zu Josephs Haus antrat, war er nirgends zu sehen. Stattdessen fand sie ihn mit auf dem Bauch verschränkten Armen und geschlossenen Augen auf der Couch liegen, als sie durch die angelehnte Terrassentür ins Wohnzimmer trat.

Eine Weile schaute sie ihn stumm und mit der Taubheit einer tödlich Verletzten an. Da lag er, der Mann, der die Liebe ihres Lebens hätte werden können. Alles war so wunderschön, so einzigartig gewesen. Alles hatte sich so aufrichtig und ehrlich angefühlt. So hell und bedeutsam. Und doch war alles nur wieder Lug und Trug gewesen. Er hatte sich noch nicht einmal Gedanken über eine gemeinsame Zukunft gemacht! Sie hatte doch schon einmal alles verloren: den Verlobten, den Glauben an die Liebe und ihren ungeborenen Sohn. Er hingegen … Hatte er überhaupt etwas verloren? Er vermisste seine Frau und Andy seine Mutter nicht. Wo war also der Schaden für ihn!

Wie dumm sie gewesen war! Wie hatte sie sich nur auf jemanden einlassen können, der noch verheiratet war und so weit weg wohnte. Sie hatte sich einfach selbst getäuscht.

Verächtlich schüttelte sie sich.

Nicht genug damit, dass er stillschweigend davon ausgegangen war, dass sie ihr Leben und ihr Werk in London aufgeben würde. Nein, er musste auch hinterrücks Kontakt zu seiner Frau haben, von der er ihr weisgemacht hatte, sie stünden kurz vor der Scheidung! Dabei war sie so gut wie auf dem Weg hierher! Wenn er sie wieder haben konnte, dann wollte er natürlich nicht nach London ziehen. Wozu auch! Wie dumm von ihr, dachte sie voller Selbsthass. Wie unsagbar dumm. Was ging in Männern bloß vor, dachte sie nicht zum ersten Mal in ihrem Leben, doch diesmal waren die Verbitterung und Verzweiflung radikaler als alle Male zuvor.

Sie wollte ihn nicht mehr sehen und nicht mehr sprechen. Abgesehen davon gab es auch nichts mehr zu sagen. Die Internetseite von British Rail verriet ihr, dass der erste Zug nach London um kurz nach fünf Uhr ginge. Das war in weniger als zwei Stunden. So leise sie konnte, packte sie durch den Tränenschleier und mit zombiehaften Bewegungen im Schein ihres Handydisplays ihre Sachen in die Reisetasche und rief ein Taxi. Sie wusste, dass er wach war und sie hörte. Kurz überlegte sie, ob sie etwas zu ihm sagen oder ihm eine Nachricht hinterlassen sollte. Doch es gab nichts, was sie noch hätte sagen können. Es gab keine Zukunft. Zu unbegreiflich war das, was binnen weniger Stunden zerbrochen war.

Und abgesehen davon, könnte ja auch er etwas zu ihr sagen.

~Einundzwanzig~

Irgendwann würde sie ohne Joseph klarkommen, das wusste sie. Sie war stärker als die Liebe und der Schmerz. Auch das wusste sie, ebenso wie, dass sie auf Dauer nicht ohne ihre Freundinnen und nicht ohne eine Aufgabe, die sie erfüllte und von der sie sich selbst ernähren konnte, klarkommen würde. *Kein Kellerloch mehr, nie mehr. Noch ein paar gute Monate und sie konnte endlich ausziehen. Nie wieder alles verlieren und bei Null anfangen. Niemals würde sie sich wieder finanziell auf einen Mann verlassen und sich von ihm abhängig machen. Niemals. Nie wieder. Einmal war genug. Nur Idioten lernten nicht aus ihren Fehlern!*

Das waren ihre Gedanken, als sie im Morgengrauen in den schmalen, blauen Sitz fallen ließ, den Kopf an die Fensterscheibe lehnte und noch immer nichts außer dumpfer Betäubung fühlte. Ihre Seele war vereist. Sie spürte nur noch ein Ziehen und Drücken in ihrer Brust. Apathisch starrte sie die ganze Fahrt über aus dem Fenster. Helen spürte und fühlte auch dann noch nichts, als sie aus dem Zug stieg, zur Bushaltestelle ging, in den Bus stieg und sich über die sonntäglich leeren Straßen ihrer Wohnung näherte. London war wie ausgestorben; tot wie ihre Seele. Wo war nur das Leben, wo waren all die Leute? Wo war die Freude, wo war die Sonne? Sie würde sich duschen, anziehen und Claire und Mina im Laden überraschen. Aber was würde sie sagen, warum sie schon zurück war? Egal, irgendetwas würde ihr schon einfallen, dachte sie noch, wild entschlossen, sich in keiner Weise von der Trennung beeinflussen zu lassen, als sie den Haltestellen-Wunsch-Knopf drückte und sich an der Stange hochzog. Und innehielt. Die Augen schloss, weil ihr mit einem Mal schwindelig war. *Ruhig durchatmen. Einen Schluck Wasser trinken. Aussteigen.* Da, bitte, ging doch.

Es ging, aber nicht gut. Denn je näher sie ihrer Wohnung kam, desto langsamer schlug ihr Herz. Desto näher schien ihr der Boden und desto grauer und drückender der Himmel. Und als sie die Treppen zur Haustür hinabging, aufschloss und von einer Stille empfangen wurde, die sich wie ein klammes Tuch um sie legte und zu Boden zog, da sah und hörte sich nichts mehr. Aber sie fühlte. Der Schmerz brach in ihr auf wie eine eitrige Wunde und mit einem lauten, erstickten Schrei aus ihr heraus. Mit letzter Kraft und Geistesgegenwart trat sie die Tür zu und sank zu Boden. Dort blieb sie liegen. Sehr lange. So lange, bis ihre Tränen versiegten, ihr Kopf zum Zerbersten schmerzte und ihr Körper vor Kälte taub war.

Am Stuhl zog sie sich hoch, trank nach Eisen und Metall schmeckendes Wasser direkt aus der Leitung, schluckte zwei Schmerztabletten und ließ sich vollständig bekleidet, nur ohne Schuhe, aufs Bett fallen. Dort blieb sie liegen, bis der Schmerz ihrer vollen Blase schlimmer war als der ihres leeren Herzens.

Danach weinte sie weiter.

Sie war tot. Lebendig tot. Das hier war schlimmer als beim letzten Mal. Schlimmer als mit Stuart. Denn diesmal war sie selbst schuld. Zumindest ein bisschen. Aber nicht wirklich.

Warum nur liebte Joseph sie nicht genügend? Wenn er sie mehr lieben würde, so sehr wie seinen Sohn, dann würde er nach London ziehen, wo er alles hatte. Wo sie war. Von wo sie nicht wegkonnte. Wenn er sie lieben würde, hätte er mehr Mitleid mit ihr. Dann würde er alles tun, um ihren Verlust und Schmerz zu heilen. Aber er hatte sie gehen lassen. Er liebte sie nicht.

Gut, *sie* war gegangen. Vielleicht war das nicht gut. Vielleicht war er wütend. Vielleicht tat es ihm weh. Aber er hatte sie mehr verletzt. Er hatte ihr keine Wahl gelassen. Vielleicht würde er sich ja noch melden.

Aber er meldete sich nicht. Nicht bis zu diesem und auch nicht bis zum nächsten Abend.

Zwei Tage verbrachte Helen allein in ihrer Wohnung. Sie aß nicht, trank nur ein paar Schlucke Leitungswasser und steckte noch immer in der Kleidung, mit der sie aus Wales zurückgekommen war. Sie lud ihr Handy, rief mal wie besessen, dann wieder Stunden lang gar nicht, ihre Nachrichten ab. Doch egal, was sie tat: der Posteingang blieb leer.

So leer und tot wie sie es war. Nur der Schmerz und die Qualen zeigten ihr, dass sie noch lebte. Aber das wollte sie nicht mehr. Für niemanden. Es war sinnlos. So sinnlos. Einzig das *Offline and other Lovestories* und ihre Freundinnen gaben ihr noch Sinn, wenn auch wenig.

Claire und Mina gingen davon aus, dass sie bis Dienstag in Wales bleiben wollte. Nun war schon Abend und sie wusste, dass sie sich zurückmelden sollte. Dass sie zur Arbeit gehen sollte. Aber sie konnte nicht. Jedes Mal, wenn sie das Handy nahm, um anzurufen oder eine Nachricht zu schreiben, fiel ihr nichts ein, ihre Stimme versagte und sie legte das Handy wieder beiseite.

Es war einfach alles so schwer, so leer und so sinnlos.

Oh Joseph! Wenn er sich nur endlich melden und erkundigen würde, wie es ihr ginge. Warum sie abgereist sei. Oder wenn er einfach sagen würde, dass er mit Andy nach London zöge, ihre Situation verstünde und dass Alexa doch nicht käme. Oder dass er sie hasste.

So weinte sie sich um weit nach Mitternacht in den Schlaf, aus dem sie am Mittwochmorgen durch lautes Klingeln, Klopfen und Rufe gerissen wurde.

Mina und Claire. Wer sonst.

Mit schmerzenden Gliedern und einem tobenden Kopf richtete sie sich auf, taumelte die wenigen Schritte zur Tür, steckte ihren Kopf hinaus und heulte: „Was wollt ihr? Geht weg, geht weg! Es ist alles sinnlos. So sinnlos!“, rief sie, dann brach sie erneut zusammen, diesmal allerdings auch vor Schwäche.

Mina und Claire wären nicht ihre besten Freundinnen gewesen, wenn sie sich von den Worten oder dem üblen Geruch, den Helen inzwischen verströmte, hätten verscheuchen lassen.

„Nichts da", entschied Claire energisch. „Erst mal musst du was trinken, das sehe ich an deinen Augenringen und das rieche ich an deinem Atem. Und gegessen hast du wohl auch nichts, oder?"

Helen bewegte ihren Kopf, was entfernt wie ein Nicken aussah.

„Okay. Und dusch dich! Du stinkst wie ein Wildschwein im Wald."

Wenn Helen nicht so leblos gewesen wäre, hätte sie bestimmt gelacht. So aber schämte sie sich nicht einmal.

„Koch du Tee, Claire, und ich hole Nahrung", sagte Mina, die blitzschnell die desolate Lage in der Küche erkannte.

„Ich dusche lieber gleich", flüsterte Helen, denn so hätte sie noch ein wenig mehr Zeit für sich alleine. Zeit, die sie dringend brauchte, um ihre Gedanken zu sortieren. Was sollte sie ihren Freundinnen denn nun sagen? Die Wahrheit. Natürlich. Aber ... Sie hatte kein gutes Gefühl dabei.

Das ungute Gefühl hatte sie nicht getrogen, als sie nach Apfelduschgel duftend und noch feuchtem Haar in ihre winzige Küche tappte. Dort saßen Mina und Claire schon am Tisch, den sie liebevoll (soweit das in ihrer Wohnung möglich war) gedeckt hatten. Neben Tee hatten sie auch frisch gepressten Orangensaft, Joghurt, Bagels, Muffins, frisches Obst und Eier im Angebot.

„So, iss und trink erst mal", forderten die beiden sie auf und schoben ihr die vollen Teller hin. Mit einem Mal spürte Helen, wie durstig und hungrig sie war.

Danke murmelnd griff sie heftig zu. Nachdem sie die Eier, einen Bagel sowie drei Scheiben Toastbrot verzehrt hatte und sich nun den Vanillejoghurt über die frischen Erdbeeren goss, platzte es aus Mina heraus:

„Du siehst ja, mit Verlaub gesagt, richtig beschissen aus. Los, sag schon! Was ist passiert?“, stieß sie hervor, presste die Handflächen auf den Tisch und streckte ihren Kopf so weit zu Helen vor, dass sie ihr eine Erdbeere vom Löffel schnappen hätte können, wenn diese nicht gerade der Erdanziehungskraft gefolgt wären.

„Wie … was passiert ist?“, stammelte Helen.

„Ja.“

„Ähm … Es … ist nicht so leicht“, begann sie.

„Wie lange bist du denn überhaupt schon wieder da?“, fragte Claire dazwischen.

„Seit Sonntag in der Früh …“

„Seit – Helen! Was war denn?“

Anfangs kostete es Helen viel Mühe, das, was passiert war, in Worte zu fassen.

„Hm. Das ist ja ein schöner Mist“, stellte Mina sachlich trocken fest, als Helen, von zahlreichen Tränen unterbrochenen, zu Ende erzählt hatte.

„Das kannst du laut sagen“, stöhnte Claire und stützte die Stirn in die flache Hand.

„Ja, und jetzt kommt noch dazu, dass er sich einfach nicht bei mir meldet“, seufzte Helen und ließ die Schultern hängen.

„Nun ja, das kannst du ihm doch nicht allen Ernstes verübeln!“, rief Claire und starrte sie aus weit aufgerissenen Augen an.

„Ja … aber … Er ist … doch …“, setzte Helen an, verstummte dann aber.

„Süße“, fuhr Claire fort, während Mina weiter schwieg, „Kein Mann, auf den eine von uns was halten würde, würde dir jetzt noch nachlaufen.“

Vor Entsetzen sog Helen tief Luft ein. „W... was?“

„Nein. Im Ernst. Wird er nicht. Warum auch. Sorry, wenn ich dir zu direkt und zu ehrlich bin. Aber was anderes bringt uns nicht weiter. Du denkst, er soll dir nachlaufen und dich heilen und dir den Himmel zu Füßen legen, wenn du ihn nicht mal ausreden lässt und einfach bei Nacht und Nebel abhaust. Hast du dir schon mal überlegt, wie es ihm jetzt geht?“

Helen schwieg und wich den Blicken der Freundinnen aus. Mit den Fingernägeln fuhr sie über die Rillen in der Tischplatte und fand keine Worte. Nach einer Weile murmelte sie: „Selbst wenn. Ich weiß es nicht. Seine Frau kommt ja bald, und dann ist bestimmt wieder heile Welt.“

„So ein Unsinn! Wie kommst du denn darauf!“, brauste Claire auf. „Hat er das gesagt?“

„Nicht direkt ...“, wich Helen aus, die sich mehr Unterstützung von ihrer Freundin erwartet hätte.

„Aber?“

„Aber ich weiß es einfach! Alle Männer sind so! Stuart war ...“

„Stuart! Immer noch Stuart!“, plärrte Claire los, schlug mit der flachen Hand auf den Tisch und sprang auf. „Ich kann den Namen nicht mehr hören! Ich kann einfach nicht mehr. Seit Jahren jammerst du uns mit ihm, und mit dem, was er angerichtet hat und was er in dir zerstört hat, die Ohren voll.“

Helen wurde kreidebleich und starrte ihre, vielleicht ehemalige, Freundin wie den Teufel persönlich an. Die aber war noch nicht fertig.

„Claire – hör auf!“, versuchte Mina zu vermitteln.

„Nein! Ich höre nicht auf! Seit Jahren leidest du, Helen. Seit Jahren. Ja, das was dir passiert ist, ist ohne Zweifel schrecklich. Und das tut mir sehr leid für dich. Aber du kannst *nicht* bis an dein Lebensende darauf herumreiten und als Opfer durchs Leben rennen. Aber genau das tust du! Du brauchst diese Scheiß-Geschichte schon, damit es dich überhaupt noch gibt! Du suhlst dich in deinem Elend und erwartest, dass andere dich bemitleiden. Hör endlich auf damit! Fragst du dich überhaupt, wie Joseph, oder ein anderer Mann jemals neben deinem Jammer bestehen soll? Oder Andy, oder deine zukünftigen Kinder neben Georgie?“, plärrte sie, puterrot im Gesicht und vor Wut zitternd.

Das war genug. Mehr als genug. Während Mina sich ängstlich im letzten Eck versteckte, blähte Helen sich zu einer drohenden Amazone auf.

„Raus“, zischte sie und zeigte mit dem ausgestreckten Arm auf die Tür.

Mit einem wilden Ruck riss Claire ihre Tasche an sich, die Tür auf und stürmte hinaus.

Raus war das letzte Wort, das für lange Zeit zwischen den beiden fiel.

„Hey“, wisperte Mina beschwichtigend. „Das ist wohl alles ein bisschen viel für uns alle. Es tut mir jedenfalls unendlich leid, was passiert ist.“ Mit diesen Worten schloss sie Helen in die Arme und drückte sie so lange, bis deren Anspannung nachließ. „Mach dich in Ruhe fertig. Ich gehe jetzt dann schon mal vor. Bis du kommst, hat Claire sich bestimmt schon beruhigt.“

„Die sich vielleicht! Aber ich nicht!“

Mina seufzte und legte den Kopf zur Seite. „Ach Helen ... Gib dir Zeit, ja? Und lass dir im Laden bitte nichts anmerken, okay?“

„Ich – sag mal, für wen hältst du mich denn! Natürlich nicht!“, beteuerte Helen und richtete sich auf wie ein Pfau, der gerade ein Rad schlug. Niemand konnte ihr etwas anhaben, niemand. Sie war stärker als alle und der Laden war, neben nun nur noch Mina, das einzige, wofür es sich zu leben lohnte.

~Zweiundzwanzig~

So unerträglich es für Helen auch war, nach wie vor jeden Tag mehr als ein Dutzend Exemplare von „Tränen auf Rosenblüten“ zu verkaufen, so freute sie sich zumindest über den finanziellen Gewinn. *Wenigstens etwas!*, dachte sie bitter, und war froh, dass sie den Nachschub direkt bei der Druckerei bestellen konnte. Natürlich wäre eine Buchbestellung eine gute Ausrede gewesen, mit Joseph Kontakt aufzunehmen. Aber wozu? In ihrem Inneren war alles verschüttet und verbaut. Sie konnte keinen Ausweg und kein Licht mehr sehen. Da half es auch nichts, dass Mina zu ihr kam und genau diesen Weg vorschlug: „Bestell doch ein paar Bücher, nimm das als Aufhänger, wenn es dir sonst schon so schwerfällt, über deinen Schatten zu springen“, versuchte sie es auf ihre sanfte Art.

„*Über meinen Schatten springen?*“, wiederholte Helen ungläubig. „Fängst du jetzt auch noch damit an, oder was?“

„Nein! Um Himmels willen, nein. Aber meinst du nicht, Claire hat ein wenig recht?“

„Hmpf“, war das Erste und für mehrere Atemzüge das Letzte, was Helen dazu zu sagen hatte. Nach einem inneren Kampf überwand sie sich zumindest so weit, zuzugeben, dass dies der Fall sein könnte. „Okay, vielleicht. Aber selbst wenn – oder gerade wenn – dann kann ich mich ja erst recht nicht melden, weil ich eben über Stuart und Georgie nicht weg bin. Und nicht wegkomme“, stieß sie mit einem bitteren Seufzer hervor.

„Ach Helen“, seufzte auch Mina, jedoch ohne Bitterkeit, dafür aber mit wachsender Verzweiflung. „Aber es muss doch einen Weg geben. Ich meine, schau, stell dir vor, was du haben kannst, wenn du das endlich loslässt. Ablegst. Hinter dir lässt!“ Ihre Stimme war immer lauter geworden und zum Schluss warf sie ihre Hände ungeduldig in die Luft.

„Ja!“, fauchte Helen genervt. „Ja. Aber wie? Sag mir das!“

„Hat Jo– Joseph dir nicht mal eine Übung gezeigt?“

„Hm? Wer? Ja. Schon. Aber ...“

„Aber?“, drängte Mina.

„Aber mir fehlt die Zeit. Wann soll ich das machen?“

„Jetzt. Sofort. Helen, komm! Und wenn du das Gefühl hast, es wird besser, dann meldest du dich bei ihm, okay?“

„Ich weiß nicht. Ich bin ja schon mal gescheitert.“

„Und warum?“

„Weil – ich auch keine Zeit hatte! Oder weil es einfach nicht hilft.“

„Oder weil du ...“ Helen sollte niemals herausfinden, was Mina hatte sagen wollen, und vielleicht war das auch gut so, denn in diesem Augenblick zerriss ein ohrenbetäubender Schrei die angenehm leise Atmosphäre im *Other Lovestories*. „Gala am dritten Oktober!“, plärrte Claire in einer von ihr noch nie gehörten Laustärke. „Endausscheidung! Wir sind in der Endausscheidung!“ Wie eine Verrückte, die von zehn Taranteln gleichzeitig gebissen worden war, hüpfte sie durch den Laden, auf Mina und Helen zu, fiel aber nur der Ersten richtig, der zweiten immerhin angedeutet um den Hals.
Von diesem Moment an war Joseph endlich zweitranging und Helen war unendlich froh, sich nicht mit ihrem Anteil an dem Scheitern der Beziehung auseinandersetzen zu müssen. Zwar hörte sie ab und an eine dünne, schüchterne Stimme in sich flüstern, dass sie immer alles verdrängen und aufschieben und am Ende entsetzlich einsam sein würde, doch da seit dem Eintreffen der Einladung zu der Gala das Arbeitsvolumen in ungeahnte Höhen schoss, war an Einkehr und Umkehr nicht zu denken.

Neben den auf sie hereinströmenden Interview-Anfragen und Foto-Terminen für Berichte und Porträts in Zeitschriften und sogar einer lokalen Fernsehshow, kehrten nämlich zudem sämtliche Stammgäste aus ihren Sommerurlauben in ihr zweites Wohnzimmer, das *Offline and other Lovestories* zurück. Da galt es, an allen Ecken und Enden Schwätzchen zu halten, die neuesten und meistversprechenden Bücher zu finden und empfehlen, sich Lob und Kritik zu den im Liegestuhl verschlungenen Seiten anzuhören. Obendrein mussten die frischen Farben der Sommerdekoration wärmeren Herbstfarben weichen, die nicht verkaufte Strandlektüre musste zurückgeschickt oder eingelagert werden, um Platz für kuschelige warme Kamin-Wälzer zu machen. Eine schier endlose Anzahl an Titelvorschlägen von Indie-Autoren traf ein und es galt, die Bücher zu prüfen, zu lesen und gegebenenfalls zu bestellen. In den Abendstunden mussten Lesungen und Veranstaltungen bis Weihnachten organisiert werden – kurzum: Es gab mehr als genug zu tun, um Joseph tatsächlich über weite Strecken des Tages zu vergessen. Überdies erfand Helen eine glorreiche Flirt-und-Dating-Party, die sie unter dem Namen „Meet your fictional Boyfriend" bewarb und deren sämtliche Tickets binnen sechs Stunden ausverkauft waren. Zu dieser Single-Party musste jede Frau und jeder Mann eine bekannte Romanfigur auswählen, als die er, beziehungsweise sie, sich am Abend verkleiden würde. Das Ziel dabei war es, in dem Getümmel aus historischen, modernen und futuristischen Figuren seinen fiktionalen Partner zu finden, der mit ein wenig Glück auch der Partner fürs – wirkliche – Leben werden sollte. Sollte sich jedoch niemand für die zu einem passende Gegenrolle entschieden haben, blieben immer noch interessante Begegnungen, wie beispielsweise die zwischen einem der zahlreichen Christian Greys mit den zahllosen Elizabeth Bennets, die ohne ihn bis an ihr Lebensende vergeblich auf ihren Mr. Darcy warten müssten. Diese Paarungen waren erheiternd, aber nicht so verwirrend wie die vielen Anmeldungen als *Romeo* und *Julia. Aber vielleicht ist ein kurzes, glückliches Leben besser als ein langes, dafür aber trauriges,* dachte Helen und wischte sofort wieder jeden Gedanken an Joseph beiseite und konzentrierte sich umgehend und ausschließlich wieder auf den Geschäftserfolg. Denn den konnte sie wenigstens selbst beeinflussen!

Endlich klingelte die Kasse richtig, die Räume waren an fünf Tagen pro Woche auch abends ausgelastet. Das Dumme war nur, dass sie dieses Highlight der Londoner Veranstaltungen nicht mehr für den Wettbewerb melden konnten. Dabei war Helen sich sicher, dass er ihnen den, möglicherweise, entscheidenden Vorteil gebracht hätte. *Verdammt!*, dachte sie immer wieder, denn inzwischen wollte sie nichts mehr als den Preis zu gewinnen. Ja, der Geschäftserfolg, die Presse- und lobenden Bloggerbeiträge waren das geworden, wofür Helen lebte. Arbeitseinsatz und Leistung, Ruhm und Geld, das war alles, was für sie in diesen Wochen zählte und was ihr half, die Kälte und das Gewicht der Einsamkeit nur selten zu spüren.

Der August ging in den September über und damit flog Mina nach Sardinien, um endlich Marcus nach seinem soeben beendeten, mehrwöchigen Projekt in Rumänien wiederzusehen. So sehr Helen sich für sie freute, so sehr graute ihr davor, mit Claire alleine zu sein. Ein Glück, dass sie so viel mit der Eröffnung des Schuhschachtelladens zu tun hatte und dass mittlerweile genügend Angestellte bei ihnen arbeiteten, denn andernfalls hätte sie die Zeit gewiss nicht überlebt.

Es schmerzte sie weit mehr, als sie sich selbst eingestehen wollte, dass Claire und sie nur das Nötigste miteinander sprachen, aber damit musste sie leben. Denn das, was Claire ihr an den Kopf geworfen hatte, war eine einzige Frechheit. Nach wie vor.

Dass Joseph sich nicht meldete, akzeptierte sie irgendwann. Sie hatte sich eben in ihm getäuscht; es wäre ja auch zu schön gewesen, wenn er tatsächlich wie sein Held Tim wäre. Das Loch, das er in sie gerissen hatte, war mit nichts zu füllen. Dennoch gab es Tage, an denen sie versucht war, ihn anzurufen, ihm eine SMS oder E-Mail zu schreiben, doch dann ließ sie es ein ums andere Mal wieder bleiben. Was sollte sie auch sagen? Dass sie zu ihm ziehen würde, war ausgeschlossen. Dass sie Stuart nicht mehr liebte, reichte ihm nicht. Dass die Gefahr nicht bestand, ihn und Andy zu verlieren, konnte sie nicht behaupten, denn schließlich hatte er bereits das Gegenteil bewiesen. Sie wollte sich nicht vorstellen, wie mörderisch der Schmerz wäre, wenn die Trennung erst nach ein paar Jahren des Zusammenlebens passiert wäre. Wenn sie Andy bereits im Arm gehalten hätte. Wenn sie so etwas wie eine Familie geworden wären; zumindest ansatzweise. Nein, das wollte und konnte sie sich nicht vorstellen. Eindeutig war es Joseph, der sich für seine Unterstellungen entschuldigen musste, ebenso wie Claire. Und Stuart! Aber heutzutage entschuldigte sich ja niemand mehr.

Ich brauche euch nicht! Ich schaffe das alleine!, dachte sie und merkte nicht, dass ihre Kleidung wieder einfarbig, ihre Lippen schmal und ihr Gesicht wieder fahl geworden waren.

Dann kehrte Mina Mitte September noch strahlend schöner von ihrer Reise zurück, als sie es bei der Abreise schon gewesen war, was Helen einen spitzen Stich versetzte. Warum war es nur für sie *ein gutes Zeichen* gewesen, dass an dem Tag der ersten Lesung gleich zwei Männer in das *Offline and other Lovestories*, kamen? Warum war sie wieder vom Glück ausgeschlossen worden?

„Endlich, die Letzte, alle Tickets verkauft“, seufzte Helen, während sie eine weitere Elizabeth auf die Gästeliste für die nächste Kostümparty setzte. Mit einem professionellen Lächeln sah sie auf, nahm nickend eine Ausgabe von „Tränen auf Rosenblüten“, scannte den Titel. „Das macht dann 7.99 £", sagte sie leise zu der Käuferin, die zum ersten Mal in dem Laden sein musste.

„Ist das die letzte signierte Ausgabe?“, fragte diese mit einem matten Glanz in den Augen.

„Die letzte …“ Helen schluckte, schlug das Buch auf und sah Josephs Signatur. *J. Travers* stand da in seiner energischen Schrift. „Ich glaube, ja. Sie sind ein echter Glückspilz! Viel Freude beim Lesen. Und – Moment, bitte, hier“, sagte sie mit einer merkwürdigen schweren, beklommenen Stimme und schenkte der Dame ein Päckchen, in dem alle Papiertaschentücher mit bunten Stiefmütterchen bedruckt waren. „Das werden Sie bestimmt gut gebrauchen können.“

„Na du?“, fragte Mina einfühlsam, die neben ihr stand. Was ist eigentlich los mit dir? Denkst du noch an ihn?“,

„An wen? An Joseph?“

„Ja.“

„Nein. Ja. Natürlich. Aber ach – das bringt doch alles nichts!“, versuchte Helen, das Thema umgehend zu beenden.

„Hm“, machte Mina nachdenklich mit einem Blick auf die Uhr. „Zehn vor eins. Was meinst du – wollen wir mal wieder zusammen Mittag machen? Das Wetter ist noch mal richtig schön und mild geworden heute.“

„Oh – ja. Warum nicht! Ja, gerne. Ich habe ohnehin schon einen Bärenhunger“, stimmte Helen nach kurzem Zögern freudig zu. Es war Wochen her, dass sie zuletzt mit einer Freundin, also Mina, Zeit alleine verbracht hatte.

„Dann nichts wie los. Ich hole uns schnell zwei Ciabattas, okay?“, schlug diese eifrig vor.

„Prima. Für mich bitte eins mit Ziegenkäse und Feigen.“

Mina lachte und kehrte kurz darauf später mit dem Lunchpaket zurück.

Gemeinsam machten sie sich auf den kurzen Weg in einen der vielen winzigen Parks, die in der Gegend zu finden waren.

Wie die Zeit vergeht ... verrinnt, dachte Helen wehmütig. *Die Blätter sind schon rot und golden, und als wir den Laden eröffnet haben, blühten gerade die Tulpen ... Man kann eben nichts aufhalten, die Zeit nicht und die Liebe auch nicht.*

„Hör mal“, nahm Mina den Faden wieder auf, als sie nebeneinander auf einer Parkbank saßen und einem Eichhörnchen dabei zusahen, wie es eifrig Vorräte für den langen Winter suchte.

„Hm?“, machte Helen und biss genüsslich in ihr Brot.

„Das mit Claire und dir ...“, begann sie vorsichtig.

„Was?“, murrte Helen unwirsch und schaute dem Eichhörnchen nach, das gerade einen Baumstamm hinaufhuschte.

„Hast du denn mal drüber nachgedacht, was sie gesagt hat?“

„Mina ...“, seufzte Helen und wäre am liebsten aufgestanden und davongelaufen. Doch da sie nicht auch noch ihre letzte Freundin vergraulen wollte, fragte sie leise. „Was?“

„Ich meine, das mit dem Groll. Und dem Loslassen.“

Helen erstarrte. Vor aufwallender Wut hörte sie das Blut in ihren Adern rauschen, und so presste sie die Hände auf die Sitzfläche und zählte bis zehn, bevor sie antwortete. „Ja“, schwindelte sie, um noch mehr Streit zu vermeiden, doch Mina ließ nicht locker.

„Ja? Im Ernst?“, fragte Mina überrascht zurück und sah sie mit hoffnungsfrohem Blick von der Seite an. „Wäre es denn nicht schön und befreiend, wenn du nicht mehr an *den schlechten Tag* denken würdest? Wenn sich dir bei einem Gedanken an Stuart nicht der Magen zusammenziehen würde und du dreinschaust, als hätte dich gerade genau dort eine eiserne Faust getroffen?“

Helens Ohren klingelten, sie zitterte am ganzen Körper, allerdings gelang es ihr, nach außen weitgehend ruhig zu bleiben. „Sicher“, sagte sie langsam und starrte auf die Blätter, die gerade vor ihr zu Boden gefallen waren.

„Ja, also!“, rief Mina verständnislos und lehnte sich abwartend ein Stück von ihr weg, um sie genauer sehen zu können.

Was, ja also? Natürlich wäre das schön, aber wie sollte das gehen! Das hatte ihr noch niemand gesagt, und das konnte ihr wohl auch niemand sagen. Denn das Letzte, was sie verkraften würde, wäre, wenn Mina ihr nun, wohlmeinend, einen Chakren reinigenden Yoga-Kurs vorschlagen würde. Sollte dieser nicht ganz unwahrscheinliche Fall eintreten, könnte sie für nichts garantieren. Um keinen Streit zu riskieren, wechselte sie deswegen schnell das Thema: „Aber sag du doch mal, wie's mit Marcus so läuft. Hat sein neues Projekt in Sofia schon begonnen? Vermisst du ihn nicht sehr?“

„Doch, sicher vermisse ich ihn wie wahnsinnig“, seufzte Mina und lächelte verträumt. „Aber andererseits ist es auch unglaublich verbindend, dass wir beinahe jeden Abend lange miteinander telefonieren. Manchmal glaube ich, dass wir uns so viel näherkommen, als wir es vielleicht tun würden, wenn wir die ganze Zeit nur im Bett verbringen würden“, gestand sie flüsternd und kicherte verschämt.

Helen lachte ebenfalls auf, legte die Hände in den Schoß und schaute mit einer plötzlichen Schwermut in den matten Herbsthimmel.

„Ja, das dachte ich auch mal ...“, sagte sie laut, ohne es zu wollen.

„Hm?“

„Deswegen haben wir so lange gewartet, bis wir miteinander geschlafen haben“, sagte sie dann, aus einem ihr unerklärlichen Grund. Sie sagte die Worte nicht bewusst, sie konnte sie einfach nicht aufhalten. Es war, als hätten sie selbst den Weg aus ihrem Mund gefunden.

„Ja?“, fragte Mina überrascht, denn davon hatte Helen nie berichtet, und richtete sich neugierig auf.

„Na gut, das lag wohl auch an meiner Angst“, sprach Helen leise weiter. „Dass es ihm, wie Stuart und all den Männern davor, nur um das Eine geht.“ Traurig zuckte sie mit den Schultern.

„Das tat es auch nicht. Bestimmt nicht“, sagte Mina einfühlsam und legte ihre weiche Hand auf Helens. „Liebes, ich weiß ja, dass es wehtut, und dass Verdrängen viel einfacher ist als sich allem zu stellen. Aber tu dir selbst was Gutes: Rede dir nicht mehr ein, dass Joseph keine Zukunft mit dir wollte. Das glaube ich nicht. Ich glaube, er lebt nur viel zu sehr im Jetzt, als dass er sich darüber Gedanken gemacht hätte.“

„Klar. Da passt das Klischée vom verträumten Schriftsteller, der in der wahren Welt nichts taugt, ja vollkommen“, seufzte Helen, hob ein Blatt auf und zerriss es an seinen Adern entlang in kleine Teilchen.

„Vielleicht. Mag sein. Aber er hat dir gutgetan. Genau so, wie er ist. Du warst so – so glücklich und frei wie noch nie! Und wenn du mir den einen Vergleich erlaubst: auch nicht mit Stuart. Schon gar nicht mit dem alten Blender.“

„Ach ja, genau! Aber ich soll ja nicht vergleichen!“, fauchte Helen und ließ die Schultern und den Kopf hängen.

„Nicht alles. Nicht so. Ach Helen. Ruf Joseph doch einfach mal an. Hm? Ich bin mir sicher, er vermisst dich auch.“

„Ich? Wieso nicht er?“

„Warum nicht du? Du hast ihn doch auch verletzt! Du hast ihn einfach ohne ein Wort in der Nacht verlassen!“

„Schon gut. Ja, ja“, murmelte Helen und sah mit einem Mal, und mit völliger Schärfe, das Bild vom Strand vor sich. *Was macht Stuart denn jetzt hier?*, hatte Joseph sie mit diesem ihr so unbekannten Blick und dieser kalten Stimme gefragt.

Hatte sie … sie schluckte. Hatte sie ihn damit vielleicht verletzt? Vielleicht sogar sehr?

Sie wurde blass und ihr Blutdruck sank in schwindelerregende Tiefen.

„Ihn anrufen?“, stammelte sie benommen. „Jetzt? Jetzt noch? Nein. Bestimmt nicht. Dafür ist es viel zu spät.“

***

Ehe Helen sich versah, war es Ende September und Claire eröffnete den kleinen Take-Away-Laden auf der anderen Straßenseite, in dem von Anfang an nur Angestellte bedienten und der von der ersten Minute an ein voller Erfolg war. Wie erhofft, wurde es dadurch im Laden ruhiger. So ruhig, dass Helen hören konnte, wie Claire und Mina sich über die Kleider für die Preisverleihung unterhielten. Helen ließ den Kopf hängen und ihr Herz verschloss sich, denn es war klar, dass die beiden gemeinsam Shoppen gewesen waren. Nur sie hatte noch kein Kleid, aber auch wenn ihr ihr Erscheinungsbild, wie vor Joseph, wieder äußerst gleichgültig war, so erkannte sie selbst, dass sie unmöglich in einem ihrer alten zur Gala gehen konnte. Sie brauchte dringend ein neues! Es kostete sie unendlich viel Überwindung, Mina zu fragen, ob sie mit ihr Einkaufen kommen würde. Was für eine Erleichterung war es da, als diese ohne zu überlegen *ja* sagte und als sie am Ende eines unerwartet heiteren Feierabends einen Traum in Blau erstand. Zwar einfarbig und ohne Muster, aber zumindest war das für diesen Anlass passend, und der Schnitt war auf eine verspielte Weise verführerisch.

Zwei Tage später drehte Mina das Kalenderblatt von September auf Oktober, und ein sintflutartiger Wolkenbruch ertränkte den goldenen Spätsommer in einen dunkelgrauen

Herbst. Mit angehaltenem Atem legte Mina ihren in glänzendem Aubergine lackierten Fingernagel auf das seit Langem mit rosa- und goldfarbenem Glitzer ausgefüllte Kästchen, in das sie vor Wochen mit ihrer hübschen Schrift groß und fett „Gala“ geschrieben hatte. „Noch zwei ganze Tage“, flüsterte sie aufgeregt und war froh, dass der Nagel aus Shellac war, als sie hineinbiss.

~Dreiundzwanzig~

Dann war es endlich so weit. Der große Tag war gekommen und bislang ohne feste Nahrungsaufnahme für alle drei Nominierten vergangen. Das *Offline and other Lovestories* schloss um 15:00 Uhr, nachdem zahlreiche Stammkunden ihre guten Wünsche überbracht hatten. Kurz hatten die drei überlegt, ob sie sich in einem Schönheitssalon zurechtmachen lassen sollten, sich dann aber dagegen entschieden. Zum einen war es schlichtweg eine Frage des Geldes, zum anderen fand Mina, dass Hochmut immer vor dem Fall komme und so viel Luxus kein gutes Zeichen sei.

Die Tatsache, dass sie sich gemeinsam chic machen wollten, fand Helen zunächst befremdlich, denn schließlich hatten sie und Claire sich seit dem Streit weder ausgesprochen noch sonst viel gesprochen, geschweige denn versöhnt. „Aber gut“, dachte sie erleichtert, „dann tun wir eben so, als sei nichts gewesen. Von mir aus soll einfach alles wieder so werden, wie es war.“

Aus diesem Grund der wortlosen Wiederannäherung drängten sie sich nun in Claires, eigentlich großem, Badezimmer, hantierten mit Lockenwicklern, Nagellack, Peelings und Masken und traten fast pünktlich um 18:17 Uhr aus dem georgischen Haus, vor dem bereits eine schwarze Stretchlimousine aus dem Verleih von Minas Cousin Ravi auf sie wartete. Sebastian würde von der Arbeit aus gleich zum Veranstaltungsort, dem ehemaligen und nun umfunktionierten Theater *Old El* im West End, kommen. Da Marcus nicht der einzige Mann an Bord sein wollte, würde auch er dort auf das Eintreffen der drei Grazien warten. Nur Helen war für den ganzen Abend – allein.

„Oh Mann, bin ich aufgeregt!“, stöhnte Mina zum gefühlt tausendstens Male, wollte dabei den Kopf in die Hand stützten und hielt sich im letzten Augenblick davon ab, um ihr umwerfendes Make-up nicht zu ruinieren. Zum ebenfalls gefühlt tausendsten Male seufzten Claire und Helen im Chor: „Und ich erst!“

„Wie wohl die Mitbewerber so sind?“, fragte Claire und schnitt eine ängstliche Grimasse. „Was meint ihr?“

„Keine Ahnung. Das wenn ich wüsste“, seufzte Helen. „Sie kommen ja aus dem ganzen Land hierher! Das muss man sich mal vorstellen – vielleicht sogar aus Schottland und ...“

„Wales“, vollendete Mina zunächst in normaler Lautstärke den Satz, doch so sehr sie sich auch beeilte, ihre Stimme zu senken und das Wort in einem Husten zu ertränken, zischte das S schon wie ein Pfeil durch den Fond.

„Lass, schon gut. Ist ja schon lange her“, meinte Helen tapfer mit einer schwerfälligen wegwerfenden Handbewegung und lehnte den Kopf, ihrem Make-up zum Trotz an die getönte Scheibe.

„Sechs Wochen“, korrigierte Claire sie unerbittlich.

„Eben. Lange“, beharrte Helen mit einer merkwürdigen Mischung aus Starrsinn und Apathie.

„Huch, lassen wir das. Stellen wir uns lieber vor, was wir mit dem Geld und der Werbekampagne machen, falls, also wirklich nur *allerfalls,* wir gewinnen sollten!“, wechselte Mina schleunigst das Thema, woraufhin Helen die Augen rollte, denn das stellten sie sich spätestens seit dem Videodreh beinahe pausenlos vor.

„Na, zum Glück sind wir auf das Geld ja nicht mehr so angewiesen wie noch vor ein paar Monaten“, stieg Claire dennoch auf das Thema ein. „Aber mhm ... mehr Gehalt für uns!“

„Einen Lieferservice für die Lunchpakete in Büros!“

„Eine neue Filiale ...“

„Um Gottes willen: Nein!“, entfuhr es Helen.

„Was? Wieso denn nicht?“, riefen beide überrascht.

„Das ist ja noch mehr Arbeit!“, seufzte sie. „Und außerdem sind wir einzigartig. Oder nicht?“

„Na, ich weiß nicht ...“, zweifelte Claire.

„Und wir gehören zusammen!“, setzte Helen nach, woraufhin alle zustimmend murrten und sie sich selbst erst im Nachklang der Worte bewusst wurde, was sie gesagt hatte.

„Was willst *du* denn mit dem Geld machen?“, fragte Mina zur ihr gewandt.

„Ich? Keine Ahnung. Ehrlich nicht. Dies und das. Ich will erst mal einfach nur gewinnen. Ich will die Beste sein. Besser als alle anderen. Ich will die Urkunde an die Wand über der Kaffeemaschine nageln. Ich will, dass *wir* die Besten sind, das reicht mir.“ Zur Bekräftigung ihrer Worte nickte sie nachdrücklich. Ja, die Anerkennung dafür, dass sie für ihren Traum gekämpft und ihn verwirklicht hatte, war ihr das Wichtigste.

Da die anderen darauf nichts sagten, fuhr sie fort. „Überlegt doch mal: Noch vor einem Jahr war der Laden nichts weiter als ein ferner, scheinbar unerreichbarer Traum. Wir hingen in unseren alten Jobs fest, hatten ständige miese Laune und fragten uns, ob es das gewesen sein sollte. Und nun haben wir es geschafft!“

Mina und Claire hatten sich zu ihr gedreht und sahen sie mit leuchtenden Augen an. „Ja. Ja, das stimmt! Vor einem Jahr ...“ Ungläubig schüttelten sie die Köpfe. „Wir haben es wirklich geschafft! Ich weiß noch, dass wir im College sogar schon mal davon geträumt haben ... und dann hatten wir den Traum so lange vergessen!“, rief Mina und lachte mit einem verzückten Blick nach oben.

„Wenn du nicht so hartnäckig gewesen wärst, hätten wir das *Offline and other Lovestories* nie eröffnet“, gab Claire zu und schickte damit die erste lauwarme Welle seit Wochen durch Helens kalten Körper. „Danke, Helen.“

„Bitte“, flüsterte sie ergriffen und hatte Tränen in den Augen, als Mina auch noch hinzufügte: „Ohne dich wären wir jetzt gar nicht hier! Ohne Jo– ohne – ohne die Lesungen wären auch die Journalisten nie zu uns gekommen und wer weiß, ob wir dann jemals von dem Wettbewerb gehört hätten!“

„Siehst du, es passt alles wunderbar, so wie es ist“, fügte Claire hinzu.

Verwundert schüttelte Helen den Kopf, denn diese Worte hatte sie nicht von ihrer Freundin erwartet. Joseph musste doch zu mehr in ihrem Leben gut sein – gut gewesen sein – als dafür, dass Journalisten in das Café in der *Butterfly Gardens* Straße kamen und ihnen von dem Wettbewerb erzählten!

Als der Wagen einige Zeit später vor dem ehrwürdigen *Old El* hielt und sie der Reihe nach in ihren bezaubernden Abendkleidern ausstiegen, lösten sich Sebastian und Marcus aus der Menge und kamen verzaubert breit grinsend auf sie zu. Beide trugen dunkle, maßgeschneiderte Anzüge und reichten, nach einer kurzen allgemeinen Begrüßung, ihren Herzdamen galant den Arm, um sie die Treppe hinauf in das festlich geschmückte Innere zu führen. Bis zu diesem Moment war Helen davon überzeugt gewesen, dass sie keinen Partner brauchte. Doch nun, wo sie alleine hinter den beiden Paaren herging, ärgerte sie sich maßlos über den Entschluss. Dabei hatte sich der heimgekehrte und treue Jim doch sogar angeboten! Aber stolz hatte sie abgewehrt und *nicht der auch noch* gedacht. Natürlich konnte sie alles im Leben alleine machen und erreichen. Aber nun wäre ein Mann an ihrer Seite doch brauchbar und angenehm. Aber sie wollte keinen. Keinen außer Joseph, und den wollte sie nicht mehr wollen.

„Wann beginnt das Spektakel denn nun genau?“, erkundigte sich Marcus mit einem verschmitzten Grinsen, als sie in dem dichten Gedränge vor den breiten Türen zum *Parkett links* anstanden.

„Um zwanzig Uhr“, antwortete Mina mit bibbernder Stimme und klammerte sich mit beiden Händen an Marcus. An ihren Fingern und Armgelenken, ebenso wie an ihrem Hals und ihren Ohrläppchen, glitzerte und funkelte fein gearbeiteter Goldschmuck, der mit kleinen Edelsteinchen hinreißend verziert.

„Noch achtunddreißig Minuten!“, stöhnte Claire und lehnte ihren Kopf vorsichtig, um weder Frisur noch Make-up noch Hemd zu gefährden, an Sebastians Brust.

Nur Helen hatte niemanden, und so trat sie verloren von einem Fuß auf den anderen und hakte die Finger der einen Hand so fest in die der anderen, dass die Nägel in das Fleisch stachen.

„Das sind 39 zu viel“, stellte Sebastian nüchtern fest, „und schreit förmlich nach Drinks. Kommt, machen wir einen Abstecher zur Bar. Ihr seid meine Gäste, denn heute ist uns ein ganz fabelhafter Coup gelungen!“

„Was? Und das sagst du mir erst jetzt?“, rief Claire und strahlte ihn, obgleich mit gerunzelter Stirn, an.

„Du hast ja nicht gefragt“, antwortete er leise lachend und küsste sie auf ihre rot geschminkten Lippen. „Und außerdem ist heute euer Tag! Also: Wenn ich bitten darf!“

In bester Laune schritten wieder die stolzen Männer mit ihren aufgeregten Freundinnen am Arm voraus in die Bar und die einsame, immerhin ebenfalls aufgeregte, Helen hinterher.

„Champagner für alle!“, rief Sebastian, schwenkte seine anthrazitfarbene Kreditkarte und kurz darauf die Flasche. „Auf euch. Schon jetzt. Egal, was die Jury entscheidet. Ihr seid fabelhaft!“

„Jawohl!“, stimmte Marcus mit ein. „Das, was ihr aufgebaut habt und täglich leistet, verdient den ersten Preis. Auf das *Offline* in den *Butterfly Gardens!*“

„*And other Lovestories*!“, fügten Mina und Claire gluckernd hinzu und Helen dachte stumm bei sich, wie viel und was diese *anderen Liebesgeschichten* wohl alles beinhalten mochten.

Stolz schaute Marus seine Mina und Sebastian seine Claire an, bevor sich alle zuprosteten und viel Glück wünschten. Während die zwei Paare sich mit Allerwelts-Themen abzulenken versuchten, wanderte Helens Blick ziellos durch den Raum. Alle Gäste waren festlich gekleidet, einige sehr aufwändig, andere schlicht. Sämtliche Dialekte der Insel und Nordirlands waren zu hören und machten Helen noch deutlicher, wie wichtig und bedeutsam dieser neu ins Leben gerufene Wettbewerb war.

Weiter rechts stand ein stattlicher Mann von mittlerer Größe und mit hellblondem, streng nach hinten gekämmtem Haar, das er im Nacken in einem winzigen Zöpfchen zusammenhielt. Sein Jackett war aus hellblauem Samt und die Hose aus dunkelgrünem Cord, was ihn als Hipster auszeichnete. Von diesem Typus hob er sich jedoch durch den fehlenden Bart ab. *Das ist aber ein eigener*, dachte Helen und musste schmunzeln. So merkwürdig war der Mann aber wohl doch nicht, denn er lächelte prompt zurück, woraufhin Helen sich sofort umdrehte. Auf keinen Fall wollte sie flirten! Auch nicht nur mit Blicken. Nein. Nein, nein. Sie wollte sich wieder an dem Gespräch beteiligen, musste aber zu ihrer großen Enttäuschung feststellen, dass sich ihre vier Begleiter in einem geschlossenen Kreis um den runden Stehtisch gruppiert und sie somit ausgeschlossen hatten.

„Ich muss schnell mal auf die Toilette“, murmelte sie verdrossen und mehr zu sich selbst als zu den anderen. Da hatte sie sich seit Wochen und Monaten auf den Abend gefreut und nun war sie komplett überflüssig! Dabei wäre doch keiner von ihnen ohne sie hier! Das hatten sie doch selbst gesagt!

Egal, dachte sie, straffte die Schultern und machte sich auf den Weg. *Ich schaffe das auch alleine!*

„Na nu? Alleine hier?“, sprach sie da plötzlich jemand von der Seite an. Sie hob den Blick vom Boden und sah als erstes das hellblaue Samtjackett.

„Wie bitte? Nein. Überhaupt nicht!“, reagierte sie etwas heftig auf den möglicherweise nett gemeinten Versuch, mit ihr ins Gespräch zu kommen.

„Für mich sieht das aber ganz anders aus“, beharrte er und baute sich vor ihr auf, sodass sie, da sie den Blickkontakt vermeiden wollte, noch immer Hellblau sah.

„Ach ja? Wie sieht es denn für Sie aus?“, erwiderte sie etwas bissig.

„So, als seien sie das fünfte Rad am Wagen und auf der Flucht. Entweder vor ihren Freunden oder vor sich selbst“, stellte er mit einer unverfrorenen Arroganz, und Treffsicherheit, fest.

Peng.

Das saß.

Helen taumelte, als hätte er sie mit der Faust getroffen, dann schluckte sie und fing sich sofort wieder. „Wissen Sie, dass unverschämte Bemerkungen oft nur ein Zeichen der eigenen Schwäche sind?“, entgegnete sie spitz und wollte sich vorbeidrängen, doch schneller als sie schauen konnte, stemmte er einen Arm an die Wand und versperrte ihr den Weg.

Verärgert über so viel Frechheit griff sie nach seinem Arm und versuchte, ihn wegzuziehen, doch er war stärker.

„He, nicht so schnell und nicht so stürmisch! Ich wollte ihnen doch nur anbieten, den Abend mit mir zu verbringen.

Ich bin auch alleine hier, und zu zweit ist es doch immer schöner?", raunte er in ihr Ohr und sie roch den Whiskey in seinem Atem.

„Lassen Sie mich. Bitte. Durch", stieß sie zwischen zusammengepressten Zähnen hervor und zog und zerrte an seinem Arm.

„Lassen. Sie. Doch. Mal. Locker", äffte er sie nach und griff ihr seitlich an den Busen. Das war zu viel. Ohne auch nur einen Sekundenbruchteil zu überlegen, holte sie aus und verpasste ihm eine schallende Ohrfeige. Perplex riss er die Hand an seine Wange, und geistesgegenwärtig nutzte sie die Gelegenheit, an ihm vorbeizuhuschen.

Empört stürzte sie in den Waschraum. Ihr Blick flackerte noch immer, als sie sich gegen die kühle Wand lehnte und darauf wartete, dass eine Kabine frei würde.

Was für ein Ekel! Niemals hätte Joseph so etwas getan. Niemals. Stuart vielleicht – aber an den wollte sie erst recht nicht mehr denken, und an den hatte sie auch schon lange nicht mehr gedacht. Wenigstens etwas!, schoss es ihr erleichtert durch den Kopf und sie atmete aus, bis es sie wieder schüttelte, weil sie erneut an den Widerling denken musste. Sie wollte sicher gehen, dass er weg war, wenn sie wiederkäme, und so verbrachte sie beinahe eine Viertelstunde von dem Abend, auf den sie sich wochenlang gefreut hatte, in der Toilette.

Als sie schließlich in die Bar zurückkam, waren sowohl der Kerl als auch ihre Freunde verschwunden. Verärgert raffte sie ihr langes Kleid und beeilte sich, in den Saal zu kommen, wo zum Glück niemand aufstehen musste, damit sie auf ihren Platz in der sechsten Reihe käme, denn sie saß ganz außen.

Die Aufregung und Anspannung stand mittlerweile allen deutlich ins Gesicht geschrieben. Mina fächerte sich mit einem mit weißen Spitzen besetzten Fächer Luft zu, Claire zerdrückte Sebastians Jackettärmel und bescherte ihm zudem gewiss blaue Flecken, nur Helen musste sich wohl oder übel mit ihrem Papiertaschentuch begnügen.

„Oh Helen!“, seufzte Mina, die unmittelbar neben ihr saß. „Ich halte das nicht aus. Die wie vielte Kategorie ist nochmal unsere?“

„Die siebte!“, seufzte Helen und wurde von einer enormen Welle von Übelkeit erfasst.

„Ach Gott, ach Gott“, murmelte Mina Kopf schüttelnd und heftig fächernd. „Erst. Aber sieben ist meine Glückszahl. Vielleicht ist das ein gutes Zeichen.“

Dann wurden die Lichter gedimmt und die Stimmen leiser. Alle Blicke richteten sich auf die Bühne, auf der eine von einem Privatsender bekannte Moderatorin in einem schillernden grünen Kleid erschien. Der lange Rock war einfarbig glänzend, aber das Oberteil war aus einem durchsichtigen Stoff, auf den unzählige glitzernde Steinchen angebracht waren. Zu ihren langen roten Locken und der schneeweißen Haut sah das so umwerfend aus, dass selbst die treuesten Männer mehrmals trocken schlucken und sich um äußere Coolness bemühen musssten..

„Guten Abend, meine Damen und Herren. Ich freue mich, Sie zum ersten *Brilliant and Bold- Award* begrüßen zu dürfen ...“ Der erste Applaus brandete auf und während die Dame weitersprach, hielt Helen es vor Aufregung kaum noch auf ihrem Sitz. „Bitte, bitte, bitte mach, dass wir gewinnen!“, redete sie sich selbst immer fanatischer zu und musste plötzlich an die Geste denken, die Joseph ihr gezeigt hatte, um den Hass auf Stuart loszuwerden. Aber wurde sie denn Joseph nie los? Vielleicht konnte sie so die Angst vor dem Sieg eines anderen Unternehmens abwenden?

„Und der Gewinner der Kategorie *Digital Nomads with Roots* ist ... Sarine Parker mit *Do what you need, not what you want*!“

Wer, was? Helen war verwirrt, als sie aus ihren Gedanken in das *Old El* zurückkehrte. Höflich lächelnd klatschte sie mit allen anderen und ließ sechs weitere Kategorien wie durch einen Schleier über sich ergehen. Wer hätte jemals gedacht, wie anstrengend Preisverleihungen sein konnten!

„Oh Hilfe!“, zischte Mina und umklammerte Helens Hand so fest, dass diese leise aufschrie. „Jetzt sind wir dran!“

Helen war, als würde der Boden wackeln. Das Blut rauschte so laut in ihren Ohren, dass sie die Worte hörte, als stecke ihr Kopf unter Wasser. Die Bilder auf dem großen Bildschirm, der auf der Bühne aufgebaut war, verschwammen. Jetzt wurde es ernst. Jetzt erst erfuhren sie, gegen wen sie antraten, denn niemand hatte es gewagt, anhand der Namen der Nominierten noch das Internet zu durchforsten.

~Vierundzwanzig~

„Die Nominierten in der Kategorie *Best Local Female Start-up* sind ... *Lola Lipstick* aus Liverpool!“ Ein Video und Applaus folgten. „*Let children be children* von Anne and Sue Milton aus Ipswich! .... Und, last but not least: *Offline and other Lovestories* von Helen Ames, Claire Lewis und Mina Sharma aus den *Butterfly Gardens* in Notting Hill, London!“

Helen wurde schwarz vor Augen, als sie ihren Namen hörte. *Jetzt oder nie. Bitte, bitte, bitte!* Dann erklangen die vertrauten ersten Töne des Videos, das Gordon für sie erstellt hatte. Wie im Fieberwahn starrte sie auf den Bildschirm, die Hände zu Fäusten geballt, die Füße fest in den Boden gedrückt, beinahe atemlos.

„Ich freue mich sehr, Ihnen die ersten Gewinner in dieser Kategorie zu nennen ...“, begann die Laudatorin für diese Runde und öffnete mit einer schier endlos langsamen Geste den Umschlag. Still las sie die Namen, ihr Gesicht hellte sich auf, lächelnd ließ sie den Blick durchs Publikum gleiten. Jede Faser in Helens Körper war zum Zerreißen angespannt. „Sag uns, sag uns“, flehte sie ein letztes Mal und presste die Augen so fest zusammen, dass ihre Hauptschlagader zu platzen drohte.

„Die Gewinner sind ...“ Noch einmal legte sie eine dramatische und beinahe Herzinfarkt-auslösende Pause ein, bevor sie triumphierend rief „*Offline and ...*“
„Argh!“, „Ah!“, „Jaaaa!“, kreischten fünf Leute in der sechsten Reihe, sprangen auf, fielen sich in die Arme und vergaßen zunächst völlig, dass sie auf die Bühne gehen sollten, um den Preis entgegen zu nehmen. Da Helen alleine dastand, während Claire und Mina in den Umklammerungen ihrer Männer zu ersticken drohten, war es an ihr, Mina anzustupsen, die ihrerseits Claire an der Hand packte, zuerst

kurz sie, dann Helen umarmte und dann die Stufen zur Bühne erklommen.

Oben angekommen war sie überwältigt, als sie in den bis auf den letzten Platz besetzten, großen Zuschauerraum schaute. *So viele Leute!*

Da drückte ihr die routinierte Laudatorin das Mikrophon in die Hand. Was sollte sie denn nun sagen? Brachte sie überhaupt einen Ton heraus? Und warum nur hatten sie sich nie eine Dankesrede überlegt? Weil es ein schlechtes Zeichen gewesen wäre, von wegen Hochmut vor dem Fall? Vielleicht kam auch Angst vor dem Fall ... wer wusste das schon! Es war auch egal, denn nun musste sie etwas sagen. Irgendetwas.

Und so sagte sie irgendetwas, woran sie sich später nicht mehr erinnern konnte. Das Einzige, was sie noch wusste, war, dass sie Dinge sagte, die sie niemals gesagt hätte, wenn sie klar bei Verstand gewesen wäre. „Und außerdem möchte ich Joseph –", hastig verbesserte sie sich, "ähm, Jordan Travers danken. Dafür, dass seine Lesung die Initialzündung für jeden weiteren Veranstaltungserfolg war." Ja, das sagte sie und noch während sie sprach, fühlte sie die Röte in ihr Gesicht kriechen und das Gefühl, unendlich albern und anhänglich zu sein, in ihr aufsteigen. Und das Gefühl, ihn mehr als alles in der Welt zu vermissen.

Sie stand auf der Bühne, hielt die Urkunde in der Hand, war am Ziel ihrer Träume und wusste mit absolut kalter Klarheit, dass der Preis nichts bedeutete. Nichts im Vergleich zu dem Preis, den sie dafür gezahlt hatte. Joseph.

Hastig und mit fahrigen Bewegungen gab sie das Mikro an Mina weiter, die ebenso wie Claire etwas sagte, woran sich nachher niemand mehr erinnern konnte.

Als sie wieder vor ihren Sitzen standen, drehte Claire sich endlich zu Helen um, fasste sie an beiden Schultern und hauchte ihr zwei Küsse auf die Wangen. Helen wollte etwas sagen; nein, nicht nur *etwas*, sondern so viel, aber jetzt war nicht die Zeit dafür. Später. Erst mal musste sie das aufwallende Schluchzen ersticken.

„Wir haben es geschafft. Wir haben es geschafft! Unser Traum ist wahrgeworden! Wir sind die besten weiblichen Unternehmensgründerinnen des ganzen Landes!“, dachte Helen pausenlos, um sich für den Gewinn zu begeistern und von ihren schwarzen Gedanken abzulenken. Wie in Trance ließ sie das Ende der Preisverleihung über sich ergehen.

Wo blieb nur die überschäumende Freude, die Mina und Claire immer wieder zusammenzucken und aufseufzen ließ? *Die kommt bestimmt noch, wenn ich die Neuigkeiten erst mal verarbeitet habe,* redete sie sich ein. *Ich stehe bestimmt nur unter Schock.*

Endlich war die Gala vorbei und Marcus schlug vor, den fulminanten Sieg in einer kleinen Bar in der Old Brompton Road zu feiern.

„Da kriegen wir doch jetzt nie im Leben Plätze!“, rief Mina Kopf schüttelnd und knuffte ihn, da sie ihn wohl für einen liebenswerten Träumer hielt, der noch nicht lange genug in London lebte, um zu wissen, was *exklusiv* hier bedeutete. Marcus aber zog sie mit dem für ihn typisch schmunzelnden Grinsen an sich, küsste sie kurz auf den Mund und sagte: „Oh, aber ganz bestimmt werden wir das. Ich habe nämlich in weiser Voraussicht schon vor Wochen für uns reserviert.“

Mina riss die Augen auf, hielt sich an seinem schon arg geschundenen Arm fest und hüpfte trotz hoher Absätze in die Luft. „Och, nein! Da hätten wir doch genauso gut in den Schönheitssalon gehen können!“, rief sie halb amüsiert, halb entsetzt, woraufhin alle in erlöstes Gelächter ausbrachen und nur Helen sich wünschte, mit dem nächsten Taxi in ihr Kellerloch zu fahren, um endlich in ihren Tränen ertrinken zu können. Aber nein. Sie hatte sich auf den Abend gefreut, und deswegen wollte sie ihn auch genießen.

Keine Viertelstunde später setzte Ravi sie vor der Bar ab. Mina und Claire zappelten so wild herum, dass Sebastian sie zu mehr *Contenance* ermahnen musste, bevor sie an der unscheinbaren Tür, in der ein kleines Fenster eingelassen war, klingelten. Marcus nannte seinen Namen und sie wurden zu der für sie reservierten Ledercouch geführt. Helen war froh, dass die Einrichtung so viel Ablenkung bot, denn was der rüde Kerl ihr an den Kopf geworfen hatte, stimmte: Sie war das fünfte Rad am Wagen und wäre am liebsten weggelaufen. Nicht nur wahrscheinlich, sondern ganz sicher auch vor sich selbst. Vor der Liebe. Getrieben von ihrer irrsingen Angst, die sie längst nicht mehr beschützte, sondern von Glück und Erfüllung fernhielt. Aber diese Angst war da. Sie lähmte sie. Es gab scheinbar nichts, was sie dagegen tun konnte. Was, um Gottes willen, *was* könnte sie Joseph jetzt sagen? Selbst wenn sie mutig genug wäre, ihn anzurufen? Es würde ja doch nichts bringen, nach so langer Zeit.

Ein Glas und dann bin ich weg, sagte sie zu sich selbst und sah sich mit zur Schau gestelltem Interesse um. Eine Wand war komplett von hängenden Grünpflanzen, die andere von einem Aquarium bedeckt, das dunkelblau beleuchtet war und in dem die farbenprächtigsten Fische schwammen.

Wenn die anderen nur endlich mal aufhören würden, ständig so albern zu kichern! Oder ihre Partner abzuknutschen. Dann wäre alles erträglicher. Aber vielleicht half auch Alkohol. Sie bestellte eine starken Whiskey Cocktail und protestete allen so übertüncht freudig wie nur irgendwie möglich zu. Sie war durstig und der starke Alkohol beruhigte sie, machte sie gleichgültiger und betäubte ihre Gefühle. Zumindest vorrübergehend.

„Noch eine Runde?“, rief Claire, die schon auf den Füßen stand und zur Bar gehen wollte. „Alle das Gleiche nochmal?“

„Definitiv! Das ist der beste Singapore Sling meines Lebens!", johlte Mina.

„Das gleiche noch mal für alle!", rief Sebastian und zog Claire auf seinen Schoß. „Hier wird man bedient, schon vergessen? Du kannst bei mir bleiben!"

In Helen breitete sich eine angenehme Wärme und Gleichmut aus. Wie durch eine Wand hörte sie das Lachen und Albern der anderen, aber es berührte sie nicht mehr.

Doch da kamen sie wieder, die Gedanken: Was, wenn sie Joseph mit ihrer klammheimlichen Abreise verletzt hatte? Was, wenn Stuart tatsächlich noch immer zwischen ihnen stand und sie daran hinderte, sich vollkommen auf Joseph einzulassen?

Was, wenn?, dachte sie kraftlos, aber betäubt, während die in Sepia getauchten Erinnerungen an ihr vorrüberzogen.

Joseph. Joseph. Joseph. Überall Joseph.

Auf einmal hörte sie, dass sie nichts mehr hörte. Keine Musik. Keine Gespräche. Nur Stille. Und dann der Bartender, der einer Katie zum Geburtstag gratulierte und ihr mit der nächsten Nummer ihren Musikwunsch erfüllte, bevor sie, wie er augenzwinkernd ankündigte, selbstverständlich umgehend zu *fröhlicheren Weisen* zurückkehren würde. Eine andächtige Stille breitete sich aus, als die ersten tiefen, lockenden Töne eines Klaviers den Raum erfüllten. Vereinzelt war Seufzen zu hören, bis der gesamte Raum vollkommen von den Klängen durchdrungen war. Die Musik wogte kräftiger auf, schaukelte sich hoch und legte sich wie ein goldenes Netz auf die einen, wie eine schwere Decke auf die anderen. Sie zog alle in ihren Bann, und wurde übermächtig, als eine warme männliche Stimme zu singen begann.

Helens Körper erstarrte, aber ihr Puls raste. Ihre Hände krallten sich in das Leder. Sie wollte weglaufen und gleichzeitig bleiben. Sie konnte sich nicht bewegen, denn sie war gefangen in dem Lied.

Joseph, war ihr erster und einziger Gedanke. Eine Musik wie Joseph.

Ihr fehlte die Kraft, sich dem zunächst süßen, dann immer bittereren Schmerz zu entreißen, der wie ein leichtes Ziehen in der Brust begann, sich aber in einem unaufhaltsamen Tempo zu einem unerträglichen Zerren und Quetschen steigerte.

Crescendo.

Joseph!

Forte.

Joseph!

Molto forte. Fortissimo!

Joseph!

Klänge wie Magnete. Und dann der Text. Worte, die in ihrer Lyrik und Mystik an Orte der Seelen gelangten, die sie selbst nicht kannte. Die die Mauer aus Eis und Stolz niederrissen, und den Sarg öffneten, aus dem alle lebendig begrabenen und so lange verleugneten Gefühle entfleuchten.

Stärker denn je wollte sie fliehen, vor sich selbst und allen anderen fliehen, hinaus in die kühle Nachtluft, weg von hier, weg von dem Schmerz, der Erinnerung, der Sehnsucht und der vergessenen Hoffnung. Doch sie konnte nicht. Sie blieb sitzen und ließ die schmerzliche Schönheit des Liedes, in all seiner Zartheit und Liebe, über sich ergehen, bis zunächst lautlose, aber unaufhaltsame Tränen über ihre Wangen strömten, ihr Make-up ruinierten und ihr Kleid durchnässten. Erst hoben sich ihre Schultern, dann auch ihr Brustkorb in anfangs lautlosen Schluchzern, die bald ihren gesamten Körper erfassten.

Joseph, oh Joseph.

Wo bist du?

Joseph.

Warum. Warum nur?

Was habe ich getan? Was habe ich nur getan. Joseph, oh Joseph!

Wie durch eine klamme Jacke spürte sie einen weichen Arm, der sich um sie legte und an sie zog. Claire. Claire, die sie hielt, ihren Kopf an ihrer Schulter barg, und mit ihrem Schal ihre Tränen aufsog. Claire, die sie wärmte. Claire.

Joseph.

Der Sieg, der keiner war, weil sie das Wichtigste im Leben dafür geopfert hatte. Hohl, leer, ohne Bedeutung für das, was jemals dauerhaft ihr Herz erfassen und blühen lassen würde. Nichts, was sie in einsamen Winternächten vor dem Erfrieren bewahren könnte. Nichts, außer Schall und Rauch. Sieg ja, aber zu einem vernichtend hohen Preis.

Was alle Anwesenden erfasste und in den innersten Grundmauern erschütterte, war folgendes Lied:

Let go of your hatred,

Let go of your pain.

Let go and free your soul of everything

Everything that holds you down

Everything that tears you into pieces

And drips poison into your soul

Like a treacherous cushion.

Let go and pray.

Let go and pray

That the Lord will make you a tool for his love.

Ask not that you will be understood but that you will understand.

Ask not that you will be loved but that you will love.

For it is in giving that we receive

And in pardoning that we are pardoned.

And it's in dying that we are reborn to eternal love.

(Lass Deinen Schmerz gehen, und Deinen Hass.

Lass alles gehen, was deine Seele belastet und

Alles, was dich am Boden hält

Alles, was dein Herz zerreißt.

Und Gift in deine Seele träufelt

Wie ein trügerisches Kissen.

Lass los und bete.

Lass los und bete

Dass der Herr dich zu einem Werkzeug seiner Liebe macht.

Bitte nicht darum, dass du verstanden wirst, sondern dass du verstehst.

Bitte nicht darum, dass du geliebt wirst, sondern dass du liebst.

Denn indem wir geben, empfangen wir.

Und indem wir verzeihen, wird uns verziehen.

Helen weinte, so lange ihre Tränen reichten. Sie weinte auf dem Weg nach Hause, auf dem Claire und Mina sie in den

Armen hielten, trösteten und ihr in einem Fort zuflüsterten, sie solle sich endlich frei weinen. Sie weinte auch noch, als sie allein im Bett lag. Und irgendwann weinte sie andere Tränen. Reinigende. Befreiende. Bis sie in einen dumpfen, schweren Schlaf fiel.

~Fünfundzwanzig~

Als sie am folgenden Tag erwachte, fühlte sie sich seltsam schwer und leicht zugleich. Wie durch einen dichten Nebel drangen die Erinnerungen an letzte Nacht in ihr Bewusstsein.

Bewegungslos lag sie in ihrem Bett und starrte auf die weiße Decke, über die sich ein grauer Riss im Putz zog. Fahles Sonnenlicht fiel von der Straße in ihr unterirdisches Zuhause.

Der Sieg. Das Lied. Der Zusammenbruch.

Und Joseph. Kein Joseph. Wo war er? Warum nur hatte sie nie versucht, mit ihm zu sprechen? Warum nur war sie immer zu stolz gewesen? Und jetzt – jetzt war es zu spät. Wochen waren vergangen, in denen sie nichts von ihm gehört hatte. In denen sie vergeblich darauf gewartete hatte, dass er sich bei ihr melden würde.

Nichts.

Stille.

Aber auch kein Stuart mehr. Endlich kein Stuart mehr.

Vielleicht fehlte ihr dazu die Kraft, vielleicht war er aber auch unbedeutend geworden. Vielleicht war Joseph zu wichtig geworden. Jetzt, da sie ihn verloren hatte.

Verzeihen. Loslassen, sich befreien ... Um im Herzen wieder Platz für Liebe zu machen. Für eine Liebe, die stärker ist, als alles andere. Eine Liebe, die alles umfasst und bis in den kleinsten Winkel der Seele vordringt. Die alles erhellt, alles stärkt und die die Kraft hat, zu heilen.

Liebe.

Joseph.

Kraft.

Vergeben, damit nichts mehr da ist, was einen von innen heraus vergiftet.

Lieben.

Warum nur bedurfte es so viel Mut für diese Schritte?

Warum nur war sie so faul und bequem gewesen und hatte in ihrem Arbeitstrubel, in ihrer Fixierung auf den ersten Platz, in ihrem Streben nach Ruhm, Erfolg und Geld, einfach aufgehört, die Meditationsübung zu machen, die Joseph ihr gezeigt hatte? Aus Arroganz? Oder Ignoranz? Weil sie nicht erahnte, welcher Sprengstoff, welches Gift in ihrer Bitterkeit lauerte? Weil sie zu den Menschen gehörte, die die Schuldzuweisung wie einen Krückstock brauchten, um durchs Leben zu gehen? Weil sie zu gebrochen, aber auch zu feige waren, es ohne zu versuchen?

Ja, vielleicht.

Nicht nur *vielleicht.*

Jahrelang hatte sie sich auf ihrem Leid ausgeruht. Auch wenn sie keine unmittelbare Schuld an dem, was an dem *einen* Tag passierte, trug, so hatte sie gespürt, dass Stuart nicht ihr Wesen liebte, sondern das, was er in ihr sah und das, was er aus ihr gemacht hatte. Weil er selbst nicht mehr in sich selbst fand als sein perfektes Erscheinungsbild, Erfolg, Macht, Geld und Luxus. All die Ursachen für diese Entwicklung, in ihm und in ihr, mochten weit zurückliegen, aber sie spielten keine Rolle mehr. Entscheidend war einzig und allein, was sie, was jeder einzelne aus seinem Leben machte. Fest stand, dass sie die Kraft in sich finden würde, die Erlebnisse hinter sich zu lassen und neu anzufangen. Täte sie das nicht, würde sie immer zurückschauen und halb in der Vergangenheit leben. Sie würde niemals frei sein, niemanden restlos und bedingungslos lieben können, auch nicht ihre eigenen Kinder, denn immer würde der Schatten des ungeborenen Georgie über ihm schweben.

War das das Leben, das sie wollte? Für sich, für andere?

Sie erschauderte unter ihrer warmen Decke.

Nein.

So grauenvoll und unvorstellbar es ihr bislang erschienen war: Es musste möglich sein, mit der Vergangenheit ihren Frieden zu schließen und zu leben, ohne sich aus Gram über ihn das gesamte restliche Leben zu vergällen. Davon wurde niemand glücklich.

Als sie an diesem Punkt ihrer Erkenntnis angelangt war, schwang sie, ohne bewusst den Entschluss zu fassen, die Beine aus dem Bett und tapste in die Dusche. Sie wusste noch nicht, was sie tun sollte, aber als erstes würde sie Claire und Mina anrufen, um sie zu einem Siegerfrühstück der anderen Art einzuladen.

„Helen! Liebes! Ich habe mir solche Sorgen um dich gemacht!", rief Claire. „Hast du meine Nachrichten denn nicht gesehen?"

„Wie bitte? Nein, tut mir leid."

„Ah, aber du klingst gar nicht so schrecklich, wie ich erwartet hatte. Wie geht's dir?"

„Eigentlich ganz gut. Es ist alles verwirrend. Ich habe lange nachgedacht und dabei ist mir einiges klargeworden."

„Da bin ich aber gespannt!"

„Ich auch, vor allem, weil ich noch nicht weiß, was ich wie machen kann oder soll."

„Entschuldige bitte, wenn ich dich unterbreche, aber da du meine Nachrichten nicht gelesen hast, lass es mir dir schnell so sagen: Mina kommt auf elf Uhr zum Brunch zu mir. Sie schaut aber davor bei dir vorbei, denn für den Fall, dass es dir nicht gut gegangen wäre, wäre ich auch zu dir gekommen. Aber nun ... Ich sage ihr Bescheid und wir treffen uns gleich bei mir, okay?“

„Ja, perfekt. Dann erzähle ich in Ruhe alles später. Ihr zwei seid einfach unglaublich“, stöhnte Helen glücklich und mit einem leisen Lachen. „Wie spät ist es jetzt?“

„Halb elf.“
„Das schaffe ich, bis gleich!“, rief sie, legte auf, schlüpfte in ihre Jeans und eine einfarbig blaue Bluse, streifte sich eine hellblaue Strickjacke und ihren Wintermantel über, überlegte fieberhaft, was sie Claire mitbringen könnte, kam aber leider auf nichts, strampelte sich in die Stiefel und flitzte, den Schal noch zubindend, aus dem Kellerloch, hinauf in den goldenen Herbsttag, hinein in den roten Bus, der sie zu Claire brachte.

Claire.

Mina.

Und Joseph.

Immer wieder Joseph.

Wie es ihm wohl ging? Was er tat?

Warum nur hatte sie so lange gewartet ... Warum ...

„Oh Claire! Wie schön. Danke für die Einladung“, rief sie und fiel ihrer wieder versöhnten Freundin, die in einem beigen Strickkleid in der Wohnungstür stand, um den Hals. „Ich bin so froh, dass wir uns wieder verstehen.“

„Ich auch“, murmelte Claire und drückte sie fest an sich.
„Hey!“, machte sich da Mina bemerkbar, die sich gerade einen Teelöffel abschleckte und aus der Küche lugte. „Da bist du ja. Na, wie geht’s dir? Ich höre, du schlägst dich wacker.“

„Ach, setzen wir uns erst mal“, schlug Claire mit einer einladenden Geste ins Esszimmer vor. „Komm herein, greif zu und dann erzählst du uns alles in Ruhe, okay?“

Helen nickte glücklich darüber, zwei so gute Freundinnen zu haben, die immer für sie da waren und spürte, wie hungrig ihr Magen knurrte.

„Das hier habe ich zur Abwechslung nicht selbst gebacken", gestand Claire leise lachend. „Pause muss sein. Sie sind aber sehr lecker. Bitte, bedient euch."

Das mussten Mina und Helen sich beim Anblick der reich beladenen und hübsch angerichteten Platten voll kleiner Kuchen, Aufschnitt, Marmelade, Eiern, Gemüse, Obst, Joghurt und Frühstücksflocken nicht zweimal sagen lassen. Beherzt griffen sie zu, und erst da merkte Helen, wie flau ihr Magen vom vielen Weinen und der ungewohnt großen Menge Alkohol war.
„Puh, das tut richtig gut", seufzte sie glücklich, lehnte sich zurück und biss genüsslich die Hälfte eines winzigen Törtchens mit Vanillepudding und einer Blaubeere ab.

„Mhm", stimmten ihr die anderen zu. „Köstlich. Auch wenn es nicht von dir ist", fügte Mina kichernd hinzu.

„Wie es wohl im Laden ohne uns läuft?", fragte Claire nach einer Weile.

„Bestimmt tadellos. Nicht dran denken. Die kommen bestimmt ohne uns aus", beschwichtigte Mina mit so übertriebenen Gesten, dass Helen lachen musste.

„Die rufen sonst an", pflichtete sie bei und nahm sich ein weiteres Mini-Törtchen.

„Genau. Aber bitte nicht jetzt, wo du uns erzählst, warum du so erstaunlich gefasst bist", beschloss Claire über die Köpfe der Angestellten hinweg.

„Nun, wisst ihr – so genau weiß ich das selbst nicht. Ich meine, ich habe die halbe Nacht geheult. Ich vermisse Joseph wie wahnsinnig. Es tut richtig körperlich weh und es zerreißt mir das Herz. Viel mehr als in all den Wochen davor. Es fühlt sich an, als wäre in mir ein dicker Wollknäuel, in dem sich alles, was ich für ihn empfinde, zusammenballt. Und ... und irgendwie nur darauf wartet, dass jemand am Faden zieht und alles aufrollt. Versteht ihr, was ich meine? Aber jetzt ist der Faden da. Und vorher war er nicht da. Da war alles ein schwerer, dunkler Klumpen.“

Die zwei Freundinnen nickten stumm, aber mit leuchtenden Augen und lächelnden Lippen, um Helen zu zeigen, dass sie weitersprechen sollte.
„Vielleicht ist alles noch zu neu. Aber obwohl ich es wieder spüre, wie entsetzlich er mir fehlt, spüre ich noch irgendwie Hoffnung. Ich weiß, ich weiß, es ist albern. Ich meine, es ist so lange her ... Aber ... vielleicht ist es auch nur Hoffnung für mich, dass es – ich meine, dass wenn ich Stuart und alles, was passiert ist, ganz los bin, dass ich dann einfach freier bin und neu anfangen kann.“

Wieder nickten Mina und Claire zustimmend.

„Aber ... Joseph ...“, seufzte sie und ließ völlig unvermittelt den Kopf und die Schultern hängen. „Joseph ...“ Ihr Gesicht verzog sich; bestimmt musste sie gleich wieder weinen.

„Ach, Helen! Nicht doch!“, redete Claire beruhigend auf sie ein und tätschelte ihren Rücken. „Vielleicht besteht da ja tatsächlich noch Hoffnung.“

„Ja, genau! Das finde ich auch! Du hast ihn doch nie angerufen, nicht wahr?“, fragte Mina.

„Nein, nie“, schniefte Helen. „Das ist ja das ... Schlimme.“

„Tja, wie sagt meine Oma immer: Stolz ist eine Todsünde, nur leider glaubt das heute niemand mehr“, sagte Claire in den Raum, ohne jemanden dabei anzusehen.

Bedrückt nickte Helen.

„Aber nun – komm! Vielleicht ist ja noch nicht aller Tage Abend! Jetzt kannst du ihn doch anrufen!“, rief Mina aufbauend und klatschte in die Hände.

„Jetzt?“, fragte Helen erstaunt und richtete sich auf. „Ich?“

„Ja, sicher du! Davon reden wir doch die ganze Zeit!“, entgegnete Claire erstaunt.

„Aber doch nicht jetzt!“, erwiderte Helen ebenso überrascht und erstarrte, als ihr die Größe dessen, was ihr bevorstand, bewusst wurde.

„Wann denn dann?“, entgegneten die beiden anderen ebenso verdattert.

„Ja ... vielleicht ... am Abend?“, fragte sie schwach und wusste schon, während sie noch sprach, dass sie damit nicht durchkommen würde.

„Tststs“, machte Mina, legte den Kopf schief und schüttelte ihn gleichzeitig. „Am Abend bringt er Andy ins Bett. Oder er isst gerade. Oder er ist im Kino oder schläft schon. Helen. Am Abend fällt dir eine andere Ausrede ein, warum du ihn nicht anrufen kannst. Jetzt oder nie! Es ist immer was!“

„A– aber ... Ich habe seine Nummer gar nicht mehr.“

„Was? Hast du sie etwa gelöscht?“

Stumm nickte Helen.

„Auch alle Nachrichten?“

„Yep ...“

„Das nenne ich mal radikal. Aber gut. Dann schreib ihm eine E-Mail!“, schlug Claire pragmatisch vor.

„Eine – E-Mail?“

„Ja, sicher. Oder einen Brief. Das ist noch besser, dauert aber länger“, sagte Mina in einem Ton, der klarmachte, dass das Schreiben als solches nicht mehr verhandelbar und ein Brief eine dumme Idee war.

„Mhm ... ich also ... so ...“

„Ja, *du*. Und zwar jetzt, hier und sofort“, schloss Claire sich an Minas entschlossenen Ton an, holte ihr Laptop, nahm

Helens Teller und stellte stattdessen den Computer vor ihr hin. Mit flinken Fingern loggte sie sich ein, dann überließ sie Helen ihrer Aufgabe. Oder wollte es zumindest, denn Helen war kein leichtes Ziel für Amors Pfeil.

„Ich also …“, seufzte sie, tippte die Adresse des E-Mail Anbieters und kaute auf ihrem Nagel, was sie sonst nie tat.

„Helen! Nicht kauen. Tippen!“, ermahnte Mina sie, die vom anderen Ende des Tisches gespannt mit verfolgte, was Helen tat.

„Ja doch!“, stieß Helen genervt aus. „Aber was?“

„Das, was du uns erzählt hast. Dass du ihn vermisst, dass dir endlich so einiges bewusst wird, dass …“

„Dass ich nicht mal weiß, ob er mir verzeiht … oder überhaupt noch was von mir wissen will“, vervollständigte Helen plötzlich mutlos den Satz.

„Verzeihen tut er dir bestimmt. Das andere finden wir nur raus, wenn du dich *endlich* einloggst und ihm schreibst!“, zischte Mina so übertrieben dramatisch, dass Helen lachen musste und das erste Mal zu schreiben begann.

Ihr Herz klopfte so laut, dass sie es selbst hörte und ihre Finger zitterten so stark, dass sie laufend Buchstaben verbessern musste. Wie war das damals doch gewesen, als sie Jordan geschrieben hatte! Als Helen nach mehr als einer halben Stunde noch immer kein absendbares Resultat vorweisen konnte, diktierte Mina ihr kurzerhand folgenden Text:

Lieber Joseph,

ich weiß, es ist sehr lange her, dass wir nicht mehr miteinander gesprochen haben. In einer E-Mail kann ich nicht ausdrücken, was seitdem alles passiert ist. Das Entscheidende dabei ist jedoch, dass ich erkannt habe, wie recht Du mit dem, was Du über das Verzeihen gesagt hast, hast.

„Okay, das ist kein gutes Deutsch, aber hier geht es um Inhalt, nicht um Form. Also!“, unterbrach Mina ihr Diktat und wischte mit einer energischen Handbewegung jegliche Einwände von vornherein beiseite.

Ich hatte die Übung, die Du mir gezeigt hast, nicht gemacht, und auch sonst nicht versucht, den Groll loszuwerden. Deswegen stand meine Vergangenheit immer zwischen uns. Du hast mir gezeigt, wie man mit Verletzungen –

Helen tippte zuerst langsamer und hörte dann ganz auf. Doch noch bevor sie fragend den Blick heben konnte, fuhr Mina, die gerade voll in Fahrt war, sie an: „Ja, schreib das!“, und diktierte schon weiter:

umgeht, wie man sie heilt und wie man bedingungslos lieben kann.

„Schreib das! Genau so!“

Dafür möchte ich Dir danken.

Ich habe leider jetzt erst begriffen, wie weh ich Dir wahrscheinlich getan habe, indem ich einfach abgereist bin und damit jedes Gespräch verhindert habe. Das alles lässt sich nicht wiedergutmachen, aber ich möchte Dich bitten, dass wir uns aussprechen. Unsere gemeinsame Zeit war viel zu schön und bedeutsam für mich, als dass ich sie so beendet wissen möchte.“

„Nun reicht’s aber!“, rief Claire dazwischen. „Sie wollte ihn doch nicht zutexten.“

Mina verzog ihr Gesicht, nickte einmal kurz widerwillig, diktierte dann aber:

Liebe Grüße

Helen

„Liebe Grüße?“, rief Helen entsetzt und schaute zum ersten Mal kritisch über den Rand des Bildschirms.

„Ja, was denn sonst? Nur Grüße etwa?“, fragte Mina zynisch. „*Liebe Grüße* ist genau richtig. Er wird nicht jedes Wort zerlegen, wenn er noch etwas für dich empfindet. Und falls er es tut, ist es eh egal.“

„Oh!“, jaulte Helen bei dem Gedanken wie ein Hund, dem man auf die Pfote getreten war.

„Mensch, Mina!“, fuhr Claire ihre Freundin an.

„Aber stimmt doch. Ich meine, dieser Möglichkeit muss man ins Auge sehen. So, und jetzt schick ab. Oder hast du schon?“

„N … ein. Noch nicht. Aber …“

„Kein aber. Schicken!“, befahl Mina und klopfte mit dem Zeigefinger auf den Tisch.

„Schicken!“, schloss sich Claire mit an, verfolgte genau, was Helens Finger tat und kam dann, als sie dachte, Helen hätte geklickt, um den Tisch gelaufen, um sich zu überzeugen, dass da tatsächlich „Ihre E-Mail an joseph.j.travers.Wales@freebluewings.co.uk wurde verschickt.“ stand. Als Helen erkannte, was Claire vorhatte, fügte sie sich ihrem Schicksal und klickte. Merkwürdigerweise fühlte sie sich frei, sobald besagter Satz vor ihr auftauchte. Jetzt lag es an ihm.

„Sehr gut!“, rief Claire begeistert, legte Helen eine Hand auf die Schulter und schaute stolz auf sie herab. „Jetzt heißt es warten.“

„Warten!“, seufzte Helen und verbarg ihr Gesicht in ihren Armen.

„Yep. Warten. Und das geht am besten mit … Tee!“, rief sie triumphierend, als sei eine Tasse Darjeeling die Lösung für alle Probleme.

Und so tranken sie eine Tasse und dann noch eine, doch noch immer kam keine Reaktion von Joseph. Es schien hoffnungslos.

„Bestimmt will er nichts mehr von mir wissen“, bangte Helen. Mal sackte sie kraftlos in sich zusammen, dann sprang sie auf und tigerte in der enorm großen Wohnung auf und ab.

„Kommt, so bringt das nichts“, beschloss Mina schließlich. „Schauen wir mal in die *Butterfly Gardens* Straße, vielleicht tut sich bis dahin ja etwas!“

„Gute Idee. Ablenkung kann nicht schaden“, fanden auch Claire und Helen, räumten den Tisch ab und stiegen in Claires Mini, der sich geschwind durch den Londoner Stadtverkehr wand.

~Sechsundzwanzig~

Sie waren gerade auf dem Weg vom Parkplatz zum Laden, als alle drei mitten im Schritt überwältigt innehielten. Denn vor dem Eingang zum Café prangte ein riesiges Plakat, auf dem in großen, fetten Lettern „Herzlichen Glückwunsch den Gewinnern!“ stand. Das mussten die Angestellten, bestimmt unter der Anleitung der neuen, und sehr herzlichen Simona, angebracht haben.

Als sie juchzend nacheinander den gut besuchten Laden betraten, brachen alle Anwesenden in laute Jubelrufe und Applaus aus. Arme schlangen sich um sie, Hände legten sich auf ihre Arme, Küsschen flogen von der rechten auf die linke Wange, Sektkorken knallten und aus den Boxen klang die Stimme der alten Rockröhre: „You’re simply the best – better than all the rest!“ Stephanie Marylebone, ihre Freundinnen Serena und Maisie, Minas Cousinen Pooja und Veena, die Schmuckverkäuferin von weiteren unten in der Straße, die eigenen Verkäuferinnen, Meg Miller und andere Stammgäste überschütteten sie mit Glückwünschen.

„Und jetzt spiel das Lied von eurem Starautor, Simona!“, rief Maisie, die sich im *Offline and other Lovestories* sichtlich wie zu Hause fühlte, mit verklärtem Blick: „Bitte, nur einmal!“

„Aber das ist doch so traurig!“, meinte Simona, während Helen, Mina und Claire sich fragend anschauten. „Lied? Von unserem Starautor?“

„Welches Lied?“, hakte Mina gerade laut nach, als schon die ersten Töne des Liedes, das Helen gestern in Tränen aufgelöst hatte, erklangen. Allen dreien fiel die Kinnlade herunter. Fassungslos starrten sie sich an. „Von ... das Lied ist von wem?“, fragte Helen beinahe tonlos. Sie war mit einem Mal so schwach, dass sie sich setzen musste.

„Der Text ist von Jordan Travers! Sagt bloß, ihr wisst das nicht!“ Ungläubig beäugten die Gäste die drei Geschäftsführerinnen und hielten ihre Worte sichtlich für einen Scherz. „Das wurde doch gestern publik!“

„Nicht. Im. Ernst“, ächzte Helen und ließ den Kopf auf die Tischplatte sinken. Es wurde dunkel in ihr, doch als sich der Nebel umgehend hob und von gleißendem Licht verdrängt wurde, sah sie die drei Zeilen auf seinem Bildschirm, deren Sinn sie damals, als sie das verlängerte Wochenende buchen wollten, nicht verstanden hatte.

nicht, dass ich getröstet werde, sondern dass ich tröste,
nicht, dass ich verstanden werde, sondern dass ich verstehe,
nicht, dass ich geliebt werde, sondern dass ich liebe,

Hatte Joseph alles kommen sehen? Aber wieso schrieb er jetzt Liedtexte?

Hieß das, er würde ihr verzeihen? Ihr, oder Alexa? Oder allen Menschen? Oder doch nur Alexa, die längst zu ihm zurückgekommen war, wie er angekündigt hatte? Natürlich! Natürlich antwortete er deswegen nicht! Wozu auch! Sie war längst überflüssig!

„Das Lied ist von Platz Nichts auf 18 geschossen. Ich sage euch: Das wird die neue Nummer eins!“, schnatterten die Frauen durcheinander und prosteten sich erneut laut klirrend zu.

„Moment mal. Wie lange gibt es das Lied denn schon?“, fragte Helen verwirrt und wischte sich ein paar Tränen aus den Augen.

„Gut eine Woche, oder? Kanntest du es denn nicht?“

„Nein. Ich habe es gestern zum ersten Mal gehört“, gab sie zu, stand auf und ging in die Küche, um einfach alleine zu sein. Doch alles schien an dem Tag unmöglich, denn keine fünf Minuten später kam Mina völlig aufgelöst hereingestürzt und schrie irgendetwas, das nach „Schnell … sofort … Telefon“ klang. Aber ihr Telefon war doch …

„Telefon!“, schrie sie, von einem Geistesblitz getroffen, und stürzte, mit nach vorne ausgestreckten Armen, in den Verkaufsraum, in dem das altmodische Oma-Festnetztelefon hing. Mit einer unerklärlichen Klarheit wusste sie, dass es Joseph war, der hier anrief, weil auch er ihre Nummer nicht mehr hatte.

„Ja?“, keuchte sie am ganzen Leib zitternd in den schwarzen, schweren Hörer. Und hörte nur ein Tuten.

„Telefon?“, fragte sie in den Raum, der ihr totenstill vorkam. Alle Augen waren auf sie gerichtet und schauten ihr dabei zu, wie sie langsam den Hörer auf die Gabel hängte.

„Das war Joseph!“, rief Claire, die sich als Erste fing. „Es – keine Ahnung, warum er wieder aufgelegt hat.“

„Ein Joseph hat schon ein paar Mal hier angerufen!“, merkte da Simona auf. „Er hat nie ...“

Weiter kam sie nicht, denn nun kreischte Helen so laut auf, dass beinahe alle Gläser und Tassen zersprangen. Dann wurde erneut alles still in ihr.

„Ein paar Mal?“, keuchte sie fassungslos.

„Ja. Ein paar Mal. Aber er hat nie gesagt, was er will. Nur, ob du da bist, und wo du bist.“

„Wo – ich bin?“, stammelte Helen fassungslos und ihre Gedanken rasten wie wild hin und her.

„Ja, tut mir leid, dass ich es in dem Trubel vergessen habe. Ich wusste nicht, dass es so wichtig ist“, verteidigte Simona sich.

„Joseph ist doch Jordan!“, rief Claire verzweifelt und starrte ungläubig das analoge Telefon an, das nicht einmal die Nummer des Anrufers anzeigen konnte.

Helen hörte nicht, was Simona oder sonst irgendjemand darauf antworte, denn in dem Moment flog die Ladentür auf und herein stürmte:

Joseph.

Sie hörte auch nicht, dass sie vor lauter Überraschung wie versteinert dastand und keinen Ton herausbrachte, keine Sekunde später aber lauter als alle anderen zusammen schrie und kreischte und in einem rücksichtlosen Tempo, bei dem sie auf Füße trat, Ellbogen in Bäuche rempelte, Stühle umwarf und Bücher von Ladentischen fegte, auf ihn zuraste und mit einem erstickten Schluchzen in seine Arme fiel.

Dann stand die Welt still.

Lange. Sehr lange klammerte sie sich wie eine vor dem Ertrinken Gerettete an ihn und er sich an sie.

Mit aller Kraft hielt er sie fest. So fest, dass sie wusste, er würde sie nie wieder loslassen. Hier war sie geborgen, hier würde sie bleiben: Ihr Kopf unter seinem, an seiner Brust, umfangen, gehalten und getragen von seinen Armen und seiner Liebe. Sein Herzschlag, sein Geruch, seine Wärme und seine Güte, die alles verzieh.

Wie in Trance hob sie ihr Gesicht zu seinem, und meinte, in einem Sternenregen zu stehen, als sich seine warmen, weichen und unvergessenen Lippen auf ihre legten. Sie schloss die Augen und ihre Tränen versiegten.

Joseph.

Joseph und Helen.

Joseph, Helen und Andy.

„Ich dich auch“, schluchzte sie und drückte sich noch fester an ihn. „Ich dich auch.“

Nach einer langen, einer sehr langen Zeit, und als sie sich ausreichend gehalten hatten, um sicher zu sein, dass der andere noch immer da wäre, wenn sie den Griff lockerten, löste er seine Lippen von ihren, aber nur, um mit rauer Stimme zu murmeln: „Ich habe dich so vermisst.“

„Und ich dich erst. Ich bin fast gestorben ohne dich.“

„Oh Helen“, war alles, was er sagte, bevor sie sich erneut küssten und ihre Hände auf Wanderschaft über ihre sehnsüchtigen Körper gingen.

Offensichtlich hatten zwar die zwei das Publikum um sich herum vergessen, aber nicht Claire und Mina. In einem selbstlosen Akt der Nächstenliebe, oder aus Sorge um den guten Ruf ihrer Freundin und des Starautors, bugsierten sie alle anwesenden Damen zu einem spontanen Sektempfang auf die Terrasse. Dort war es strengstens untersagt, auch nur einen Blick in das Ladeninnere zu werfen und die Liebenden zu stören.

„Wie kommst du denn eigentlich hierher?“, fragte Helen irgendwann atemlos und streichelte mit den Fingerspitzen über sein Tränen nasses Gesicht

„Mit dem Zug. Als ich deine Nachricht gelesen habe, bin ich einfach aufgesprungen und in einem Affenzahn zum Bahnhof gerast. Das war ziemlich dumm, denn ich hatte vergessen, dir zu antworten und da ich seit ein paar Wochen *Online-Detox* mache, also so gut wie gar nicht mehr online bin, habe ich jetzt ein Handy, das wirklich nur noch telefonieren und SMS schreiben kann.“ Mit einer verlegenen Geste zog er das Gerät hervor. „Nun ja, als ich es mir zugelegt habe, habe ich deine Nummer nicht übertragen. Und dass ich die Nummer vom Geschäft habe, das verdanke ich einem mitreisenden Studenten, der mich freundlicherweise über sein Laptop hat suchen lassen. Ich wollte keine Minute zu lange warten, und einfach wissen, wo du bist, wenn ich in London ankomme. Und außerdem wollte ich dir sagen, dass ich dich auch ganz schrecklich vermisst habe und mich so oft melden wollte“, gestand er und schaute sie aus seinen warmen, liebenden Augen so zärtlich an, wie nur er es konnte.

„Und ich dachte, du willst nichts mehr von mir wissen“, murmelte sie verlegen.

„Och Helen“, flüsterte er, nahm ihr Gesicht in beide Hände und hielt es sanft fest. „Ich habe Tage und Wochen auf ein Zeichen von dir gewartet. Ich weiß, ich hätte mich auch melden können, aber zunächst war ich einfach zu verletzt und dann wurde Andy krank.“

Erschrocken sog Helen Luft ein und schlug sich die Hand vor den Mund. „Oh nein! Was ist denn passiert? Geht es ihm wieder gut?“

„Ja, ja, zum Glück ist er wieder wohlauf, der kleine Engel. Er hatte eine Blinddarmreizung, die nicht diagnostiziert wurde. Der Blinddarm brach durch, er musste notoperiert werden, fiel ins Koma und schwebte mehrere Tage in Lebensgefahr.“

„Oh mein Gott. Das ist ja furchtbar!“ Entsetzt starrte sie ihn an. Der arme Andy!

„Ja, das war es wirklich. Es war absolut grauenhaft. Ich war Tag und Nacht bei ihm und habe die ganze Zeit nur gebetet. Und schau – es hat geholfen! Aber damit nicht genug. Es hat sich nämlich noch etwas geändert.“ Er machte eine Pause, grinste verschmitzt, schaute sie dann aber ernst an. „Alexa war, und ist, da.“

Wieso tat er das?

„Alexa?“ Helens Atem stockte. Jetzt? Wieso? Wozu? Aber er war doch hier!

„Ja. Und sie zieht wieder ein.“

„Waaas?“ Helen war kreidebleich geworden und starrte ihn sprachlos an.

„Ja. Aber nur für ein paar Monate. Sie muss hier ein paar Dinge erledigen, bevor sie für immer nach Indien zieht.“

Helens Augen flackerten wild. Verständnislos schüttelte sie den Kopf. Er konnte doch nicht erwarten, dass es okay für sie wäre, wenn er mit seiner Frau zusammenwohnte! Aber Moment – erst einmal sollte sie ihn ausreden lassen.

„Ich sollte der Reihe nach erzählen. Das Haus gehörte ja zu einem Teil ihr. Sie hat bei der Scheidung –“ Helen japste nach Luft, schlug sich aber die Hand vor den Mund, um Joseph nicht zu unterbrechen, denn sie spürte, dass er noch weit mehr zu sagen hatte, auch wenn in ihr ein Vulkan der Freude zu brodeln begann. „Sie hat darauf verzichtet, wenn sie darin kostenlos wohnen darf, bis sie hier einige Sachen geklärt hat.“

„Ach ja?“, fragte Helen völlig benommen, nur um etwas in die erneute Pause hinein zu sagen. Joseph jedoch schien genau zu wissen, was er sagen wollte, und wie er es sagen wollte, denn er ging darauf nicht ein. „Nun“, fuhr er fort, „das Ganze könnte mir nicht gleichgültiger sein, denn Alan und Emma versuchen es noch einmal mit Italien. Ab Dezember ist ihre Wohnung frei und jetzt, wo –“ er stockte, während Helen nicht glauben konnte, was er gleich sagen würde. Vor Anspannung hielt sie den Atem an und ballte die Fäuste. „wo ich geschieden bin und ... Bis er wiederkommt. Wenn er überhaupt wiederkommt. Und wenn du willst, könnten wir dort ...“

Vielleicht wusste er doch nicht so genau, was er wie sagen wollte, aber ganz gewiss war das nicht nötig, denn er brauchte nicht zu Ende sprechen. Und ob sie wollte! Natürlich! Mit einem ohrenbetäubenden Jubelschrei sprang sie in die Luft, fiel ihm um den Hals, drückte und herzte ihn und juchzte so laut, dass die Sekt trinkenden und ins Freie verbannten Gäste sich doch umdrehten und Zeugen wurde, wie Helen und Joseph ihr Glück mit einem weiteren leidenschaftlichen Kuss besiegelten.

~ Fünf Jahre später~

„Chaaaarlotte!“, schrie die dreijährige Stephanie aus Leibeskräften und schon trappelten ihre kleinen Füße so schnell sie konnten über den knirschenden Kies.

Benommen sah Helen von Josephs aktuellem Manuskript auf und durch das halb geöffnete Fenster hinaus in den Vorgarten. Es dauerte einige Augenblicke, bis sie von der Zauberwelt, in der sie die ergreifende Geschichte gelockt hatte, zurück ins Hier und Jetzt fand. Seit sie nicht mehr im *Offline and other Stories* arbeitete, weil sie und Joseph während ihrer ersten Schwangerschaft nach Wales zurückgezogen waren, ging sie voll und ganz ihrer Arbeit als Jordan Travers' Lektorin auf. Noch immer gab es Momente, in denen sie ungläubig den Kopf schüttelte, denn schließlich hätte sie niemals gedacht, dass ihr Literaturstudium doch noch eines Tages zu etwas gut sein und sie das Lesen zu ihrem Beruf machen könnte!

Stephanie und Andy erreichten das Gartentor, vor dem gerade der schwarze Range Rover, dessen Ankunft für so viel Freude sorgte, zum Stehen kam.

"Claire! Sebastian!", rief nun auch Helen, ließ alles liegen und stehen und rannte ebenfalls zu dem Auto hinaus.

Mit einem lauten "Helen!" fiel Claire ihrer Freundin um den Hals, während Sebastian seine Tochter Charlotte aus dem Fond holte, damit auch sie und Stephanie sich, ganz wie die Mütter, umarmen konnten.

"Ihr Frauen tut ja mal wieder so, als hättet ihr euch sechs Jahre, und nicht sechs Wochen, nicht gesehen!", kommentierte Joseph, der soeben ums Eck kam, lachend die Szene und schüttelte belustigt den Kopf. Dann ging er selbst bis zu den Ohren grinsend mit weit ausgebreiteten Armen auf Sebastian zu und klopften sich in der typischen Männerumarmung auf den Rücken, bevor sie den Rest der Familie ebenfalls sehr herzlich begrüßten.

Sie waren gerade mit allen Küsschen und Umarmungen fertig, als der zweite Wagen aus London vorfuhr. Wieder waren die Kinder schneller als die Erwachsenen.

„Flo-i-an!", krähten Charlotte und Stephanie wie aus einem Munde, rissen sich los und rannten zu dem grauen BMW, dessen Beifahrertür sich noch während des Ausrollens öffnete. Das Auto hielt noch keine Sekunde, als sich ein riesiger Baby-Bauch daraus hervorschob, hinter dem, gefühlte Minuten später, Minas strahlendes, und ebenfalls sehr rund gewordenes, Gesicht auftauchte. Sie winkte kräftig, rief ein freudiges „Hallo!" in die Runde und watschelte in den Vorgarten, während Marcus seinem zweieinhalbjährigen Sohn Florian aus dem Kindersitz half. Kaum hatten seine Füße walisischen Boden berührt, lief er glucksend vor Freude auf seine zwei Freundinnen zu, als er mit einem wilden Schwung von Andy hochgehoben und durch die Luft gewirbelt wurde, bevor er ihn fest an sich drückte. Andy hatte einen wahren Narren an dem Jungen mit den pechschwarzen Haaren und gleichfarbigen Kulleraugen gefressen und konnte selten von ihm lassen.

Nachdem sich alle Erwachsenen begrüßt und auch die kleine, in ihrer Tragetasche friedliche schlummernde Marie aus Claires Auto geholt worden war, rief Joseph:

„Kommt herein! Wir haben kaltes Bier und Mojitos, natürlich auch ohne Alkohol! Kommt nur hinters Haus! Es steht alles bereit für euch!". Freudig führte er die Freunde in den großen Garten, in dem ein großer Holztisch stand, der einladend mit weißem Geschirr, hohen Gläsern, dunkelroten Kerzen und Pfingstrosen in zartem und kräftigem Rosa gedeckt war. Das Gras war frisch gemäht, bunte Blumen blühten in kleinen Beten, auf Ziersäulen und in Töpfen. Die Luft war angenehm warm und eine laue Brise wehte. Das Wetter könnte nicht besser für ein Sommerfest sein.

In den alten, knorrigen Bäumen hingen bunte Lampions, die später die Nacht erhellen würden, sowie eine lange, bunte Girlande, auf in dicken Lettern „Happy Birthday, Stephanie und Charlotte“ stand. Der Anlass für den Besuch waren nämlich die Geburtstage der beiden Mädchen, die im Abstand von nur zweiundzwanzig Stunden geboren worden waren.

„Egal wie oft ich bei euch bin“, seufzte Claire glücklich und strich ihrer Tochter liebevoll über den Kopf, „Ich finde es immer wieder aufs Neue überwältigend schön hier. Es ist so friedlich. Einfach herrlich.“

"Oh ja, mir geht es genauso. Es ist ein Traum, Helen. Wirklich. So schön kann es in London gar nie sein!", seufzte auch Mina und setzte sich zu den anderen an den Tisch. "Aber wisst ihr was? Gestern war ich im *Offline and other Lovestories.*"

"Ach ja?", fragte Helen neugierig und ein melancholischer Glanz legte sich über ihre Augen.

"Ja, ich wollte mal nach der großen Stephanie, Maisie und Serena sehen. Einfach mal schauen, wie's ihnen so geht."

"Und?", fragten Helen und Claire gespannt im Chor.

"Super. Es geht ihnen blendend. Und sie machen die Sache nach wie vor einfach wirklich toll. Das Café war rappelvoll, das Veranstaltungs-Programm steht bis Weihnachten und - sie wollen eine Filiale eröffnen!"

"Oh ...?", staunte Helen und spitzte die Ohren. "Eine Filiale? Wo denn?"

"Ja, ja. Aber darüber reden wir später, okay? Ich soll euch alle jedenfalls erst mal alle ganz herzlich grüßen und euch sagen, dass sie uns allen ewig dankbar für die Gelegenheit sind, den Laden zu pachten und sich selbst zu verwirklichen."

Helen wurde warm ums Herz. Sehnsüchtig dachte sie daran, wie sie den Pachtvertrag unterschrieben, wie sie den Laden eingerichtet und anschließend Bücher, Blumen und Kuchen verkauft hatten. Wie sie am ersten Tag gebangt und gezittert hatten, weil ein paar Stunden lang niemand kam. Bis auf die gute, und anfangs ziemlich affektierte, Stephanie, die alles ins Rollen gebracht hatte.

"Oh, das ist schön ...", seufzte sie entrückt.

"Ja, finde ich auch. Und weißt du, was Maisie noch gesagt hat?", fragte Mina und schaute mit glänzenden Augen in die Runde.

"Nein, was denn?"

"Genau das, was ich immer dachte. Nämlich, dass in dem Café so viele Menschen ihre Träume gefunden haben."

"Oh ... wie schön ... Ich wusste, gar nicht, dass das so ist. Also, bei mehreren, nicht nur bei ... ja, ist schon gut, meine Süße!", unterbrach Claire sich und nahm Marie, die hungrig zu quengeln begonnen hatte, aus der Tragetasche.

"Ja. Das ist so!", beteuerte Mina und nickte eifrig. "Sie selbst hat auch ihren Traummann dort kennengelernt. Bei, haltet euch fest, *Meet your fictional boyfriend*! Er kam doch tatsächlich als Mr. Darcy!"

"Oh nein!", kreischten alle und prusteten los.

"Oh doch! Sie haben auch eine Fotowand. Es gibt sage und schreibe schon ganze zweiundzwanzig Hochzeiten von Paaren, die sich auf der Singleparty kennengelernt haben, und um die fünfzig Verlobungen! Und Stephanie ... na, Stephanie hat sich selbst, ohne ihren entsetzlichen Mann, gefunden."

Nun nickten alle nachdenklich und dachten an Stephanie Marylebone, die nie etwas anderes zu tun gehabt hatte, als das Geld ihres fremdgehenden Mannes auszugeben und ihn, als glänzende Trophäe aufgestylt und abgehungert zu seinen zahlreichen Veranstaltungen zu begleiten. Dass sie dabei an innerer Einsamkeit beinahe gestorben wäre, hatten sie alle vermutet, aber nie gewagt, es auszusprechen.

"Wie schön für sie! Das freut mich wirklich sehr für sie", meinte Claire und nickte andächtig.

"Mensch! Aber wir erst! Ohne *Lovestories* wären wir doch alle gar nicht hier!", rief Helen und schaute der Reihe nach mit glänzenden Augen all ihre Liebsten an. "Du, Mina, hättest Marcus nicht gefunden und ohne *eure* Liebesromane hätte ich Joseph nie kennengelernt!", verkündete sie und strahlte über das ganze Gesicht, das in den letzten fünf Jahren mit Joseph viel weichere Züge angenommen hatte. Still dachte sie bei sich, wie herrlich befreit sie sich fühlte, seit sie ihre Vergangenheit nicht mehr als Teil ihrer Gegenwart spürte. Stuart war endlich ad acta gelegt, und Georgie – nun, Georgie hatte nie selbstständig gelebt. Dafür hatte sie nun ihre eigene Familie, die sie über alle Maßen liebte.

"Ja, und ob. Das sind sie doch, die anderen Liebesgeschichten, oder nicht?", fragte Mina leise und streichelte selig lächelnd ihren Babybauch.

"Und unsere kleinen Lieblinge hätten wir auch nicht", fügte Helen nachdenklich hinzu, suchte mit den Augen nach ihrer Tochter, die mit den anderen in ihrem Zirkuszelt den Clown spielte, und plötzlich traten Tränen in ihre Augen. "Einfach auf uns. Und auf das Leben und die Liebe und … auf alles", schniefte sie, lachte verschämt und vergrub ihr Gesicht an Josephs Brust, der sie an sich zog und für immer ganz fest bei sich hielt.

***

Liebe Leserinnen, und vielleicht auch Leser?

Ich hoffe, Euch hat diese romantische Geschichte gefallen.

Damit Ihr keine

- Gewinnspiele
- Preisaktionen oder
- Neuerscheinungen

verpasst. meldet Euch am besten gleich mit wenigen Klicks zu meinem Newsletter an:

http://eepurl.com/bPKAgD oder bei annabelle.benn@outlook.de

Ich freue mich auf Euch.

Genießt den Sommer mit vielen guten Büchern, Blumen, Eis, köstlichem Kaffee und Kuchen und natürlich: mit viel Liebe im Herzen!

Herzlichst,

Eure Annabelle

Leseprobe aus dem etwas ernsten und nachdenklichen

Liebe trotz allem

Kapitel 1

1994, in der Nähe von Edinburgh

Ein roter VW Golf gerät auf dem Glatteis bei hohem Tempo ins Schlittern. Der Fahrer des entgegenkommenden blauen Vauxhall hupt und versucht vergeblich, auszuweichen. Doch es gibt kein Entkommen.

Das Schicksal nimmt seinen Lauf.

***

„Nein, wirklich, es ist alles in Ordnung. Ich komme schon klar."

Aidan sieht seiner Mutter dabei zu, wie sie nervös das Telefonkabel um ihren Finger wickelt und loslässt. Immer wieder, pausenlos. Das ganze Telefongespräch lang. Sie blickt auf. Schnell duckt er sich aus ihrem Sichtfeld. Es ist besser, nicht gesehen zu werden. „Vorher, ja … und natürlich die Beerdigung. Ja, die war schwer. Echt schwer." Sie schnieft. „Aber bitte, kommt nicht. Ich brauche keine Hilfe, wir kommen alleine klar …" Ihre Stimme klingt mit jedem Wort angestrengter und verzweifelter.

Vorsichtig schielt Aidan um den Türrahmen herum. Gerade schüttelt seine Mutter eine leere Müsli-Schachtel über einer Schüssel. Da außer ein paar Flocken, die schon mehr Staub denn Nahrung sind, nichts mehr kommt, schleudert sie den Karton entnervt unter den Tisch, an den sie sich anschließend setzt. Sie stützt den Kopf mit dem strähnigen Haar in eine Hand und steckt sich mit der anderen eine Zigarette an. Früher hat sie nicht so viel geraucht. Fast gar nicht.

Der Junge schaut auf ihre zitternden Finger, ein Zeugnis ihres Verfalls.

Nach dem Unfall blätterte ihr dunkelrot glänzender Nagellack zunächst immer weiter ab, bis nur noch ein paar matte Punkte übrig waren, die sich zu keinem Ganzen mehr verbanden. Mit ihren rilligen, trockenen Nägeln erinnert sie ihn an die alte, streng riechende Köchin des Pfarrers. Ächzend steht sie wieder auf und durchsucht einen Küchenkasten nach dem anderen. Schließlich findet sie eine durchsichtige Glasflasche mit dem Rest einer klaren Flüssigkeit, den sie in eine Tasse schüttet, die außen von braunen Kaffeeflecken übersät ist. Sie steht einfach direkt vor ihr. Die Mutter legt den Kopf in den Nacken, kneift die Augen zusammen, lässt den Inhalt in einem Zug in sich fließen und schüttelt sich anschließend.

Obwohl ihm dieser Anblick vertraut geworden ist, erschrickt er und verzieht das Gesicht.

„Nein, danke für das Angebot. Das ist lieb, aber wir schaffen es auch so. Wir kommen schon irgendwie an Geld." Sie versucht, höflich zu klingen, aber ihre Bemühungen werden mürbe. Nun schüttelt sie die leere Flasche wie zuvor den Müsli-Karton. Vergeblich. Etwas in ihr weigert sich, zu glauben, dass sie tatsächlich leer ist. Aus, vorbei, weg. Nichts mehr da. Anders als die Schachtel stellt sie die Flasche zu den anderen unter die Spüle. „Ich kümmere mich darum. Versprochen. Ja, doch! Dieses Mal bestimmt." Sie sieht aus wie ein Haufen nach langer Zeit im Wasser trüb und stumpf gewordener Glasscherben.

Sie legt auf und lehnt sich gegen eine Schranktür. Stumme Tränen laufen über ihre blassen Wangen. Sie greift nach der Tasse, führt sie an die Lippen, erinnert sich, dass sie leer ist, stellt sie mit leblosen Augen wieder auf die vollgestellte Ablage und geht mit schleppenden Bewegungen ins Wohnzimmer. Aidan versucht, ungesehen zu verschwinden, doch diesmal ist er nicht schnell genug.

„Was zum Teufel ist das?", kreischt sie schon entsetzlich laut und fürchterlich schrill. Aidan duckt sich und versteckt seinen Kopf in den Armen. „Du kleines ...!" Sie holt aus, doch er entkommt. Dabei fällt er über den Haufen, den er in den letzten Stunden wie unter Zwang methodisch aufgetürmt hat. Zuunterst liegen Bilder-, darauf Fotorahmen, dann folgen Zeitschriften und Bücher, auf die er schließlich alle Spielzeugautos, die Ian gehört haben, oder immer noch gehören, gestapelt hat. Dazwischen hat er Stifte gesteckt. Ian braucht seine Autos nicht mehr, und auch nicht seine Stifte, denn Ian lebt nicht mehr. Er liegt neben seinem Vater unter der kalten Erde. Sie sind tot.

„Ich halte das nicht mehr aus! Ich schaffe das einfach nicht!", schreit die Frau, die ihm als Mutter abhandengekommen ist. „Warum tust du das?"

„Mum ...", setzt er an und sucht Liebe, Verständnis, Halt in ihr. Nichts davon findet er; nicht einmal ihren Blick. Er weiß, dass er sagen sollte, dass es ihm leid täte, aber das stimmt nicht und er kann nicht lügen. Statt einer Entschuldigung aus seinem Mund kommt ein Knurren aus seinem Magen. Seine Mutter verengt ihre müden Augen zu Schlitzen. Ein wortloser Tadel. *Wie kann er nur so schwach sein.*

Sie dreht sich um und tritt gegen die kaputten Spielsachen. Ihr Weg führt zu einer aus der Mode gekommenen Glasvitrine, in der die Reste von Allans einst großer Whiskey-Sammlung stehen. Sie nimmt eine Flasche aus dem immer kleiner werdenden Kreis.

„Was?", zischt sie, als spüre sie nun seine stumme Kritik. „Lass mich in Ruhe. Ich kann dich jetzt nicht gebrauchen."

Mit der Flasche in der Hand stürzt sie hinaus und Aidan hört, wie sie die Schlafzimmertür hinter sich absperrt. Auf Zehenspitzen schleicht er die Treppe hinauf. Er muss nicht an der Tür lauschen. Ihr Schluchzen ist im ganzen Haus zu hören. Aus Ians verwaistem Zimmer holt Aidan einen großen Hammer und beginnt, alles auf dem großen Haufen zu zertrümmern. Endlich hört er seine Mutter nicht mehr.

Er hat Hunger, doch er weiß, dass die Müsliflocken auf dem Boden das letzte Essbare waren. Wieder knurrt sein Magen.

Er legt sich ins Bett. Heiße Tränen laufen über seine blassen Wangen. Durch die Wand dringt jetzt lautes Schnarchen.

Eine ohrenbetäubende Stille erfüllt das Haus.

Schmerz gegen Schmerz.

Wand an Wand.

[...]

Kapitel 2

2014, Oban, schottische Westküste

Nach einer rund zweieinhalbstündigen Autofahrt erreichten sie die schottische Westküste. Die malerisch zwischen grünen Hügeln in einer Bucht gelegene Kleinstadt Oban sah im Licht der tief stehenden Sonne bezaubernd aus. Im Hintergrund erhob sich majestätisch das Wahrzeichen der Stadt, der McCaig's Tower, der auf den ersten Blick an das Kolosseum in Rom erinnerte.

»Wir sind da, Schatz«, seufzte Aidan glücklich und legte seine Hand auf die seiner Frau. »Ist es nicht wunderschön?«

»Traumhaft!«, rief sie glücklich, öffnete das Autofenster und atmete die salzige Meeresluft mit geschlossenen Augen ein. »Und wie gut das riecht!«

»Oh ja. Wir werden die kommenden sieben Tage nur so gute Luft einatmen. Oh Mann, das wird einfach toll!«, freute er sich und strahlte sie an. »Hoffentlich hält das Wetter!«

»Ach, bestimmt! Und selbst einen Tag voller Regen und Sturm stelle ich mir sehr romantisch vor.«

»Meine kleine Wilde«, antwortete er liebevoll. »Aber du hast recht. Es wird auf alle Fälle großartig.« Mit einem Lächeln folgte er der roten Linie auf dem Navi und fuhr um den *Calmac* Fährterminal. Er bemühte sich so gut er konnte, unbeschwert zu wirken, um Fiona den lang ersehnten Urlaub nicht zu verderben. Er verwünschte die Post, die den unheilvollen Brief gestern, statt am Montag zugestellt hatte. Ohne Untersuchungsergebnis hätte er die Tage sorglos verleben können, doch mit dem Wissen, dass er die Ursache für den unerfüllten Kinderwunsch war, schien ihm das unmöglich. Zu schwer lastete die Schuld auf ihm. Seiner Frau hatte er noch nichts davon erzählt, denn seit Wochen und Monaten hatte sie sich auf den Segeltörn gefreut und Erholung dringend nötig. Außerdem zog sich sein Magen zusammen, wenn er an das Gespräch und die Folgen dachte. Denn so oft er das Szenario in seinem Kopf durchspielte, so wenig gelang es ihm, sich ein harmonisches Ende auszumalen.

"Glaubst du, die anderen sind schon da?", fragte sie gerade aufgeregt und reckte neugierig den Kopf aus dem Autofenster. "Lucas und Daphne brauchen ja bestimmt den ganzen Tag von London!«

»Mmmm«, brummte Aidan, der gerade einen freien Parkplatz erspähte, auf die Bremse trat, vor und zurück rangierte und schließlich den Motor abstellte.

"Na, wir werden es ja bald sehen. Wann müssen wir wo sein? Warte, ich schau mal nach", murmelte sie und zog ihr Handy aus der Tasche. "Ja, genau. Stimmt schon. Check-in ist an der Rezeption, danach treffen wir uns an der Bar." Sie nickte und lächelte verkrampft, während Aidan vergeblich versuchte, sie mit einem scharfen *Nein* davon abzuhalten, ihre E-Mails abzurufen.

"Hinterher ärgerst du dich nur darüber", wandte er kopfschüttelnd ein. Wie sehr er sich auf die internetfreien Tage auf See freute! Besorgt betrachtete er seine Frau, die mit ihren 34 Jahren noch immer sehr jung aussah. Erst seit einigen Monaten bildeten sich feine Falten um ihre Augen und auf der Stirn. Oft sah ihre Haut welk aus, besonders dann, wenn sie zu viel arbeitete und zu wenig schlief. Heute aber strahlte Lebensfreude aus jeder einzelnen Pore. Tief berührt strich Aidan mit dem Handrücken über ihre Wange und sah sie liebevoll an. *Wie schön sie ist,* dachte er glücklich und ließ seine Finger über ihr schulterlanges braunes Haar gleiten, das in der Abendsonne glänzte.

Er wusste, dass ihre schlanke Figur in der Familie lag, denn aufgrund der vielen Arbeit kam sie nicht mehr häufig zum Sport. Dabei hatte sie immer gerne Handball gespielt, war regelmäßig gejoggt oder zum Schwimmen gegangen. Sogar den Tango vernachlässigte sie. Ein oder zwei Mal war er alleine zu einer Milonga gegangen, aber ohne Fiona machte es ihm keinen Spaß. Er fühlte sich unwohl dabei, mit einer anderen Frau so leidenschaftlich zu tanzen. Denn auch nach mehr als sechzehn gemeinsamen Jahren gehörten seine Leidenschaft und sein Begehren nur ihr. Ob die anderen noch tanzten? Liz bestimmt. Er lächelte bei der Erinnerung daran, wie sich die Freunde im ersten Trimester an der Uni im Tangokurs kennenlernten. Wie jung und sorglos sie waren! Sie glaubten, die Welt stünde ihnen offen. Und Fiona – schon damals träumte sie von Kindern und einer großen Familie ...

Nun seufzte sie genervt. »Wenn ich die Mails nicht anschaue, muss ich die ganze Zeit daran denken und diese Fieslinge tun mir hinter meinem Rücken bestimmt weiß Gott was an!«, schimpfte sie und starrte auf den Bildschirm, der ihr Gesicht in jener kalten Farbe erhellte, die Aidan zu hassen und fürchten begonnen hatte. Ihre Hände umklammerten das kleine schwarze Gerät, als hinge ihr Leben davon ab und Aidans schwacher Protest »Hey! Keine Handys war abgemacht!« verhallte ungehört. Oder zumindest *unerhört.* Hilflos musste er mit ansehen, wie Fionas noch vor wenigen Momenten von Freude erfüllter Gesichtsausdruck finster wurde und sich vor Ärger verzerrte. "Diese kompletten Arschlöcher! Die sind ja total wahnsinnig geworden!", fluchte sie, drückte die Autotür auf und stapfte hinaus. Sie war so in ihre Wut vertieft, dass sie nicht einmal die vielen Schiffe mit den hohen Masten bemerkte, die ruhig in der Bucht hin- und herwippten. Auch hatte sie kein Auge für die untergehende Sonne, die den Himmel und das Meer in ein rotes geheimnisvolles Licht tauchte. Seit sie denken konnte, träumte sie vom Segeln und nun verdarb sie sich selbst die ersten Eindrücke, indem sie die Schönheit, die sie umgab, gar nicht wahrnahm.

"Ist alles in Ordnung?", fragte Aidan widerwillig, denn nur zu gut wusste er, dass dem nicht so war, aber er wäre sich schäbig vorgekommen, nicht zu fragen.

"Tut mir leid, aber ich muss mich da jetzt echt drum kümmern", stieß sie zwischen den Zähnen hervor. Aidan seufzte. [...]

Wie es weitergeht, erfahren Sie hier unter

Anja C. Richter, Liebe trotz allem

24625262R00174

Printed in Poland
by Amazon Fulfillment
Poland Sp. z o.o., Wrocław